CRYSTAL MAY

SNYPER

DARK ROMANCE

SNYPER
Dark Romance

Neuauflage von My Sparkling Nightmare

Bildmaterial: Shutterstock
Korrektorat: Cosima Weinschenk

Bestellung und Vertrieb: Nova MD GmbH, Vachendorf

ISBN: 978-3-96698-780-6

PRINT GROUP Sp. z o.o.
ul. Księcia Witolda 7
71-063 Szczecin (Polen)

Federherz Verlag
Süntelstraße 70
31848 Bad Münder
www.federherzverlag.de
Instagram: @federherz.verlag

Für dich.
Weil ich dankbar bin.
Weil du das Vorwort und das Nachwort lesen wirst.
Ich danke dir ❤

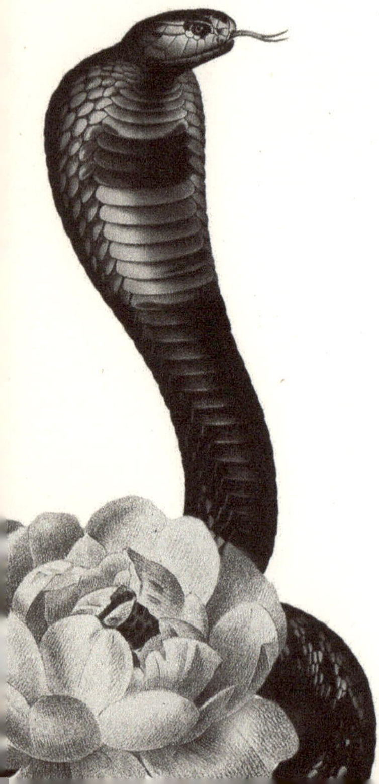

VORWORT

SNYPER IST ERST DER ANFANG

Snyper ist ein in sich abgeschlossener Einzelband und handelt von der dunklen Liebesgeschichte zwischen Payton und Snyper.

Am Ende wirst du unter Umständen mehr Fragen haben als am Anfang, da die Handlungsstränge in Folgeteilen mit anderen Hauptpersonen des Adler-Kartells fortgeführt werden. Um dieses Buch genießen zu können, benötigst du kein Vorwissen, und auch das Happy End wirst du voll und ganz genießen können. Versprochen.

Deine Crystal

WARNUNG

Dies ist keine Triggerwarnung.
Nur eine schlichte Warnung.
In diesem Buch wird Blut fließen. Es wird ordinäre
Sprache verwendet. Es wird gefoltert und es werden
Menschen sterben. Der Love Interest wird die
Protagonistin nicht gut behandeln. Er wird sie
betäuben und ihr seinen Willen aufzwingen.
Sie wird ihm dennoch verfallen.
Es werden Drogen und Alkohol konsumiert.
In dieser Geschichte wird nicht die Welt gerettet und
es werden keine psychischen Erkrankungen geheilt.
Die Protagonisten führen innere Monologe und
finden dennoch nicht den Sinn des Lebens.
Sie leben in einer alternativen Welt, in der Frauen
weniger Rechte als Männer haben, in der
gleichgeschlechtliche Intermezzos verpönt sind und
in der eine militärische Diktatur herrscht, die mit
Waffenhändlern und Drogenkartellen kollaboriert.
Diese Regierung wird fortbestehen.
Die Geschichte spielt in der fiktiven Stadt New Juarez,
ein Zusammenschluss aus den Städten El Paso und

Ciudad Juarez. Diese Stadt wurde privatisiert und gehört damit weder den USA noch Mexiko an. Sie ist das Hoheitsgebiet eines Kartells.
Am Ende der Geschichte gibt es keinen Frieden und auch keinen Eierkuchen. Kaum Freude, aber ein Happy End.
Wenn das alles nichts für dich ist, solltest du dieses Buch nicht lesen.

»You«, he said,
»are a terribly real thing in a terribly false world,
and that, I believe, is why you are in so much pain.«
- Lewis Carroll

EINS

PAYTON

»Tequila.«

»Sicher?« Die linke Augenbraue des Barkeepers schnellt nach oben.

Snyper heißt er. Sagt er. Keine Ahnung, ob es stimmt. Keine Ahnung, ob er plant, mich abzuschleppen. Seinem skeptischen Blick nach zu urteilen, wohl eher nicht.

»Nein, natürlich nicht. Eigentlich wollte ich 'nen heißen Kakao bestellen, aber aus meinem Mund kommen nur komische Sachen.«

»Kein Grund, gleich patzig zu werden, Miss.« Obwohl Snypers Tonfall ebenfalls *patzig* klingt, ziert ein spöttisches Grinsen sein sonnengebräuntes Gesicht. Zumindest gehe ich davon aus, dass es von der Sonne gebräunt ist.

»Wenn du mich noch einmal als *Miss* bezeichnest, setzt es was!«, fauche ich ihn an und klopfe mit dem Zeigefinger auf das dunkle Holz der Theke. »Tequila. Jetzt.«

Vielleicht ist ihm dieser Teint auch angeboren oder er geht regelmäßig ins Sonnenstudio oder ...

Wieso denke ich eigentlich darüber nach, was der Barkeeper in seiner Freizeit treibt? Und wieso starre ich ihn so an?

Ah, wahrscheinlich wegen der markanten Narben auf seiner linken Wange, die entfernt an Schnitte erinnern und ihm bis zum Kinn reichen. Ihre Existenz hat mein Gehirn wohl jetzt erst verarbeitet. Vermutlich hat er irgendwann einmal zu lange in der Sonne gelegen und das sind die Überreste eines krassen Sonnenbrands. Ich wüsste nicht, was eine Messerklinge in seinem Gesicht zu suchen haben sollte. Es sei denn, er war mal beim Zirkus.

Nein. Ich denke, das sind eher … Aknenarben?

»So? Und *was* setzt es?« Snyper bewegt sich keinen Millimeter, sondern stützt sich mit beiden Händen an der Spüle vor sich ab. Das spöttische Grinsen ist ihm aus dem Gesicht gefallen und jetzt sieht er mich auf eine Art an, die mich normalerweise erschrocken zurückweichen lassen würde, wenn ich nicht so betrunken wäre.

»Keine Ahnung.« Stattdessen zucke ich die Achseln, ziehe die Stirn kraus und spiegele seine Miene mit einem überzogenen Schmollmund. »Auf jeden Fall kein Trinkgeld, wenn du so weitermachst«, imitiere ich zu allem Überfluss seine raue Stimme.

Ich habe entschieden, dass dieser böse Blick, den Snyper mir zuwirft, nur gespielt ist und er eigentlich darum kämpft, mich nicht auszulachen, weil er sich gewaltig auf meine Kosten amüsiert.

Kann man überhaupt Trinkgeld *setzen?* Ich glaube nicht. Ist aber auch egal, ich hoffe einfach, meine Botschaft war unmissverständlich.

»Miss Bowman – so heißen Sie doch, oder?« Er

neigt den Kopf zur Seite und mustert mich mit unverändertem Gesichtsausdruck. »Zumindest darf mein Sohn Sie so nennen. Warum darf ich es also nicht?«

»Wie bitte?« Okay. Dafür kann ich nicht betrunken genug sein. Erschrocken halte ich die Luft an und klammere mich vorsichtshalber am Thekenholz fest, falls ich nach hinten kippen sollte, weil mein Körper sich plötzlich doch dazu entschließt, vor Snyper zurückzuweichen. Der lehnt sich nämlich immer weiter zu mir vor.

Was geht hier ab?

»Mein Sohn. Pablo. Sie sind seine Englischlehrerin.«

Fassungslos reiße ich die Augen auf und mir klappt die Kinnlade herunter. Mein Herz wummert im Rhythmus der lauten Musik, die den Club erfüllt, und ich bin mir mit einem Mal nicht sicher, ob ich mir Snypers letzte Worte nicht eingebildet habe. Überhaupt wundert es mich, dass wir diese *Unterhaltung* halbwegs ohne direktes Anschreien führen können. »Oh Scheiße. Ich weiß, wer du bist.«

Nun schnellt auch die zweite Augenbraue empor. »Wirklich? Und plötzlich bin ich kein eigensinniger Barkeeper mehr, der Ihnen den Tequila verwehrt, was?«

»Du ... Sie sind der Typ, vor dem alle Lehrer Angst haben. Vor dem die ganze Stadt Angst hat. Ich glaube, die einzigen beiden Personen, die keine Angst vor Ihnen haben, sind Ihre Exfrau und Ihr Sohn.«

»Oh doch. Die beiden *haben* Angst vor mir. Sie brüsten sich lediglich mit meiner Existenz.« Er ringt sich zu einem herablassenden Mundwinkelzucken durch. »Die eigentliche Frage ist nur, warum *Sie* keine Angst vor mir zu haben scheinen.«

»Ähm.« Inzwischen habe ich die Theke losgelassen, um nervös mit den Händen zu ringen. »Das hat sich in den vergangenen Sekunden ziemlich geändert.« Ich lache auf und erkenne im selben Moment, wie überdreht es klingt. »Eventuell wissen Sie ja, dass ich neu an der Schule bin und ...«

»Interessiert mich nicht«, fällt Snyper mir einfach ins Wort. Er richtet sich auf und verschränkt die Arme vor der Brust. »Sie haben hier nichts zu suchen. Das *El Paso* ist kein geeigneter Ort für kleine, hochnäsige Englischlehrerinnen, die erst seit kurzem ihren Collegeabschluss in der Tasche haben.«

Hochnäsig? Wieso denn hochnäsig?

»Das weiß ich selbst, danke.« Beleidigt senke ich den Blick und betrachte meine Hände dabei, wie sie sich ineinander verschränken.

»Und was suchen Sie dann hier?«, höre ich Snypers rauchige Stimme unverändert vor mir. Er klingt noch immer ziemlich angepisst.

Ich rümpfe die Nase, meide allerdings nach wie vor seinen Blick. »*Sie* auf jeden Fall nicht. Es konnte ja keiner ahnen, dass sich einer von denjenigen, die beim Adler-Kartell ganz oben mitspielen dürfen, als Barkeeper was dazuverdient.«

Eigentlich will ich ihn noch fragen, ob seine Ex ihn derart ausnimmt, dass er diesen Job überhaupt nötig hat, doch auf einmal schnellt seine Hand vor, umfasst meine Wangen, reißt meinen Kopf in den Nacken und drückt schmerzhaft zu. »Was, um Gottes willen, hast du getrunken, das dich so unverschämt werden lässt? Gibt es in deinem Leben niemanden, der dir den Mund verbietet?«

Instinktiv umfasse ich seinen durchgehend tätowierten Unterarm und versuche dadurch, die Hand von meinem Gesicht zu lösen. Doch genauso gut hätte ich versuchen können, währenddessen den Club in Brand zu stecken. Es ist, als wären seine Finger fest in meiner Haut verankert und Snyper selbst ist zudem stark wie ein Bär. Während ich also auf dem Barhocker hin und her zappele und mich schließlich dazu entscheide, energisch in seinen Arm zu kneifen, rührt er sich keinen Millimeter, sondern starrt mich nur unverwandt an.

»Sny, was soll das?«, höre ich auf einmal eine tiefe Stimme neben mir. »Wie oft habe ich dich darum gebeten, die Gäste nicht zu bedrohen?!«

Snyper lockert seinen Griff ein wenig, allerdings lösen sich seine Finger noch immer nicht von meiner Wange. Stattdessen wendet er seine Aufmerksamkeit einer Person zu, die links von mir in meinem Blickwinkel aufgetaucht ist. »Sie kneift.«

Danke, als wenn das die Erlaubnis dafür ist, mir den Kiefer brechen zu dürfen!

Nochmals umfasse ich sein Handgelenk und ruckle daran herum, als sei es ein eingerosteter Schraubstock, der sich nicht lösen lässt. »Mnass mich!« Meine Worte klingen wie das nuschelige Quengeln eines Kleinkindes, wofür ich Snyper echt umbringen könnte, weil er mich so weit getrieben hat!

»Ich habe gesehen, dass sie dich gekniffen hat, aber mir war so, als hätte sie allen Grund dazu.«

Ruckartig lässt Snyper mich los, sodass ich tatsächlich nach hinten kippe und vom Barhocker rutsche. Doch bevor ich so richtig peinlich und unelegant auf dem Hosenboden lande – oder noch schlimmer –, umfasst der Typ aus meinem Blickwinkel meine Taille und fixiert mich quasi in der Luft. In der nächsten Sekunde steht er an meinem Rücken, hebt mich an, schüttelt mich hin und her und stellt mich letztlich auf den Füßen ab.

Ein Augenblick der Verwirrung vergeht, in dem ich mich frage, was das Schütteln sollte, aber dann wird mir sofort klar, wie das passieren konnte: Auf Barhockern zeige ich die nervige Angewohnheit, meine Füße um die Stelzen des Hockers zu wickeln. Wenn der Blickwinkel-Typ mich nicht so geistesgegenwärtig festgehalten hätte, wäre der Hocker gemeinsam mit mir umgekracht, danach wahrscheinlich auf mir gelandet und das Ganze wäre in einem interessanten Beine-Stelzen-Salat geendet.

Na ja. Interessant? Wohl eher so peinlich, dass ich damit einen Großteil der Club-Gäste auf mich aufmerksam gemacht hätte, und vor lauter Scham im Boden versunken wäre.

»Gern geschehen«, raunt der Typ augenblicklich in mein Ohr, als habe er ein identisches Szenario vor seinem geistigen Auge ablaufen sehen wie ich.

Dank des Alkohols in meinem Blut brauche ich ein wenig länger, um mich zu sortieren: Wohl aus Reflex habe ich mich an den tätowierten Unterarmen des Typen festgeklammert und lasse diese jetzt erschrocken los. »Ist das eigentlich so eine Art Aufnahmeritual unter euch bösen Jungs, dass ihr alle eure Unterarme zutätowieren lassen müsst, um dazuzugehören?!«, meckere ich, anstatt mich zu bedanken, und reiße mich endgültig von ihm los. Ich schaue auf und habe direkt Snypers finstere Miene im Visier, die mich auf der Stelle erstarren lässt, als sei ich ein verstörtes Reh, das in die Scheinwerfer eines sich nähernden Wagens glotzt.

»Erwähnte ich schon, wie frech sie ist?«, knurrt er in diesem Moment.

Der Typ, der mich ja ehrlich gesagt vor einer absoluten Peinlichkeit gerettet hat, scheint sich nicht davon beeindruckt zu fühlen, weil ich mich so unwirsch von ihm losgerissen habe. Er stellt sich dicht hinter mich, sodass ich seinen muskulösen Oberkörper in meinem Rücken spüre, und drängt mich nach vorn, bis ich mit dem Bauch gegen die Theke stoße.

Ganz toll. Ein Snyper-Theken-Payton-Blickwinkeltyp-Sandwich.

»Ich stehe auf freche Mädchen«, brummt es hinter mir. »Erst recht, wenn sie rote Haare haben.«

Während ich entnervt die Augen verdrehe, verfinstert Snypers Miene sich noch mehr. »Chase, lass sie.«

Gott sei Dank. Ich hätte zwar nicht gedacht, dass die beiden Männer innerhalb kürzester Zeit die Rollen tauschen würden, aber solange sie sich nicht plötzlich darauf einigen, zusammenzuarbeiten und sich gemeinsam gegen mich zu verschwören, ist mir das eigentlich ziemlich egal.

»Sie gehört mir«, setzt Snyper mit seiner drohenden, rauen Stimme hinzu.

»Ach!« Endlich schaffe ich es, den Typen namens Chase abzuschütteln, mache mehrere Schritte zur Seite und mustere ihn von oben bis unten. »Ist das so?« Unverzüglich werfe ich Snyper einen schneidenden Blick zu, der ihn dazu auffordern soll, seine letzten Worte zurückzunehmen.

»Ja. Ich werde derjenige sein, der dich höchstpersönlich zum Ausgang begleitet und in ein Taxi steckt, während ich dir mindestens drei Gründe liefere, weshalb du diesen Club nie wieder betreten und meine Gegenwart meiden wirst.«

»Und was macht dich so sicher, dass ich dir nicht vorher entwische?«, erkundige ich mich mit einem überheblichen Grinsen bei Snyper. »Ich wette, auf die Damentoilette folgst du mir nicht.« Erst jetzt fällt mir auf, dass wir irgendwann im Laufe unseres Gerangels ins Du übergewechselt sind. *Na ja. Wieso sollte jemand, der meine Wangen zusammenquetscht und beabsichtigt, mich vom Hocker zu schubsen, weiterhin darauf bestehen, höfliche Floskeln auszutauschen?*

Verärgert zieht er die Augenbrauen zusammen. »Und wie willst du da wieder wegkommen? Durch die Kanalisation oder den Lüftungsschacht? Es gibt dort keine Fenster.«

»Mist. Zu hoch gepokert«, gebe ich offen zu und zucke mit den Schultern.

In dieser Sekunde hat Chase die Theke umrundet, postiert sich direkt neben Snyper und scheint den Augenkontakt zu mir zu meiden. »Wo ist Raul?«, fragt er, als wüssten alle Beteiligten, wer damit gemeint ist. Er greift zur Spüle, stellt ein Schnapsglas vor mir ab und dreht mir den Rücken zu, um die Flasche Tequila aus dem Regal zu nehmen, mit der ich vor ein paar Minuten ziemlich intensiv geliebäugelt habe. Da gab es noch keinen mürrischen Snyper in meinem Leben und auch keinen notgeilen Chase, der sich als mein Imageretter ausgibt.

»Vergiss es«, knurrt Snyper und schnappt sich das Glas, bevor Chase es befüllen oder ich danach greifen kann.

Doch der scheint damit gerechnet zu haben: Mit einem verschwörerischen Schmunzeln in meine Richtung zaubert er ein zweites Schnapsglas aus seiner freien Hand hervor, befüllt es in Windeseile und hält es mir entgegen.

Snyper gibt einen nicht kinderfreundlichen Fluch von sich und boxt ihm in die Seite. Bevor allerdings etwas von dem Tequila verschüttet werden kann, habe ich ihn bereits entgegengenommen, stürze ihn hinunter und grinse Snyper siegessicher an, während der noch immer mit Chase rangelt.

Okay. Attraktiv sind sie beide, das kann ich nicht leugnen. Chase ist größer als Snyper, hat aber ähnlich gebräunte Haut und von der Sonne gebleichtes Haar, das ihm ständig in die Stirn fällt. Auf den ersten Blick sieht er aus, als würde er gleich sein Surfbrett hinter der Theke hervorholen, um sich mit der Behauptung zu verabschieden, dass der Rio Grande mit einer perfekten Welle auf ihn wartet.

Ich meine, wo soll er hier in New Juarez sonst surfen, wenn nicht dort? Ist der Rio Grande überhaupt zum Surfen geeignet? Nee, ich glaube nicht.

Na ja, für viele ist er bestimmt der Inbegriff eines Traummannes, wäre da nicht dieses nerdige *Uncharted*-Shirt, das ihn für meinen Geschmack gar nicht mehr so nach *California Dreamboy* aussehen lässt. Mag auch daran liegen, dass er mich damit an meinen Ex erinnert, der ... ist egal. Sonst wüsste ich nämlich gar nicht, was *Uncharted* zu bedeuten hat. Dann würde ich diesen Begriff für ein Kleidungslabel oder zumindest für eine von Surfern abgesegnete Band halten und niemals darauf kommen, dass es sich hierbei um ein Adventure Game für die Playstation handelt.

Snyper dagegen wirkt auf mich irgendwie ... militant. Keine Ahnung, ob es der Millimeterschnitt oder seine Körperhaltung ist ... aber ich möchte wetten, dass er eine Vergangenheit bei der Army hat. Vielleicht ist es seine schwarze Drillichhose, die ich teils hinter dem Tresen erkennen kann oder sein schwarzes hautenges Shirt, das jeden einzelnen Zentimeter seiner ausgeprägten Oberkörpermuskulatur abzeichnet. Eigentlich fehlen nur noch die Kampfstiefel und er würde tatsächlich wie ... ein Söldner oder so aussehen. Kein Wunder, dass ich ihn für militant halte.

Nichtsdestotrotz wirkt er unglaublich sexy auf mich. Seine Bewegungen sind kraftstrotzend und gleichzeitig lässig und das gefällt mir. Das Sandwich eben hätte um einiges weniger lecker ausfallen können.

Gut. Und jetzt hat der Alkohol die Kontrolle über meine heimlichen Gelüste übernommen. Zeit für mich, ins Bett zu gehen.

»Alles klar, Mädels«, beginne ich und zupfe den 100$-Schein aus meinem BH, den ich darin sicher verwahrt habe. »War schön mit euch. Ich gehe dann mal den Rest meines Monatsgehalts für eine weitere Taxifahrt verbraten.« Keine Ahnung, wie viel ich insgesamt versoffen habe, aber es dürfte weitaus weniger als hundert Dollar gewesen sein. Schließlich habe ich bereits die Minibar in meinem Hotelzimmer geleert, war danach unten in der Lobby und habe dem Barkeeper dort mein Leid geklagt, bis der meinte, ich sollte lieber meinen Rausch ausschlafen gehen.

Stattdessen habe ich mir ein Taxi rufen lassen und den Fahrer gebeten, mich dorthin zu bringen, wo ich Abenteuer erleben kann. Vielleicht habe ich auch gesagt, dass ich dahin möchte, wo meine Sorgen einen Dreck wert sind. Ich weiß es nicht mehr so genau. Jedenfalls hat er mich in den Süden von New Juarez gebracht und vor dem *El Paso* rausgelassen.

»Ach. Kommt die kleine Miss doch noch zur Vernunft?«, erkundigt Snyper sich in einem spitzen Tonfall und wirft den Schein mit einer zuckenden Augenbraue zurück in meine Richtung. »Geht aufs Haus. Als Entschädigung dafür, dass unser echter Barkeeper seinen Job mal wieder nicht ernst nimmt.«

»Hä? Was hat das denn damit zu tun? Ich muss den Alkohol doch trotzdem bezahlen.«

Chase, der sich selbst gerade einen Tequila eingeschenkt hat, danach allerdings unter die Theke getaucht ist und seitdem irgendetwas zu suchen scheint – ich schätze, sein Surfbrett –, taucht mit einem Mal wieder auf: »Wie? Du willst schon gehen?«

»Ja, aber vorher muss ich auf die Toilette.«

Mist. Der Tequila, den Chase mir gegeben hat, war der eine Shot, den ich nicht mehr hätte trinken sollen. Zu doof, dass ich mich so selten abschieße, von daher weiß ich einfach nicht, wie viel ich vertrage. Dieser Tequila war der Tropfen, der das Fass sprichwörtlich zum Überlaufen gebracht hat. Hätte ich den nicht getrunken, würde es mir gutgehen und ich könnte hoch erhobenen Hauptes nach draußen stolzieren und auf mein Taxi warten.

Ist ja klasse, dass dieser Snyper mich besser zu kennen scheint als ich mich selbst und gewusst hat, wann ich genug intus habe.

ZWEI

PAYTON

Ich stoße mich vom Tresen ab und schaukele quer durch den Raum; vorbei an einer Gruppe aus sechs gackernden Mädchen, die offenbar einen Junggesellinnenabschied feiern. Aktuell nutzen sie eine der freien Flächen zwischen den runden Tischen als Tanzfläche und zappeln in mehr oder weniger lasziven Bewegungen zum Dark Electronic Rock herum, den der DJ schon den ganzen Abend auflegt. Keine Ahnung, ob sie die weitaus schöneren Moves der Poledance-Tänzerinnen auf den vereinzelten Bühnen – zu denen die Tische übrigens ausgerichtet sind – nachahmen wollen oder was das allgemein darstellen soll.

Jedenfalls versuche ich, der Gruppe geschickt auszuweichen, bleibe aber mit der Hüfte an einer Stuhllehne hängen. Der Stuhl bewegt sich mit einem unüberhörbaren Knatschen von seinem Platz, dreht sich einmal um die eigene Achse, kippelt gefährlich und fällt schließlich mit einem lautstarken Krachen um. Währenddessen stolpere ich mehrere Schritte weit, lande punktgenau in der Junggesellinnengruppe und klammere mich ausgerechnet an derjenigen fest, die einen von Haus aus kratzbürstigen Gesichtsausdruck zu besitzen scheint und als einzige von ihnen ein Kleines Schwarzes trägt. Die Braut, schätze ich. »Oh Mist. Verzeihung!«

»Hey, was soll das?«, mault sie mich an und schubst mich von sich. »Tickst du noch richtig?«

Wieder stolpere ich, aber diesmal rückwärts, bis mich eine harte Wand aufhält. Eine körperwarme Wand, welche zwei Arme hat, die mich festhalten und mich sogleich kerzengerade aufrichten. »Tut mir leid! War nicht beabsichtigt«, maule ich zu der Beißzange zurück. »Wie oft muss ich mich denn noch entschuldigen?«

»Ich habe doch gesagt, du sollst nichts mehr trinken«, grollt die Wand, deren raue Stimme über den vibrierenden Woofer hinweg ziemlich nach Snyper klingt.

Die blonde Beißzange, die mich bis jetzt mit wutverzerrter Visage angestiert hat, lässt ihren Blick hinter mich schweifen, reißt die Augen auf und scheint mich auf einmal nicht mehr ganz so scheiße zu finden. Sie zieht den Kopf ein, dreht sich um und verschwindet in ihrer kleinen Mädchengruppe, die den Stolpervorfall eben wohl nicht so ernst genommen hat und unverändert weitertanzt und -gackert. Keine Ahnung, was Snyper der Blonden für einen Augenaufschlag geschenkt hat, aber der scheint auf jeden Fall respekteinflößend gewesen zu sein.

Gerade will ich ihn abschütteln, da packt er mich an den Schultern und wirbelt mich herum. Sogleich wird mir schwindelig, weil der Raum sich einfach weiterdreht, als wäre er ein überdimensionaler Brummkreisel und ich in seinem Zentrum. »Oh Gott«, murmele ich und kralle mich an irgendetwas fest. Ich glaube, es könnte Snypers Shirt sein.

»Alles in Ordnung?«

»Nein.«

»Du kotzt mir jetzt nicht mitten in den Club, ist das klar?!«

»Ja, ja. Ich muss nur die Toilette finden.« Endlich ist der El Paso-Brummkreisel zum Stillstand gekommen und ich schaffe es, Snypers Gesicht zu fixieren.

Nun verstehe ich auch, weshalb die Blondine sich so abrupt von mir abgewandt hat: Obwohl seine Stimme vergleichsweise besorgt klang, drückt Snypers Miene das Gegenteil aus. Sein Kopf ist gesenkt und seine düsteren Iriden sind starr auf mich gerichtet. Irgendwie muss ich dabei an eine Viper denken, die kurz davor ist, ihre Giftzähne in mich zu schlagen.

»Schaffst du das allein?«

»Ja, ich glaube schon.« Keine Ahnung, was Snyper damit bezwecken will, mich so einschüchternd nieder zu starren. Klar, ich bin diejenige, die sich total zum Affen gemacht hat, allerdings habe ich ihn nicht darum gebeten, mir zu Hilfe zu eilen. Anstatt also eingeschüchtert zu reagieren, werde ich eher sauer. Liegt wahrscheinlich am Tequila, dass ich die Situation nicht vernünftig einzuschätzen weiß.

»Gut«, knurrt Snyper vielmehr, als dass er es sagt. »Die WCs sind da vorn.«

»Danke! Arsch.« Ich schiebe mich an ihm vorbei und remple ihn mehr oder weniger absichtlich an, nur dass ich dabei wieder diejenige bin, die ins Wanken gerät, weil Snyper sich einfach keinen Millimeter bewegt, sondern wie ein Fels in der Brandung stehenbleibt. Doch diesmal mache ich bloß einen peinlichen Ausfallschritt und stütze mich an einem Tisch links von mir ab, der sich als spontaner Retter in der Not erweist.

Einen Moment lange rechne ich damit, dass Snyper mich erneut festhält und mir den Moralapostel macht, aber er scheint tatsächlich kein großes Interesse daran zu haben, ob ich das Damen-WC ausfindig machen kann oder nicht.

»*Ich habe gesagt, dass du nichts mehr trinken sollst!*«, äffe ich ihn mit meiner Version seiner kratzigen Stimme nach und ziehe eine entnervte Grimasse. »Das geht dich einen Scheiß an, *Snypie!*« Ich torkele an einer der Poledancebühnen vorbei, auf der sich eine Tänzerin mit reptilienartigen Kontaktlinsen und einem Stringtanga in Schlangenhautoptik räkelt. Ihre Erscheinung lenkt mich derart ab, dass ich einen Rechtsdrall entwickele und mit der Hüfte schmerzhaft gegen eine der Kanten der sechseckigen Bühne stoße. »Autsch, verdammt!«, fluche ich und halte mir die Seite, während ich versuche, meinen Weg zu den Toiletten fortzusetzen.

»Alles klar?« Die Schlangenfrau ist meinetwegen tatsächlich aus ihrer Rolle gefallen, umfasst meinen Unterarm und lehnt sich zu mir.

Ich schenke ihr ein – hoffentlich – ironisches Lächeln. Vielleicht auch eher ein eingeschüchtertes Mundwinkelzucken. »Nein. Männer sind Arschlöcher. Alle.«

Die Tänzerin grinst mich mit ihren strahlendweißen Zähnen an, wobei sie sich auf den Rücken dreht und mir ihre nackten Brüste entgegenstreckt, indem sie ein stark überdehntes Hohlkreuz macht. »Da magst du recht haben. Sag mir Bescheid, wenn du ihnen abgeschworen hast, Rotschopf.«

»Was haben denn heute bloß alle mit meiner Haarfarbe?«, murre ich und wende mich mit einem Augenrollen, aber auch ziemlich heißen Wangen von der Tänzerin ab. Ich wurde noch nie von einer Frau angebaggert. Damit muss ich erst einmal zurechtkommen. »So rot sind die gar nicht. Eher braun. Kupfer, möglicherweise. Wenn überhaupt.« Hastig mache ich den Schlenker um die Poledancebühne herum, den es braucht, um zu dem Vorraum zu gelangen, der einerseits zu den Damen-WCs und zum anderen zu einem *Staff Only*-Bereich führt. Zumindest ein Raum mit Fluchtoption, weil über der Tür ein Notausgangsschild hängt. »Aha, soso. Durch die Toiletten kann ich vielleicht nicht verschwinden, aber vielleicht ja ... ist auch egal. Ich muss mich vor niemandem verstecken. Ich will nur halbwegs heil in meinem Hotelzimmer ankommen.« Ich öffne die Tür zu den WCs und werde von einem angenehmen Lavendelduft empfangen. Das heißt, er wäre vermutlich angenehm, wenn in mir nicht diese latente Übelkeit brodeln würde. Gequält verziehe ich das Gesicht und eile in eine der beiden Kabinen, wo ich mich allerdings nicht direkt vors Klo hocke, sondern mit einem erschöpften Seufzer an die Tür lehne.

Zum Glück bin ich hier für mich, was aber auch nicht so schwer zu sein scheint. Außer mir, den Tänzerinnen und den Junggesellinnen habe ich nur eine weitere Frau mit blonden Dreadlocks gesehen, die vorhin, als ich mich noch etwas besser auf meine Umgebung konzentrieren konnte, bei irgendeinem Trinkspiel mitgemacht hat, wo sie am Ende die Beißzange im Kleinen Schwarzen küssen sollte. Die Beißzange wirkte darüber nicht besonders begeistert.

Ich wette, der gesamte Club hat sich nach dieser Szene umgesehen. Bekommt man schließlich nicht alle Tage vors Auge, so einen Kuss zwischen zwei Frauen. Ich glaube sogar, dass man so etwas nur hier in New Juarez vors Auge bekommt, weil Vaughn Adler, dem die Stadt gehört, eine Cousine hat, die aus ihrem Interesse an Frauen keinen Hehl macht: Demon Adler. Sie ist eine von Adlers engsten Mitarbeiterinnen und ich schätze, sie ist die Frau mit den Dreadlocks. Oder die Tänzerin in dem Schlangenhauthöschen.

Nein. Sie wird wohl eher diejenige mit den Dreadlocks sein. Nach besagtem Kuss hat sie sich nämlich zu einer Sitzecke mit einer Handvoll Männern verdünnisiert. Dort hat sie, soweit ich weiß, keine höflichen Floskeln ausgetauscht, sondern einen von ihnen sogar dazu aufgefordert, mit ihr mitzugehen. Und zwar nicht auf die Weise, wie eine Frau einen Mann auffordern würde, ihr zu folgen, um ihm die Hose herunterzuziehen und ihm einen Blowjob zu verpassen, sondern ... keine Ahnung. Vielmehr, um ihm zu drohen, oder so.

Ist ja eigentlich auch egal. Zu dem Zeitpunkt hatte ich bereits einen Pegel erreicht, bei dem ich mich nur noch mit mir selbst beschäftigen wollte. Ich hatte keine Lust, darüber nachzudenken, ob Vaughn Adler sich tatsächlich über die Direktiven der Regierung hinwegsetzt und Homosexualität in New Juarez generell duldet. Sogar jetzt, da ich von der Tänzerin so offensichtlich angebaggert wurde, wundere ich mich nicht darüber. Für mich ist es gerade viel bequemer, mich weiterhin in meinem Unmut zu verrennen: »Ich scheiße auf dich, Justin! Warum habe ich dich eigentlich nicht rausgeworfen? Warum habe *ich* mir das Hotelzimmer genommen? Ach ja. Weil ich heute erfahren durfte, dass du seit Monaten mit *meiner* Mutter in *meinem* Bett, in *meiner* Dusche, auf *meiner* Küchenzeile, auf *meinem* Schreibtisch, auf *meiner* Couch und sogar auf *meinem* verdammten Wäschetrockner herumvögelst. Deswegen. Weil es mir zuwider ist, jemals wieder eines dieser Möbelstücke zu berühren. Außerdem hasse ich das Loft, wie du weißt. Aber meine Mutter liebt es und hat mich überredet, es zu nehmen. Jetzt weiß ich auch warum. Weil sie sich vorgestellt hat, wie sie es in jedem erdenklichen Zentimeter dieser Wohnung mit dir treibt.« Ich schließe die Augen und lehne meinen Kopf gegen das harte Holz. »Ich kann nicht zu dir zurück. Das ertrage ich nicht. Nur wo soll ich hin? Ich sitze sozusagen auf der Straße. Das Hotelzimmer kann ich mir bloß dieses Wochenende leisten.«

Der Typ an der Rezeption hat darauf bestanden, dass ich die drei Nächte im Voraus bezahle, weil es sehr untypisch ist, dass eine Frau ein eigenes Bankkonto besitzt – oder zumindest eine Kreditkarte, auf der nicht der Name ihres Mannes steht.

»Tja, Justin. Die Sache ist, dass du mich nicht heiraten wolltest. Anscheinend *wolltest* du nur über mich an meine Mutter rankommen, oder was?!«

Es wird nicht gerne gesehen, wenn eine Frau ein Hotelzimmer allein für sich bucht, weil man unter solchen Umständen davon ausgeht, dass sie ... männlichen Besuch empfängt, der nicht ihr Ehemann ist und sie für die Zeit, die sie mit ihm verbringt, bezahlt.

»Die Hotelangestellten haben mich im Visier. Spätestens seitdem ich die Bar leergesoffen habe. Vielleicht sollte ich das Wochenende lieber dazu nutzen, Wohnungsanzeigen zu studieren, anstatt mich wie geplant volllaufen zu lassen.« Ich öffne die Augen und starre auf die Klobrille. »Nein. Ich *werde* mich volllaufen lassen. Bis mir alles einfach nur noch vollkommen egal ist.«

Augenblicklich fällt mir ein, dass ich den 100$-Schein an der Bar liegenlassen habe. Keine Ahnung, was damit passiert ist – und sofort überkommt mich eine Eingebung: Ich drehe meine Hüfte von der Tür weg, schiebe eine Hand in die Gesäßtasche meines Jeansrocks und hole den Schein heraus. Den muss Snyper mir zugesteckt haben, als er mich vor der Beißzange im Kleinen Schwarzen gerettet hat. Wahrscheinlich ist er mir gar nicht zu Hilfe geeilt, sondern war eh hinter mir her, um mir das Geld zurückzugeben, und hat zufällig die rettende, warme Wand gespielt.

Super. Und ich dachte, dass es wenigstens einen Mann gibt, der sich um mein Wohlergehen sorgt.

»*Was?* Wieso gerade er, Payton?!«, beschimpfe ich meinen Gedankengang und klatsche mir sofort die Hand auf den Mund. Auch wenn niemand hier ist, muss ich ja nicht gleich das gesamte Damen-WC zusammenschreien.

Seufzend rutsche ich noch tiefer hinunter und schlinge die Arme um meine Unterschenkel. Ich könnte mir natürlich den Finger in den Hals stecken; danach würde es mir, vor allem was Übelkeit und Schwindel betrifft, um einiges besser gehen. Allerdings ... ich weiß nicht, ob es nur mir so geht, aber wenn ich mich übergeben habe, sehe ich hoffnungslos zerstört aus. Dann stehen mir die Haare zu Berge, mein Make-up haftet an Körperstellen, wo es eigentlich beim besten Willen nicht hingekommen sein kann und vor allem erlangt die Bezeichnung *Panda Eyes* eine ganz neue Bedeutung.

»Nichtsdestotrotz frage ich mich, wo Snyper mir den Geldschein hingesteckt hätte, wenn mein Rock keine Gesäßtaschen hätte. In den BH? Hinters Ohr? Unter einen BH-Träger? Oder hätte er das Geld schlicht behalten?«

»Snyper hätte dir das Geld in die Hand gedrückt«, höre ich plötzlich seine markante Stimme auf der anderen Seite der Tür. »Bist du endlich fertig mit deinen Selbstgesprächen? Ich habe dir einen Wagen gerufen. Der sollte gleich da sein.«

Ich glaube, ich habe in meinem Leben noch nie so rote Wangen gehabt. »Ach du Scheiße«, flüstere ich und kneife voller Scham die Augen zusammen. Geht es eigentlich noch schlimmer?

»Was ist? Klebst du am Fußboden fest? Muss ich dir die Haare halten, während du über der Kloschüssel hängst?«

Ich gebe ein geringschätziges Schnauben von mir. »Nein, danke.«

»Gut, dann komm da jetzt raus.«

»Ich sagte: nein, danke.«

Er gibt ein entnervtes Stöhnen von sich. »Willst du da drin übernachten, oder was?«

»Vielleicht. Keine Ahnung.« Ich verschränke die Arme vor der Brust. »Jedenfalls bin ich mir schon einmal ziemlich sicher, dass *du* im Damen-WC nichts zu suchen hast.«

»Wer soll dich denn sonst darauf hinweisen, dass gleich ein Wagen für dich kommt?«

»Weiß ich doch nicht. Ich habe nicht darum gebeten. Schließlich bin ich eine erwachsene Frau und kann selbst entscheiden, wann ich zurück in mein Hotel will.« Keine Ahnung, warum ich jetzt auf stur schalte. Eigentlich sollte ich froh sein, dass ich mich nicht um einen Wagen kümmern muss. Außerdem *wollte* ich zurück ins Hotel.

»Wie du willst.« Er macht eine dramatische Pause – und einen Augenblick später weiß ich auch warum: Für etwa zwei Sekunden rüttelt er an der Türklinke. Zwei so kurze Sekunden, in denen ich gar keine Gelegenheit bekomme, zu raffen, was er eventuell vorhaben könnte. Mag daran liegen, dass ich noch immer weit davon entfernt bin, nüchtern zu sein, und mein Gehirn dementsprechend nicht sehr schnell arbeitet ...

Auf einmal gibt es einen stärkeren Ruck an der Tür und sie wird mit einem splitternden Krachen aufgerissen. Da mir meine Rückenlehne unerwartet weggerissen wird, falle ich einfach wie ein nasser Sack um, lande mit dem Rücken auf den kalten Fliesen und mein Hinterkopf knallt hart auf. Doch der Alkohol scheint auch mein Schmerzzentrum betäubt zu haben, denn bei dem Aufprall ist es nur so, als würde ein Teil von mir registrieren ›*Okay, das tat jetzt weh*‹, aber der Schmerz kommt nicht in meinem Bewusstsein an.

Von daher schaue ich verdattert zur stuckverzierten Decke hoch, wobei in diesem Moment Snypers angepisste Visage in meinem Blickwinkel erscheint. »Ich kann dich auch ganz einfach an deinen Haaren quer durch den Club bis zum Eingang – und darüber hinaus – zerren, falls du bis dahin immer noch uneinsichtig sein solltest.«

Ich blinzle zweimal, habe allerdings keine Lust, mich zu bewegen. »Warum willst du mich denn so dringend loswerden, Snyper? So dringend, dass du sogar die Toilettentür aufbrichst?!«

Seine Miene bleibt unbewegt, während er mich einen Atemzug lang anstarrt und dann direkt vor meinem Kopf in die Hocke geht. »Hör mal zu, *Miss Bowman*.«

»Payton.«

»Pardon?«

»Nicht *Pardon*. Payton.«

»Was?«

Genervt rolle ich mit den Augen. »Ich heiße Payton. Und dein richtiger Vorname lautet sicherlich nicht Snyper. Aber ich wette, du verrätst ihn mir nicht. Von daher ist es egal und ich habe keine Ahnung, was ich da rede.«

»Das glaube ich auch langsam.«

»Ist da etwa ein angedeuteter Hauch von einem Schmunzeln an deinem Mundwinkel? Nein. Entschuldigung. Da muss ich mich versehen haben.«

Ich richte mich auf und mir wird sofort schwindelig. Ich wüsste echt gern, ob es daran liegt, weil ich mir den Hinterkopf gestoßen habe oder weil ich bis eben auf dem Boden gelegen habe und mein Kreislauf nicht mitspielen will ... oder eben, weil mein Alkoholpegel ein grandioses Comeback feiern möchte.

»Du hast dich definitiv versehen.«

Wie überraschend. Er geht auf das Namensthema natürlich nicht noch einmal ein. »Oh Gott.« Ich fasse mir stöhnend an die Stirn.

»Was?«

»Jetzt ist mir wirklich schlecht.« Und das meine ich ernst. Mit dem Schwindel ist die Übelkeit zurückgekehrt; und zwar unaufhaltsam. Mit zusammengebissenen Zähnen lehne ich mich vor, krabbele in Windeseile – zumindest so schnell, wie ich meine Arme und Beine koordiniert bekomme – zur Toilette und beuge mich würgend darüber.

»Na, toll.« Ich merke erst, dass Snyper neben mir steht, als er sich wohl tatsächlich dazu beauftragt fühlt, mir mein Haar aus dem Gesicht zu streichen. Er fasst es in meinem Nacken zusammen, eifrig darum bemüht, die einzelnen kurzen Strähnen, die immer wieder aus seinem Griff entfliehen wollen, um mir zurück ins Gesicht zu fallen, aufzuhalten.

Doch das registriere ich erst, als das Schlimmste schon vorüber ist und sich ein Großteil meines Mageninhalts in der Kloschüssel befindet. Irgendwann habe ich sogar den Punkt erreicht, an dem ich blind nach links greife und mir etwas von dem Klopapier abrupfe, um mir den Mund abzuwischen.

»Besser?« Snyper klingt ähnlich besorgt wie vorhin, als er die Wand gespielt hat.

»Mah.« Ich gebe ein verdrossenes Murren von mir und vergrabe mein Gesicht in meinem Unterarm.

»Ach, komm schon! Ramirez sorgt zwar dafür, dass diese Toiletten derart hygienisch sauber gehalten werden, damit man theoretisch vom Boden essen und aus den Kloschüsseln trinken könnte, ohne sich darüber Gedanken machen zu müssen, aber trotzdem musst du doch jetzt nicht ...« Snyper gibt ein angewidertes Brummen von sich und versucht, mich an der Schulter zurückzuziehen.

Nachlässig schüttele ich ihn ab, wobei mir das Shirt an einer Seite von der Schulter fällt, da der Ausschnitt bei meinem kleinen Rendezvous mit der Kloschüssel verrutscht ist. »Lass mich in Ruhe, Snyper. Ich brauche keinen Babysitter.«

»Doch, ich denke wohl. Wie willst du in diesem Zustand ins Taxi kommen? Geschweige denn ... Hast du dir die Klientel hier mal angesehen? Du wirst denen ohnehin schon aufgefallen sein – und wenn einer von ihnen mitbekommt, dass du mehr tot als lebendig bist, erweist du dich als ein noch viel leichteres Opfer.« Er packt mich nochmals an der Schulter und zerrt mich mit einem kräftigen Ruck zurück. »Das El Paso ist kein geeigneter Ort für dich. Ich wüsste echt gern, was dich geritten hat, als du hierhergekommen bist.«

Wie eine willenlose Puppe lasse ich mich nach hinten reißen, werde allerdings von Snypers Unterschenkeln aufgehalten. Ich lege den Kopf in den Nacken und schaue ihn unter schweren Lidern an. »Ich glaube nicht, dass ich in der nächsten Stunde eine Autofahrt heil überstehe, Snyper. Lass mich hier liegen. Das passt schon irgendwie. Du musst mich nicht an den Haaren hinauszerren. Sobald es mir etwas besser geht, trinke ich einen Schluck Wasser – keine Sorge, *nicht* aus der Kloschüssel – und dann rufe ich mir ein Taxi.« Ich lasse meinen Kopf wieder zurückfallen, weil ich es einfach zu anstrengend finde, Snyper anzusehen. »Geh. Mit den Gangstern spielen, oder so. Was immer du sonst treibst, wenn du nicht gerade ausgeflippten Frauen die Haare beim Kotzen hochhältst.«

Snyper bewegt sich keinen Millimeter. »Du sitzt auf meinen Schuhen.«

»Ehrlich?« Ich versuche, von ihm abzurücken, doch meine Körperkraft scheint mit der Klospülung weggeschwemmt zu werden, die Snyper in diesem Moment betätigt. »Wie konnte das denn passieren? Ich meine ... wie konnte ich auf deinen ...?«

»Muss ja sehr bequem sein, da du deinen Arsch offensichtlich nicht von meinen Stiefeln herunterbewegen willst.«

Ich schüttele den Kopf. »Ich kann nicht. Glaube ich.« Das stimmt wirklich. Ich habe das Gefühl, dass ich sogar zu kaputt bin, meine Arme hochzunehmen. »Kannst du mich nicht einfach hier übernachten lassen, Snyper?«, jammere ich, als ich merke, dass meine Augenlider immer schwerer werden.

»Wie *hier?* In der Toilette, meinst du?«

Einen Atemzug lang halte ich meine Augen geschlossen. Das tut so unheimlich gut. »Ja. Es sei denn, du trägst mich woanders hin. Aber dort werde ich definitiv schlafen. Und wenn du mich in ein Taxi setzt, musst du unbedingt veranlassen, dass der Fahrer mich bis in mein Hotelzimmer trägt; ich denke nämlich, ich kann nicht mehr laufen. Heute zumindest nicht.« *Wow. Dafür, dass ich echt im Arsch bin, kann ich ganz schön viele Worte über meine Lippen bringen.*

»Hey, kleine Miss! Nicht einschlafen. Ich habe dich was gefragt!«

»Hä?« Ich schrecke auf und blinzle verblüfft.

»Ich habe gefragt, ob du hier in der Toilette übernachten willst.«

»Und darauf habe ich geantwortet«, murmele ich leise, während mir die Augen schon wieder zufallen wollen.

»Nein. Hast du nicht. Du hast irgendetwas vor dich

hin gesummt und bist dann weggenickt.« Ohne Vorwarnung beugt er sich zu mir hinunter, schiebt seine Hände unter meine Achseln und hievt mich auf die Beine.

»Nicht! Mir wird wieder schlecht!«, maule ich, versuche ihm aber mit allen Mitteln dabei zu helfen, damit er nicht mein volles Gewicht tragen muss. »Du tust mir weh!«

»Puh, wie viel wiegst du eigentlich? Du bist doch höchstens eins sechzig!«, stöhnt er unter meiner Last und trotz meiner Müdigkeit bekomme ich heiße Wangen.

»Eins dreiundsechzig. Und ich habe schwere Knochen.« Endlich schaffe ich es, meine Füße vernünftig auf dem Boden abzustellen.

»Mann! Meine Stiefel haben zwar Stahlkappen, aber wenn du deinen Absatz zwischen die Schnürbänder rammst, tut es trotzdem weh!«, raunzt Snyper mir direkt ins Ohr. »Und von wegen *schwere Knochen*. Du bist einfach ein bisschen speckig, würde ich sagen.«

Meine Wangen erhitzen noch mehr, diesmal dagegen vor Empörung. Nochmals drücke ich ihm meinen Absatz in den Fuß und Snyper stößt zu meiner Befriedigung ein raues Zischen aus. »Ich bin nicht speckig. Ich habe Normalgewicht! Tut mir leid, wenn deine Auffassung von schlank eine andere zu sein scheint als meine!« Zum Glück habe ich ihm den Rücken zugewandt und bin daher nicht gezwungen, seine angsteinflößende Miene zu betrachten, während ich meine Meinung ihm gegenüber ausspreche.

Seine Beleidigung hat gewirkt. Auf einmal bin ich gar nicht mehr so müde. Ich kann sogar auf meinen eigenen Füßen stehen. Allerdings scheint das Snyper nicht besonders zu interessieren: Er umfasst mich an der Taille, dreht mich, hebt mich hoch, und wirft mich über die Schulter. »Du kommst jetzt mit, ob du willst oder nicht«, brummt er genauso mürrisch, wie ich befürchtet habe, und sein markanter Trapezmuskel drückt forsch in meinen Magen, der direkt zu rebellieren beginnt.

»Snyper ... ich ...« Ich merke, wie er – meinen Hintern voran – die Tür zum Club aufstößt.

»Ja, ich weiß. Dir wird wieder schlecht. Halt die Luft an. Ich bringe dich in eines der Gästequartiere.«

DREI

SNYPER

Ja, P. Ich bringe dich in eines der Gästequartiere.

In mein Gästequartier.

Warum?

Weil du frech bist. Weil du aus irgendeinem Grund schlecht erzogen bist.

Ich werde dich erziehen. Auf meine Art.

Der Künstler in mir will beschäftigt werden.

Und du wirst nicht meine Muse sein, nein.

Du wirst mein Kunstwerk sein.

Wenn ich mit dir fertig bin, wirst du nicht mehr die Payton sein, die du vorher warst. Nie wieder.

»Snyper, bitte. Mir ist echt übel. Lass mich runter«, quengelt die kleine Miss Bowman.

»Ich sagte, halt die Luft an.« Ich trage sie quer durch den belebten Club und starre jeden nieder, der es wagt, in unsere Richtung zu gucken.

»Bitte lass mich runter.«

»Halt die Klappe.«

Wir passieren die nervige Mädchengang, deren

Anführerin sich vorhin von Demon ablecken lassen hat. Drei der Mädchen weichen mir mit großen Augen aus, senken aber klugerweise allesamt den Blick, als ich auch sie niederstarre.

Die Mädchengang ist für mich allerdings nur von nebensächlichem Interesse, da ich nämlich regelrecht spüren kann, wie die kleine Miss Bowman sich wieder in ihrer Empörung verrennt, weil ich sie dazu angehalten habe, die Klappe zu halten.

Gut so, P. Konzentriere dich auf mich. Darauf, dass ich ein Arschloch bin.

Dann vergisst du die Übelkeit.

Du vergisst sie, sobald wir erst einmal unter uns sind; sobald ich dich in meinem Quartier für mich habe ... Sobald ich dich von der Außenwelt fernhalte.

Ich werde dafür sorgen, dass du alles vergisst.

Weil ich dir Schmerzen zufügen werde.

Weil ich dich verändern werde.

Ob du willst oder nicht.

Mit ausgreifenden Schritten trete ich um die Theke herum, an der die kleine Miss vorhin noch so angeheitert gesessen und sich abfüllen lassen hat.

Chase scheint sich inzwischen ebenfalls nach oben verzogen zu haben. Ich wette, mit einer Frau. Er verbringt kaum eine Nacht allein in seinem Bett. Besser gesagt, Vormittag. Die Nacht ist so gut wie vorüber.

»Snyper, echt jetzt! Wo bringst du mich hin?«, mault sie und fängt an zu zappeln.

Das war zu erwarten. Eben war ich noch gnädig und habe sie ganz gesittet an ihren Oberschenkeln gehalten. Ab sofort ist Schluss damit: Während ich mit einer Hand die Tür, die zu den Quartieren führt, aufstoße, bohre ich mit der anderen meine Finger in das empfindliche Fleisch an der Innenseite ihres Schenkels, kurz unterhalb ihres Rocksaums.

»Autsch! Sag mal, spinnst du?!«, zetert sie aufgebracht und zappelt noch mehr.

Sogleich schlinge ich meinen Arm um ihren Unterleib und drücke so lange zu, bis sie vor Schmerzen keucht. »Ich habe dir gesagt, dass ich dich in eines der Gästequartiere bringe. Also freu dich über dieses Privileg und halt endlich die Klappe.«

Zielstrebig steuere ich auf die hölzerne Wendeltreppe zu. Wenn die kleine Miss nicht bald Einsicht zeigt, könnte es schwierig werden, sie in dieser Position nach oben zu bekommen.

Sie sagt tatsächlich nichts.

Einundzwanzig, zweiundzwanzig, dreiundzwanzig.

»Lass mich runter, Snyper.«

Ah, ich wollte mir schon Sorgen machen.

»Ich kann selbst laufen.«

»Eben warst du noch zu müde dafür.« Ich setze den ersten Fuß auf die Wendeltreppe.

»Verdammt, was machst du da?!«, fragt sie bestürzt, als sie merkt, dass es aufwärtsgeht.

»Wenn du stillhältst, lasse ich dich nicht los, verstanden?! Dann passiert dir nichts.«

»Oh Gott.« Erstmalig hält sie sich an mir fest. Sie krallt ihre Finger regelrecht in mein Shirt.

. . .

Genau so, P. Ich schätze, es wird nicht das letzte Mal sein, dass du dich an mir festkrallst.

Wenn du brav bist – sobald ich dir Benehmen beigebracht habe – werde ich dir erlauben, deine Nägel in meine Haut zu treiben, wenn dir danach ist.

Aber erst dann.

Wir erreichen den Treppenabsatz und ich steuere wie gewohnt nach rechts. Es gibt hier oben sieben Gästequartiere, von denen fünf dauerhaft besetzt sind: von Vaughn Adlers *Fünf Schatten.*

Ich bin einer von ihnen. Ich war der Erste. Und ich war es, der Adlers Cousine Demon ausgebildet und sie zu dem gemacht hat, was sie jetzt ist. Vielleicht habe ich ihr einige Dinge gezeigt, die ich ihr nicht hätte zeigen sollen. Vielleicht habe ich *etwas* in ihrem Kopf geweckt, was ich nicht hätte wecken sollen. Aber dadurch wurde sie zu einem guten Schatten geformt. Nun hat sie eine Aufgabe: ihren Cousin zu beschützen.

Die kleine Miss sagt nichts mehr.

»Bist du eingeschlafen?«

»Nein. Ich muss bloß meine gesamte Konzentration dazu aufbringen, dir nicht den Rücken vollzukotzen.«

»Ich bezweifle, dass sich noch irgendetwas in deinem Magen befindet, was sich daraus entleeren könnte.«

»Wollen wir Wetten abschließen?«

Wir erreichen das Ende des Ganges und ich werfe einen routinemäßigen Blick aus dem kleinen quadratischen Fenster. Von hier aus kann ich über ein paar der Häuserdächer hinwegschauen und außerdem einen Teil der Straße einsehen.

Ein heller Streifen ist schon am Horizont zu erkennen.

»Nein.« Ich stoße die Tür auf und das Licht geht aufgrund des Bewegungsmelders automatisch an. Mein Augenmerk fällt sofort nach rechts auf den Couchtisch, wo noch mein Besteck liegt.

Fuck. Zwar ist mir im Grunde egal, ob die kleine Miss von meinem Drogenkonsum erfährt, dennoch will ich nicht den Eindruck vermitteln, dass sie hier in einer Fixerhöhle gelandet ist. Ich hätte sie in eines der unbewohnten Quartiere bringen sollen. Doch jetzt ist es wichtig, dass ich mein Programm durchziehe und nicht unentschlossen auf sie wirke.

Langsam lasse ich sie von meiner Schulter gleiten und stelle sie vor mich auf die Füße, allerdings ohne sie loszulassen.

Sie schaut zu mir auf. »Und nun?« Ihr Make-up ist verschmiert und ihre Wimperntusche verklebt; sie hat kleine schwarze Punkte auf ihren Lidern und unter ihren Augen hinterlassen. Ihr schulterlanges Haar ist zerzaust. Nichtsdestotrotz – oder gerade deswegen – hat sie in gewisser Hinsicht eine anziehende Wirkung auf mich.

»Und nun ...« Ich drehe sie um die eigene Achse – und mir ist so, als würde ich das ständig bei ihr tun; ich fühle mich wie ein Puppenspieler und das gefällt mir. »Nun gehst du ins Bad, putzt dir die Zähne und machst dein Gesicht sauber.« Ich schiebe sie vor mir her, bis wir die schmale Badezimmertür erreichen.

»Aha.« Wie automatisiert streckt sie die Hand nach der Klinke aus und zieht die Tür auf. »Darf ich das denn wirklich selbst machen oder willst du da wieder für mich entscheiden, wie ich vorzugehen habe?« Ihre helle Stimme nimmt langsam wieder einen schnippischen Ton an.

»Ich habe nicht für dich *entschieden,* hier zu übernachten. Du warst drauf und dran, es dir unten im Klo gemütlich zu machen, und ich hielt es nur für besser, wenn du es dir *hier* gemütlich machst.« Energisch schiebe ich sie vors Waschbecken und öffne einen der Spiegelschränke, um eine unbenutzte Zahnbürste für sie herauszunehmen.

»Soso. Sehr freundlich, danke.« Sie nimmt diese entgegen und lässt ihren Blick auf meine Zahnbürste fallen. »Und was ist das hier bitte für ein Gästequartier, in dem die Sachen desjenigen nicht entfernt werden, der hier vorher übernachtet hat?«

»Könnte daran liegen, dass es *mein* Gästequartier ist.«

Gerade noch hat die kleine Miss den Wasserhahn angestellt und nach Wasser geschöpft, um sich offenbar den Mund auszuspülen, aber nun blickt sie auf und schaut mich irritiert über mein Spiegelbild hinweg an. »Wie? Du denkst doch nicht im Ernst, dass ...«

»Ich habe nicht viel gedacht. Ich wollte nur vermeiden, dass dich jemand auf den Damenklos findet und sich deine Situation zunutze macht. Außerdem wollte ich vermeiden, dass du das Taxi vollkotzt.«

»Du hast gesagt, dass du mich in ein Gästequartier bringst. Nicht in dein ... was ist das? Zimmer?«

»Mein Quartier.«

»Und warum bekomme ich kein *Gästequartier?*« Obwohl sie nicht gerade den Eindruck auf mich macht, als wäre sie mit der Gesamtsituation einverstanden, schöpft sie nochmals eine Handvoll Wasser und spült sich den Mund aus. Beim zweiten Mal trinkt sie mit gierigen Schlucken; in ihrer rechten Hand noch immer die Zahnbürste, die sie wie ein mickriges Zepter in die Höhe hält.

»Die anderen Quartiere sind besetzt«, lüge ich sie letztendlich an, froh darüber, ihr nicht in die Augen sehen zu müssen. »Komm damit klar oder schlaf hier im Bad, mir egal. Du kannst meinetwegen auch mein Bett haben. Es ist frisch bezogen und ich habe keine Filzläuse oder Derartiges, falls es das ist, wovor du Angst hast.« Ich wende mich von ihr ab und laufe mit ausgreifenden Schritten ins Wohnzimmer, um mein Zeug wegzuräumen.

Mir ist klar, dass sie viel mehr *befürchtet*, ich könnte die Situation ausnutzen, um ihr an die Wäsche zu gehen. Werde ich vermutlich auch. Aber vorerst schwebt mir etwas wesentlich Interessanteres vor. Dafür werde ich sie festbinden, wenn mir nichts anderes übrigbleibt.

Du hast dich zu wenig gewehrt, P.

Du bist nicht abgeneigt.

Du bist neugierig. Einsam. Frustriert.

Du hattest einen Grund, hierherzukommen und dich zu betrinken.

Du hast die Gefahr gesucht.

Und du hast sie gefunden.

. . .

Als ich nach meinem Zeug greife, wird mir auf einmal klar, dass ich mir einen Schuss setzen sollte, bevor die kleine Miss mich *kennenlernt*.

Wenn ich drauf bin, fällt es mir leichter, auf Frauen wie sie einzugehen. Es kommt allerdings darauf an, worauf das hier hinauslaufen wird.

Wenn es noch weitere Redegewandtheit braucht, um sie davon zu überzeugen, in meinem Bett zu schlafen, sollte ich mir eher etwas Schnee gönnen.

Wenn sie mich stattdessen etwas einfühlsamer will und keinen allzu harten Sex erträgt, sollte ich mir einen Schuss setzen.

Da es mir jedoch an der Zeit fehlt, mir etwas abzukochen und aufzuziehen, da die kleine Miss jederzeit aus dem Bad kommen könnte, entscheide ich mich dazu, erst einmal gar nichts zu nehmen. Das kann ich immer noch nachholen, wenn sie endlich pennt.

Wie gewohnt verstaue ich mein Zeug im Safe, den ich in einen der Küchenschränke installiert habe. Keine Sekunde zu früh, denn die kleine Miss öffnet gerade die Badezimmertür und schaut sich misstrauisch um. »Und wo schläfst du?«

Ich drehe mich zu ihr. »Auf der Couch, sofern du darauf bestehst. Das Bett ist allerdings groß genug für zwei. Ich könnte eine zusammengedrehte Decke als Schutzwall zwischen uns aufbauen, falls du dich damit sicherer fühlst.«

»Na ja. So schlimm wird es wohl nicht sein.«

»Okay.«

Sie beißt sich auf die Unterlippe und weiß anscheinend nicht, was sie machen oder sagen soll. Schließlich beginnt sie, im Stehen ihre mit Blumenmustern verzierten Stiefel zu öffnen, deren Absätze spitz genug sind, um jemandem ein Auge auszustechen. Kein Wunder, dass sie darauf nicht vernünftig laufen konnte. Und kein Wunder, dass es arschmäßig wehgetan hat, einen dieser Absätze in meinen Fußrücken gerammt zu bekommen. Da hilft es auch nicht, dass mein Schmerzzentrum dank meines intravenösen Cocktails von vorhin noch ziemlich abgestumpft ist.

»Danke, dass du mich hier schlafen lässt. Ich glaube zwar, dass es nicht nötig ist, allerdings hat die Fahrt hierher vierzig Minuten gedauert ... vielleicht hat der Taxifahrer mich übers Ohr gehauen, wer weiß das schon. Und eigentlich ... möchte ich nur noch schlafen.«

Ich zucke mit den Achseln. »Da es meine Entscheidung war, dich mit rauf zu nehmen, ist es okay.«

Sie nickt erleichtert und zeigt auf die Schlafzimmertür, die sich direkt neben der zum Bad befindet. »Ich schätze mal hier, oder?«

»Japp.« Ich kann mir ein Schmunzeln nicht mehr verkneifen. »Du kannst ja Bescheid sagen, wenn du unter der Decke liegst. Ich beziehe mir dann was.«

Es dauert keine halbe Minute, bis ich ihre gedämpfte Stimme vernehme. »Bescheid.« Sehr witzig.

Wortlos betrete ich das Schlafzimmer und öffne, ohne zu der kleinen Miss zu sehen, den Schrank, um eine weitere Decke herauszuholen. Soll sie denken, was sie will. Ich habe nun einmal häufig Übernachtungsbesuch. Sobald die erste Runde vorbei ist und ich keinen Drang empfinde, den Besuch wegzuschicken, weil ich später noch eine zweite Runde will, habe ich in der Regel keinen Bock auf Kuschelkurs. Von daher bestehe ich auf eine eigene Bettdecke.

Ich bin echt neugierig und muss mich wirklich zwingen, nicht zu der kleinen Miss zu gucken. Ich frage mich, ob sie sich bis auf die Unterwäsche ausgezogen, oder ob sie ihre Sachen angelassen hat. Ich vermute Letzteres, obwohl ich an ihrer Stelle ... na ja.

»Willst du ein Shirt von mir?« Ich drehe mich zum Bett, werfe das Inlay auf die Matratze und ziehe den Reißverschluss des Deckenbezugs auf.

Die kleine Miss hat sich die Decke bis zum Kinn gezogen, was darauf schließen lässt, dass sie sich tatsächlich bis auf die Unterwäsche ausgezogen hat. »Das wäre ... nett.«

Ich schenke ihr ein Mundwinkelzucken, wende mich wieder dem Schrank zu und entscheide mich für ein schwarzes Shirt mit V-Ausschnitt, welches selbst mir recht weit ist. Das dürfte meinen Zwecken entsprechen. Ich werfe es ihr zu, schnappe mir Inlay und Deckenbezug und kehre ihr den Rücken zu, damit sie sich – ohne den Eindruck zu bekommen, dass ich ihr etwas weggucken will – umziehen kann.

Als ich die Bettwäsche rascheln höre, wende ich mich ihr wieder zu, allerdings ohne den Blick zu heben, sondern gebe vor, das Beziehen einer Bettdecke und das anschließende Zuziehen des Reißverschlusses würde meine gesamte Konzentration erfordern.

Letztendlich lasse ich die Decke aufs Bett fallen und ziehe mir in derselben Bewegung mein eigenes Shirt über den Kopf. Scheinbar gleichgültig lasse ich es auf den Boden segeln. Ich setze mich auf die Bettkante und wende mich meinen Kampfstiefeln zu.

. . .

Ich weiß, dass du mich beobachtest, P. Wieso solltest du es nicht tun?

Zum einen gibt es an meinem Oberkörper kaum eine Stelle, die nicht tätowiert ist und zum anderen dürfte dir auch rein anatomisch gesehen gefallen, was du siehst.

Ich weiß, dass du mich anfassen willst.

Doch du traust dich nicht, richtig?

Ich weiß, der Moment wird kommen, an dem dir nichts anderes übrigbleibt, als mich anzufassen, P.

»Ganz schön viele Tattoos«, stellt die kleine Miss in dieser Sekunde fest.

»Ich weiß.« Ich stehe auf und ziehe mir die Hose herunter. Jetzt trage ich nur noch die hautengen Boxershorts und gleich, wenn ich mich zu ihr umdrehe, wird die kleine Miss erkennen können, dass mein Schwanz eine ziemlich passable Größe hat. Vorausgesetzt sie wagt es, dorthin zu gucken.

Ich wende mich ihr zu, hebe die Bettdecke an und schaue der kleinen Miss dabei direkt ins Gesicht, als würde ich eine Reaktion provozieren wollen. Entschlossen erwidert sie meinen Blick, dennoch sind ihre Wangen gerötet.

Na ja. Auf den Schwanz hat sie mir zwar nicht geguckt, aber ich möchte wetten, dass sie meinen Arsch bewundert hat.

»Gibt es irgendeine Körperstelle, die nicht tätowiert ist?«, fragt sie und klingt dabei ein wenig schnippisch. Warum auch immer.

»Was willst du jetzt von mir hören? Soll ich dir die genauen Orte nennen?«

Sie reißt verschreckt die Augen auf. »Ähm.«

»Mein Gesicht, beispielsweise«, erkläre ich ihr mit einem Tonfall, der ihr zwischen den Zeilen in etwa *›bist du blind?!‹* vermitteln soll.

»Ach stimmt, klar. Entschuldigung, dass ich überhaupt nachgefragt habe. Dieses Detail muss mir in meinem benebelten Zustand wohl entgangen sein.«

Ich lege mich neben sie, verschränke die Arme hinterm Kopf und schaue an die Decke. »Und bei dir?«

»Was?«, fragt sie alarmiert.

»Du hast ein Tattoo an der linken Schulter. Es ist mir vorhin in der Toilette aufgefallen, als dein Shirt verrutscht ist. Rosen. Glaube ich zumindest. Wer auch immer das tätowiert hat, muss besoffen gewesen sein. Er hat keine gute Arbeit geleistet.«

»Ach ja?« Und wieder ist sie zickig.

»Ja. Ich weiß, wovon ich rede. Ich tätowiere selbst.« Ich drehe den Kopf zu ihr und lasse meinen Kiefermuskel zucken.

Erneut reißt sie die Augen auf, weil mein Ausdruck sie wie beabsichtigt in die Schranken verweist. »Ich ... ähm.«

»Ja?«

Manchmal frage ich mich, ob es an meiner angeborenen Bosheit liegt, dass nur ein minimales Stirnrunzeln meinerseits reicht, um den Menschen einen Schrecken einzujagen. Es gibt Momente, da kann dieses Talent ganz schön nervig sein. Aber diese sind sehr selten. In der Regel ist es angenehm, dass ich fast jeden damit in die Flucht schlagen kann.

»Es ist nur ... das Tattoo wurde nie fertiggestellt. Ich habe es machen lassen, da ... keine Ahnung.« Sie bricht ab und wendet sich mir zu. »Und du hast deine

Tattoos selbst gestochen? Zumindest an den Stellen, wo du rankommst?«

»Exakt.« Bilde ich mir das nur ein oder klingt sie ein wenig beeindruckt?

»Okay. Du scheinst es wirklich draufzuhaben.«

»Exakt.«

»Hmm.«

Ich drehe mich ebenfalls auf die Seite. »Darf ich mir das mal genauer angucken?« Unter Umständen ist es noch zu früh, sie darum zu bitten, aber ich habe das Gefühl, dass unser Gespräch demnächst zum Erlahmen kommt, wenn ich nicht diesen Vorstoß wage.

Ich muss dich neugierig machen, P.

Nicht, dass ich das nötig habe. Ich könnte dich auch unter Drogen setzen, um dich dazu zu bringen, das zu tun, was ich von dir verlange, aber ich weiß, dass du Interesse hast.

Ich weiß es einfach.

»Ähm. Okay.« Zweifel schwingen in ihrer Stimme mit. Sie setzt sich auf und kehrt mir den Rücken zu, lässt allerdings den Kopf zu mir gedreht, um mich weiterhin skeptisch beäugen zu können.

Ich richte mich ebenfalls auf und lasse die Decke an mir herunterfallen, sodass sie nur noch meine Beine bedeckt. »Hast du das Make-up problemfrei entfernen können?«, erkundige ich mich beiläufig, während ich nach dem Lichtschalter taste und die Festtagsbeleuchtung wieder aufdrehe.

»Ja, ich habe einfach die Kernseife benutzt. Es kam

mir nicht richtig vor, ohne zu fragen an deinen Schrank zu gehen.«

»Interessant.« Ich beuge mich vor und betrachte ihr Tattoo genauer. Es ist gar nicht so misslungen, wie ich es der kleinen Miss weisgemacht habe. Aber einfarbig. Ich finde, sie sollte keine einfarbigen Tattoos tragen. Das ist eher mein Ding. Die kleine Miss sollte ein wandelnder Farbtupfer sein.

»Was soll das heißen?« Argwöhnisch weicht sie vor mir zurück und schenkt mir einen giftigen Blick.

»Ich wundere mich nur darüber, da ich dich eher so eingeschätzt habe, dass du die Gelegenheit ausnutzen und meine Sachen durchwühlen würdest.«

»Du kennst mich doch gar nicht! Woher willst du wissen, wie neugierig ich bin?«

Ich fixiere ihren Blick, was sie augenblicklich zu Eis gefrieren lässt. »Nein, das weiß ich nicht. Aber ich finde dich ziemlich vorlaut, von daher habe ich nicht gerade vorurteilsfrei darauf geschlossen, dass du ein eher dreistes Gemüt hast und die Privatsphäre anderer Leute von daher nicht wirklich respektierst.«

»Tja. Da hast du dich wohl getäuscht.«

»Anscheinend.« Ich halte ihren Blick fest und ich werde es so lange tun, bis sie mich wieder ihr Tattoo betrachten lässt. »Du hast eine bemerkenswerte Augenfarbe.« Keine Ahnung, wo das plötzlich herkommt, aber es musste gesagt werden. Ihre Iriden haben ein so helles Braun, dass sie schon fast golden wirken.

Stöhnend rollt die kleine Miss mit den Augen, womit ich den Blickkontakt zu ihr verliere. »Jaja. Sag doch einfach, wenn du dich an mich ranmachen willst.«

Prompt ziehe ich die Stirn kraus, woraufhin sie

meinem Blick endgültig ausweicht, weil sie es offenbar nicht schafft, mir standzuhalten. »Das war eine reine Feststellung.«

»Ja klar.«

Ich zucke die Achseln. »Darf ich mir das Tattoo trotzdem angucken oder ist das aus deiner Sicht ebenso ein Versuch, mich an dich ranzumachen?« Wie recht sie doch hat.

»Nein. Es interessiert mich ehrlich gesagt, was ein Fachmann dazu sagt. Ich wollte es eigentlich immer fertigstellen lassen, aber es ist ständig etwas dazwischengekommen.«

Ich lehne mich wieder zu ihr und lasse mein Augenmerk über ihre Haut schweifen. »Darf ich?« Ich zupfe am Kragen des Shirts und die kleine Miss nickt.

Gleich habe ich dich.

Gleich wirst du einknicken.

Ich erkenne es an deiner schneller werdenden Atmung.

Natürlich habe ich gesehen, wie du ein Schaudern unterdrückt hast, als ich den Stoff berührte.

Gleich wirst du mir gehören, P.

Und du wirst dieses Schlafzimmer erst wieder verlassen, wenn ich genug von dir habe.

Mit zwei Fingern fasse ich den Stoff des Shirts zusammen und ziehe den Ausschnitt in Richtung ihrer Schulter. So weit, bis ich die Tätowierung vollkommen einsehen kann. »Hmmm«, brumme ich kritisch.

»Was ist?«

Eigentlich braucht sie sich keine Gedanken darüber zu machen. Auf den ersten Blick erkennt man nicht, dass es nicht vollendet wurde. Die Rosenblüten hätten mehr Tiefe bekommen können, für einen Laien ist es dagegen vollkommen in Ordnung. »Was hattest du dir denn ursprünglich für dieses Tattoo vorgestellt?« Ich lasse einen Finger über das Muster streichen. Nur ganz sacht. Wie erhofft zuckt die kleine Miss unter meiner Berührung zusammen. »Entschuldigung«, murmele ich, meine es aber kein bisschen ehrlich.

»Nein ... es ist okay«, stottert sie und lehnt sich sogar ein Stück zu mir.

Weil es zurückgerutscht ist, ziehe ich ihr das Shirt wieder über die Schulter und zeichne mit meinem Finger eine der Rosen nach.

Erneut fährt sie unter meiner Berührung zusammen, aber sie senkt stur den Kopf und ballt die Hände zu Fäusten. Ihre niederen Instinkte scheinen zu spüren, dass ich sie ficken will und wollen den Verstand der kleinen Miss übermannen. Gut so. »Ich ... weiß nicht mehr, was ich mir genau vorgestellt habe. Eigentlich wollte ich bloß meine Mutter damit verärgern«, gibt sie viel zu spät preis. Ich hatte die Frage längst abgehakt.

Mein Finger zeichnet die nächste Rose nach und ich kann, obwohl ich hinter ihr hocke, erkennen, dass sie sich auf die Unterlippe beißt. Ich streichele sie gar nicht richtig und trotzdem scheint sie es zu genießen. »Und? Hat es sie verärgert?«

»Ja. Als Dank dafür hat sie mit meinem Freund gebumst, der übrigens der Grund dafür ist, dass ich das Tattoo nicht fertigstellen lassen habe, weil er keine Tattoos mag.«

»Gebumst.«

»Ja.«

»Okay.«

»Ist der Ausdruck zu lahm für dich?« Ihre Schulter spannt sich unter meiner Berührung an und ich warte förmlich darauf, dass sie sich mir entzieht. Es besteht durchaus das Risiko, dass sie sich gleich wieder gegen mich auflehnt, aber das war einfach zu köstlich.

»Definitiv, ja.« Ich muss schmunzeln, was sie ja vielleicht an meiner Stimme hören kann.

»Okay. Dann haben sie halt gevögelt. Besser?«

»Japp.« Ich lasse von ihr ab und ziehe das Shirt zurecht. »Du solltest jetzt schlafen.«

Doch die kleine Miss verharrt weiterhin in ihrer Position. »Hör nicht auf.«

Und da ist es. Sie will Rachesex.

Vielleicht will sie auch einfach nur vergessen. Vielleicht fühlt sie sich tatsächlich zu mir hingezogen.

»Was meinst du?« Ich will es hören. Ein Teil von mir hat sich erhofft, dass ich sie erst überreden muss, doch dass die kleine Miss mich tatsächlich darum *bittet,* sie zu ficken, muss ich jetzt auskosten. Mein Schwanz schwillt bereits an, seitdem ich ihre weiche Haut berührt habe, und ich war fast gewillt, es zu unterdrücken. Nun brauche ich mich wohl nicht mehr vor ihr zu verstecken.

Sie räuspert sich leise. »Es ist eine Weile her, dass mich jemand ... gestreichelt hat.«

»Ich habe doch nur ...«

Ihr Kopf schnellt zu mir herum und sie schenkt mir einen giftigen Blick. Ihre Iriden funkeln golden und ihre vollen Lippen spitzen sich erzürnt.

. . .

Du passt perfekt, P.

Wenn du nur ein bisschen Zeit mit mir verbringst, wirst du verdorben genug sein, um es mit der Welt aufzunehmen.

Ich sagte doch, du wirst nie wieder dieselbe sein.

Zwei Sekunden lang starren wir uns an.

»Okay«, brumme ich. »Streck mir deinen Arsch entgegen.« Ohne zu zögern umfasse ich ihre Taille, während sie zittrig ausatmet und sich auf den Händen abstützt. »Willst du es schnell und hart?« Mein Tonfall ist schon fast zu sachlich, obwohl mein Schwanz seit ihrem giftigen Blick beinahe schmerzhaft zu pulsieren begonnen hat.

»Ich ... weiß nicht.«

Provozierend langsam lasse ich meine Hände an ihrer Hüfte hinabgleiten, drücke sie noch etwas höher. Sie trägt einen schwarzen String, bei dem ich versucht bin, ihn ihr einfach von der Haut zu reißen. Doch wenn sie mir nicht einmal sagen kann, wie sie gefickt werden will, sollte ich gesitteter vorgehen.

Meine Hände wandern unter ihr Shirt, ihre Seiten hinauf, bis zu ihrem BH. Ihre Nippel sind unter dem Stoff hart und fest und ich reibe sie mit meinen Daumen, bis die kleine Miss ein leises Seufzen ausstößt. »Soll ich ein Kondom benutzen?«

»Ich weiß ...«

Ich halte inne. »Ja oder nein?«

»Nein.«

Meine Hände gleiten wieder an ihr hinab und ich umfasse die weiche Haut an ihrem Becken. Meine Finger schieben sich unter den String und platzieren sich auf ihrer gründlich rasierten Scham. »Warum nicht?«

»Ich nehme die Pille.«

Übergangslos drücke ich meinen harten Schwanz gegen ihre Mitte und gebe dabei ein tiefes Stöhnen von mir. »Das ist kein Grund.«

»Ich ...« Instinktiv presst sie sich gegen mich und reibt sich an meiner Härte. Es fühlt sich jetzt schon viel zu gut an.

»Konzentriere dich, Payton.« Es ist das erste Mal, dass ich ihren Namen sage. »Warum willst du kein Kondom?« Meine Hände gleiten unter den Bund ihres Strings und schieben ihn beiseite, sodass ich endlich die vollkommene Sicht auf ihre nasse Pussy genießen kann. Mein Schwanz zuckt hungrig, doch ich muss erst die Antwort hören. Obwohl es eigentlich nicht von Belang sein dürfte.

»Ich möchte, dass du mich spürst.«

Meine Mundwinkel verziehen sich zu einem überaus zufriedenen Grinsen. Diese kleine Lügnerin. »Und?« Ich lasse einen Finger zwischen ihre Schamlippen gleiten, was mich fast verrückt macht, weil sie so feucht ist.

Die kleine Miss gibt ein verzweifeltes Wimmern von sich, während ich mir die Shorts hinunterziehe, meinen begierigen Schwanz in die Hand nehme und seine Spitze gegen ihren Eingang drücke.

»Sag es, Payton.«

»Ich will, dass du in mir kommst. Ich will dein Sperma in mir.«

»Gut so. Braves Mädchen.« Ich umklammere ihr Becken so fest, dass es ihr nicht möglich ist, sich zu bewegen, ob sie mir nun entkommen will, oder nicht.

»Die Vorstellung, dass ich dich mit meinem Samen markiere, macht dich an, nicht wahr? Das Verbotene. Weil du mich nicht kennst und nicht weißt, ob ich immer so unvorsichtig bin.«

»Ja.«

»Gut. Mich macht es auch an, Payton.« Mit einem festen Stoß bin ich in ihr, was sie entgeistert aufschreien lässt. »Schhh, kleine Miss. Entspann dich.« Unerbittlich schiebe ich mich in sie. Ich bohre meine Finger in ihr Fleisch, halte ihr Becken so, dass ich jeden Zentimeter von ihr aufspießen kann.

Ihre Arme knicken ein und sie ächzt in ihr Kissen, doch sie versucht nicht, sich mir und meiner Größe zu entziehen. Sie streckt mir willig ihren Arsch entgegen, denn sie will, dass ich sie genau so nehme; dass ich in ihr komme.

Nochmals ramme ich mich in sie und beobachte meinen Schwanz dabei, wie er sich erbarmungslos in ihr versenkt.

Gequält stöhnt sie unter meiner Ungnade auf, pariert jedoch meinen Stoß. »Ja, mach weiter!«, ruft sie gedämpft in ihr Kissen.

Ich drücke mich bis zum Anschlag in sie hinein und stöhne nun selbst gequält auf. »Fuck, du fühlst dich so gut an, Payton.« Es ist nicht nur das Gefühl, wie mein Schwanz ihre enge Pussy dehnt. Es ist vor allem die Tatsache, weil Payton *will,* dass ich es tue. Sie will mich genauso unerbittlich, wie ich es von Natur aus bin.

»Ja, verdammt! Nimm mich so wie du mich willst, Snyper!«

»Dein Ernst?« Ein weiteres Mal versenke ich mich in ihr. Ich weiß, dass ich ihr wehtue, als ich mich wieder vollständig in sie hineinzwänge und gegen ihren Muttermund stoße.

»Mein verdammter Ernst!« Sie keucht, sie wimmert, aber sie will es. Zu meinem Gefallen pariert sie drei weitere feste Stöße von mir und stöhnt dabei immer lauter. Ich muss sie nicht mehr festhalten, da sie sich mir voller Verlangen entgegenstreckt. Ich umfasse ihr Becken nur noch, weil ich etwas zum Halten brauche, während ich mich immer heftiger in sie ramme; sie richtig ficke.

Mein Daumen wandert zu ihrer Klit und reibt sie energisch, wobei Payton sich aufrichtet, ans Bettende klammert und sich mit einem Seufzen gegen mich lehnt. Ich rücke so dicht an sie heran, wie ich kann, ohne dabei die Härte des Ficks verändern zu müssen.

Endlich gibt sie ein unkontrolliertes Stöhnen von sich. »Verdammt, komm in mir. Ich will es spüren.«

»Fuck, Payton, du machst mich fertig.« Ich tue ihr den Gefallen. Ich lege ihre Schulter frei und bohre meine Zähne in ihr Fleisch, bis ich Blut schmecke. Sie schreit auf, doch sie entzieht sich mir nicht.

Das ist der Moment, in dem ich explodiere und sie mit meinem verdammten Samen markiere. Genauso, wie sie es sich gewünscht hat. Ich habe sie genauso gefickt, wie sie es gebraucht hat. Wie ich es gebraucht habe.

»Verfickte Scheiße. Du bist perfekt.«

Es hat nur ein paar Minuten gedauert und du bist eingeschlafen.

Du liegst vor mir auf dem Bauch, ein Bein angewinkelt.

Dein String ist wieder zurechtgerückt, aber ich habe die beste Sicht zwischen deine Beine und der Stoff ist nass.

Nass von deiner Erregung und von meinem Sperma, das nun langsam aus dir heraussickert.

Allein dieser Gedanke macht mich verdammt an.

Ich habe dich mit meinem Samen markiert und jetzt gehörst du mir, P.

Du bist in meiner Gewalt.

Vorsichtig gleite ich aus dem Bett und begebe mich lautlos ins Wohnzimmer. Ich bin davon überzeugt, dass es nach dieser Anstrengung einiges brauchen dürfte, um die kleine Miss wach zu bekommen, doch ich sollte nichts riskieren.

Ich öffne den Safe, hole mein Besteck, aber auch ein starkes Beruhigungsmittel heraus, welches ich der kleinen Miss gleich intramuskulär spritzen werde ... und dann werde ich mich an ihr vergehen. Ich werde das tun, weshalb ich hier bin. Weshalb ich die kleine Miss hierhergeholt habe.

Eigentlich brauche ich in den kommenden Stunden den nächsten Schuss, aber mit Heroin in meinem Blut werde ich mich jetzt kaum noch wachhalten können. Von daher klopfe ich mir auf dem Regal über dem Safe zwei Lines zurecht und schniefe sie nacheinander in meine Nase. Danach ziehe ich mit einer sterilen Spritze das Beruhigungsmittel auf, suche mir mein Zeug zusammen und kehre ins Schlafzimmer zurück, in dem die kleine Miss genauso daliegt, wie ich sie zurückgelassen habe.

Ich verteile mein Zeug auf dem Bett und zögere nicht lange, sondern drücke die Spritze direkt in Paytons Oberschenkel. Sie gibt lediglich ein leises Murren von sich, dreht den Kopf auf die andere Seite und positioniert ihren Schenkel ein wenig bequemer, rührt sich jedoch nicht weiter. »Schhh. Gleich wirst du so fest schlafen wie noch nie in deinem Leben, P.« Ich verschließe die Spritze, lasse sie achtlos auf den Nachtschrank fallen, schnappe mir einen blauen Edding mit dünner Miene und klemme ihn mir zwischen die Zähne.

Nun zögere ich doch; beobachte Paytons Atemzüge, die tief und regelmäßig sind – dann umfasse ich den Saum des Shirts und schiebe es ihr bis zum Nacken hoch. Ich könnte an ihren Beinen beginnen, aber mich juckt es einfach zu sehr in den Fingern, das bereits begonnene Tattoo fortzuführen.

Der Stift schwebt nur Millimeter über ihrer Haut, doch aus heiterem Himmel entscheide ich mich für etwas anderes: Bevor ich ihr Tattoo fortführe, sollte ich das Alte erst einmal meinen Ansprüchen entsprechend perfektionieren.

VIER

PAYTON

»P.«

»Mmh?« Wessen Hand ist das auf meinem Bauch? Justin? Nee. Der hat mich ewig nicht angefasst. Geschweige denn für Sex geweckt.

Die Hand wandert gemächlich nach unten, über mein Schambein und weiter ... Mit einem bereitwilligen Seufzen spreize ich die Beine und strecke der Hand mein Becken entgegen. Egal zu wem diese Hand gehört, es ist definitiv nicht Justins, und allein deswegen will ich, dass diese Hand es mir besorgt.

»Wurdest du schon einmal in den Arsch gefickt?«

»Was?« Moment. Wo bin ich eigentlich? *Wer* bin ich? Ein x-beliebiges Flittchen? Ich spreize doch nicht einfach für irgendwen die Beine! Und wo wir gerade dabei sind: *Wessen verdammte Hand ist das da?!*

Ich reiße die Augen auf und schaue direkt in Snypers Iriden, welche – wie mir jetzt auffällt – die Farbe von Gewitterwolken haben. Er sitzt über mich gebeugt und gibt ein raues Lachen von sich, das aus irgendeinem Grund dafür sorgt, dass mein Magen einen begeisterten Salto macht.

Irritiert schiebe ich seine Hand beiseite, presse die Beine zusammen und richte mich auf. Snyper tut es mir gleich. Das Aufrichten zumindest. Ich bezweifle, dass er die Beine zusammenpresst. Keine Ahnung, ob er nackt ist, denn sein Unterleib wird von der Bettdecke bedeckt.

»Dein Ex. Oder wer auch immer. Hat er dich in den Arsch gefickt?«

Meine Wangen werden heißer und heißer, doch ich kann den Blick einfach nicht von Snyper abwenden. »Ja.« Verschämt presse ich die Lippen zusammen.

»Oft?«

»Ja. In der letzten Zeit aber nicht mehr so.«

Verständnislos legt er den Kopf schief. »Du erlaubst ihm, deinen Arsch zu ficken und er zieht deine Mutter trotzdem dir vor? Was ist los mit ihm?«

Ich zucke scheinbar desinteressiert mit den Schultern und schaffe es endlich, meinen Blick von ihm abzuwenden, um auf die Matratze zu starren. »Er ... keine Ahnung. Wer weiß, was meine Mutter hat, was ich nicht habe. Er mochte mich wahrscheinlich gar nicht wirklich oder so.« Wieder presse ich die Lippen zusammen. »Außerdem habe ich ihn nicht danach gefragt, was seine genauen Beweggründe sind. Ich habe ihn beim Vögeln mit meiner Mutter erwischt, sie hat es daraufhin für notwendig gehalten, mich darüber aufzuklären, dass es seit Monaten schon so geht und sie ja nie die *Gelegenheit* gefunden haben, es mir zu sagen.« Während ich davon spreche, werde ich zunehmend gereizter und schaue inzwischen Snyper an, als sei er schuld an dem Ganzen. »Also habe ich meine Sachen gepackt und bin ins Hotel abgehauen. Ich hatte nicht den Nerv, mich zu erkundigen, warum genau er mit meiner Mutter vorliebnimmt, *obwohl* er mich in den Arsch ficken durfte.«

Während meiner ganzen Tirade hört Snyper mir schmunzelnd zu und gibt bei meinen letzten Worten wieder sein raues Lachen von sich. »Aha. Hast du Hunger?«

Ich blinzle perplex. »Ähm. Nein, ich glaube ... ich sollte jetzt gehen.«

»Unter die Dusche? Richtig.« Er schmunzelt noch immer und mir ist, als müsste ich dieses Privileg zu schätzen wissen, dass er in meiner Gegenwart lacht. Da er mich anscheinend irgendwie witzig findet. Besser gesagt, er amüsiert sich auf meine Kosten. Auch wenn das eigentlich nicht so nett ist, scheint es etwas *Besonderes* zu sein, dass Snyper sich in meiner Gegenwart gewissermaßen *fallenlässt.*

»Ähm. Nein.« Ich schüttele den Kopf und schiebe meine Bettdecke zur Seite. Erst als ich mich umdrehe und die Beine über die Bettkante schwinge, merke ich, wie wund ich bin. Falls ich also in den vergangenen Minuten auch nur ansatzweise daran gezweifelt haben sollte, dass dieser ... *unglaubliche* Sex letzte Nacht meiner Fantasie entsprungen ist, habe ich nun den offensichtlichen Beweis dafür, dass ... na ja, dass der Sex wirklich heftig war.

»Doch. Du gehst jetzt duschen.« Jegliche Belustigung ist aus Snypers Stimme verschwunden. Seine Tonlage ist unnachgiebig und ... befehlend.

»Kommt gerade der Soldat in dir durch?« Ich stehe auf, wende mich ihm zu und ziehe eine Augenbraue hoch – bis Snyper mir ein düsteres Augenfunkeln schenkt. Mein Magen, der die vergangene Unterhaltung über immer wieder unkontrollierte – und vor allem unbegründete – Purzelbäume geschlagen hat, gefriert auf einmal und scheint zu der Größe einer Weintraube zusammenzuschrumpfen. »Du meinst das ernst?«

»Lässt dich irgendetwas daran zweifeln, dass ich es ernst meine?«

»Nein, aber ... warum?«

Snyper steigt ebenfalls aus dem Bett und versperrt mir mit vor der Brust verschränkten Armen den Weg, nachdem ich nach meiner Kleidung gegriffen habe und zögerlich das Bett umrunden will. »Warum was?«

Erneut blinzle ich perplex, während ich nervös zu ihm hochschaue. »Warum ich hier duschen soll. Ich kann das doch auch bei mir im Hotel machen.« Ich schlucke schwer. »Habe ich da irgendetwas missverstanden? Ich dachte ... das hier ist ... war ein One-Night-Stand.«

»Und inwiefern kommst du darauf? Wir haben uns mit keinem Wort darüber unterhalten, was *das hier* ist.«

»Ähm. Ist gut, bloß ... denke ich, dass ich trotzdem gehen sollte.« Obwohl seine Aussage unmissverständlich war, mache ich Anstalten in meinen Rock zu steigen. Doch bevor ich mein Bein auch nur anheben kann, reißt Snyper ihn mir aus der Hand. »Hey!«, protestiere ich säuerlich.

»Ich habe dich mit zu mir genommen, ja. Es war nicht geplant. Das stimmt ebenfalls. Aber jetzt bist du hier und ich finde Gefallen an dir. Also wirst du auch bleiben, bis ich dich wegschicke.«

»*Wie bitte?*«

»Ich bin mir ziemlich sicher, dass du mich verstanden hast.«

»Und was macht dich da so sicher, dass ich auch tun werde, was du sagst? Ich habe schließlich einen eigenen Willen.«

Snypers Mundwinkel zuckt arrogant. »Das mag sein. Nur bist du eine ungebundene Frau und ich bin ein Mann, der Gefallen an dir findet. Du hast dich mir bereits hingegeben. Von daher darf ich darüber entscheiden, wie es weitergeht.«

»Das legst du dir ja sehr schön zurecht, Snyper. Nur weil ich eine Frau bin, darfst du mich jetzt also ... hier gefangen halten, ja?« Ich gebe ein ungläubiges Lachen von mir, aber das Herz klopft mir dennoch bis zum Hals. Er hat leider nicht unrecht. Auch wenn er die Tatsache, dass die Frau sich hierzulande dem Mann unterzuordnen hat, ziemlich frei interpretiert.

»Sander. Ich heiße Sander.«

»Aha. Sind wir also schon so weit, dass du mir deinen ultrageheimen Vornamen anvertraust? Ist ja super. Ich habe jedoch nicht darum gebeten. Such dir gefälligst eine andere, die sich gerne von dir unterdrücken und gefangen nehmen lässt.« Ich verschränke ebenfalls die Arme vor der Brust und versuche, seinem Blick standzuhalten. Das klappt leider mehr schlecht als recht.

»Mein Vorname ist nicht geheim. Ich bin nicht Demon, die da einen Riesenaufriss draus macht. Snyper ist lediglich mein ... *Spitzname*, wenn du es so möchtest.«

»Schön für dich. Interessiert mich nicht.«

Seine Miene verdüstert sich um einige Nuancen und mein Herz schlägt im Einklang dazu immer schneller. »Ich will, dass du mich mit meinem richtigen Namen ansprichst. Darum bitte ich nicht viele.«

»Wie gesagt ...«

»Interessiert dich nicht. Habe ich verstanden. Und gleich wirst du mir erklären, dass das mit uns vorhin nur Rachesex war, du noch immer an deinem Ex hängst und unter Umständen sogar vorhast, ihn zu bitten, dich zurückzunehmen.« Er macht einen Schritt auf mich zu, sodass er sich ziemlich bedrohlich zu mir hinunterbeugen kann. »Ich verrate dir was, *Payton*: Das interessiert *mich* nicht.«

Langsam erreicht er das, was er erreichen will: Ich bekomme wirklich Angst vor ihm und bin geneigt, genau das zu tun, was er von mir verlangt. Nur bin ich von einer Mutter großgezogen worden, die sich nie von irgendwem irgendetwas vorschreiben lassen hat.

Das klingt jetzt vielleicht, als sei sie ein vollkommener Freigeist und eine Vorreiterin des Feminismus – doch das ist sie nicht. Sie ist einfach nur egoistisch – und vor allem narzisstisch – veranlagt und nimmt sich das, was sie begehrt. Obwohl ich ihre einzige Tochter bin und sie mir stets ihre *wertvollen* Lebensweisheiten eingetrichtert hat, war sie im gewissen Sinne immer eifersüchtig auf mich. Stutenbissig, sozusagen. Da ist es absolut vorhersehbar gewesen, dass sie damit anfangen würde, zumindest zu versuchen, mir die Männer auszuspannen. Nicht etwa, weil sie sich wirklich in sie verguckt hat, sondern weil sie sich schlicht beweisen wollte, dass sie es kann.

Nichtsdestotrotz hat meine Mutter mir beigebracht, dass ich mich durchboxen muss und dass ich jedes Recht dieser Welt habe, meine Meinung kundzutun, und auch stets meinen Willen durchsetzen darf, wenn ich es für richtig halte. Von daher schlucke ich meine Nervosität hinunter und schiebe angriffslustig das Kinn vor: »Jetzt pass einmal auf, *Sander.* Möchtest du wissen, warum ich mich querstelle? Nicht, weil es mir zuwider ist, bei dir zu bleiben, nein. Der Sex war ziemlich geil. Mir geht es ganz einfach gehörig gegen den Strich, dass du es offenbar nicht für nötig hältst, mich freundlich dazu aufzufordern.«

Er stößt ein zischendes Schnauben aus. »Wie bitte? Ich habe dich mit Engelszungen gefragt, ob du Hunger hast, und hätte sonst was dafür getan, dir ein leckeres Frühstück aufzutischen. Aber du hast gesagt, dass du lieber gehen willst. Demnach habe ich mich gezwungen gesehen, eine andere Seite aufzuziehen.«

»So. Du hast dich also *gezwungen* gesehen? Sobald das Zuckerbrot nicht hilft, nutzt du eben die Peitsche, ja? Interessant.«

»Und es wird noch viel interessanter, Payton. Ich kann dich dazu zwingen hierzubleiben. Das darfst du mir glauben. Wenn mir danach ist, kann ich dich auch zum Duschen zwingen, wenn mir danach ist. Ich bezweifle nämlich, dass du dich gegen mich zur Wehr setzen kannst. Glaub mir, ich kann dich auch unter Drogen setzen, wenn ich will.«

»Okay. Dann zwing mich doch. Aber *du* darfst *mir* glauben, dass ich dich mit jedem weiteren Atemzug mehr für das verachten werde, was du mir antust. Möchtest du das wirklich? Ist es dir egal? Ich denke nämlich nicht.«

»Und warum sollte es mir nicht egal sein?«

»Weil du aus irgendeinem bescheuerten Grund ein ausgeprägtes Interesse daran hast, mich hierzubehalten. Demzufolge dürfte es dir nicht egal sein, wenn ich dich abgrundtief hasse.«

»Okay.«

»Okay *was?!*« Langsam verliere ich echt die Geduld.

»Du hast recht. Mir ist es nicht egal.« Er tritt einen Schritt zurück, baut sich aber weiterhin vor mir auf und versperrt mir den Weg.

Ich seufze. Mir bleibt gar nichts anderes übrig, als ihm entgegenzukommen. Denn es stimmt schon. Er kann mich zwingen hierzubleiben. Ich habe keine Chance gegen ihn und werde sie auch vorerst nicht haben. »Na gut. Was willst du von mir, Sander?«

»Ich will dich als mein Kunstwerk.«

»Wie bitte?«

»Ich will dich tätowieren. So, wie es mir passt. Du bist erst entlassen, wenn ich mit dir fertig bin.«

Ich beiße mir auf die Unterlippe. »Ich weiß nicht, was ich sagen soll. Das ist ... krank. Ja. Ich möchte das nicht. Ich ... kann das auch nicht, da ich Lehrerin an einer Privatschule bin, wie du ja weißt. Ich kann da nicht plötzlich über und über mit Tattoos auftauchen, die ... ich womöglich nicht einmal leiden kann.«

Er betrachtet mich mit einem desinteressierten Ausdruck. »Das spielt keine Rolle. Wenn sie dich deswegen feuern, besorge ich dir eben einen neuen Job. Es passt mir eh nicht, dass du meinen Sohn unterrichtest.«

»Ach! Bin ich etwa nicht gut genug für ihn?«

»Das hat nichts damit zu tun.«

»Womit dann?«

»Ich will nicht, dass du seinetwegen in Schwierigkeiten gerätst. Seine Mutter kann ziemlich hinterhältig sein, wenn ihr ... *jemand* nicht passt.«

»Und du glaubst, ich kann mich nicht gegen sie verteidigen?«

»Ja. Wirst du auch nicht. Und ich ... will mich nicht gezwungen sehen, für eine Seite Partei ergreifen zu müssen.«

Ich schüttele den Kopf und lache spöttisch auf. »Wieso solltest du ausgerechnet *für mich* Partei ergreifen?«

»Wenn du dich mir hingibst, werde ich mich um dich kümmern.«

»Mit dem *Hingeben* meinst du diese Kunstwerkgeschichte, ja?«

»Exakt.«

»Ich wäre also nicht die Erste, der du so etwas antust.«

»Exakt.«

»Das klingt für mich danach, als ... kämen da noch ein paar mehr ... Anforderungen dazu.«

»Du hast es erfasst.«

»Und es gibt tatsächlich Menschen, die sich das freiwillig von dir antun lassen haben?«

»Das habe ich nie behauptet.«

»Okay. Du suchst dir also wahllos Menschen raus, sperrst sie bei dir ein und lässt sie erst wieder gehen, wenn ... das Kunstwerk fertig ist?«

Er sagt nichts. Er starrt mich nur mit seinen dunklen blaugrauen Augen an.

»Das ist nicht in Ordnung, Sander. Wirklich.« Ich schlucke hart. »Und ... dein Boss lässt das zu?«

»Er sorgt dafür, dass es nicht zu sehr ausartet.«

»Inwiefern?«

»Kannst du dir das nicht denken?«

»Was tust du diesen Menschen an, Sander?« *Was hat er vor mir anzutun?*

»Ich bestrafe sie, wenn sie nicht das tun, was ich von ihnen verlange.«

Was er von mir verlangen wird.

»Je schwerer das Vergehen, desto schwerer die Bestrafung.«

Bestürzt halte ich mir die Hand vor den Mund. »Das kannst du nicht machen. Wirklich nicht.« Mein Herz schlägt mir hektisch gegen die Brust und ich merke, wie sich ein Kloß in meinem Hals bildet. Und trotzdem ... trotzdem ist da ein winziger, düsterer Teil in mir, der sich bei seinen Worten gemächlich streckt und neugierig aufschaut. Ich glaube, es ist der Teil von mir, der heute Nacht diesen heftigen Sex mit Sander hatte. Und ich glaube auch, dass er mich deswegen *ausgesucht* hat. Weil wir auf irgendeiner kranken Ebene korrespondieren.

Er mustert mein Gesicht. Eingehend. »Und doch bist du nicht abgeneigt. Habe ich recht?«

»Sander, das ... tut nichts zur Sache.« Wieder presse ich die Lippen aufeinander und balle dabei die Hände zu Fäusten. »Nur weil ... ich mich eventuell zu dir hingezogen fühle, heißt es nicht, dass ich mit dem einverstanden bin, was ... du mit mir vorhast.« Ich nehme meinen ganzen Mut zusammen und will mich an ihm vorbeidrängen.

Natürlich hält er mich auf, indem er blitzschnell meinen Unterarm umklammert. »Und was glaubst du, was es ist, wovon du dich angezogen fühlst? Ist es nicht genau die Tatsache, dass ich vorhabe, dich gefügig zu machen, die dein Interesse weckt?«

Ich gebe ein spöttisches Schnauben von mir und versuche mich zu befreien. Aber ich muss selbst zugeben, dass ich dabei ziemlich nachlässig bin.

Sanders Griff wird fester und unnachgiebiger und schließlich zieht er mich zu sich, sodass ich gezwungen bin, nur wenige Zentimeter vor ihm stehenzubleiben. Mein Arm ruht auf seinem muskulösen Oberkörper. Ich lege den Kopf in den Nacken und studiere seinen Blick: Seine Miene ist bei weitem nicht so zornig, wie ich vermutet habe. Er wirkt vielmehr ... neugierig.

»Payton, ich will dir nichts vormachen. Ich habe kranke Vorlieben und bin weit davon entfernt, psychisch stabil zu sein. Dazu kommt, dass ich ein langjähriges Drogenproblem habe, das nicht von der Hand zu weisen ist. Entweder werde ich daran zugrunde gehen oder eines Tages einen taktisch unklugen Fehler machen und bei einem Einsatz draufgehen. So oder so ist meine Lebenserwartung nicht sehr hoch.«

Entsetzt schnappe ich nach Luft und versuche, mich ihm zu entziehen, aber natürlich lässt er mich nicht. »Du hast ein Drogenproblem, von dem du mir nicht erzählst, und vögelst mich dann ohne Schutz? Sag mal, spinnst du?!« Erneut balle ich die Fäuste und überlege ernsthaft, ob ich nicht einfach dem Drang nachgeben soll, ihm mit meiner freien Hand eine zu knallen. Das wird ihm bei weitem nicht so wehtun, wie ich es gern hätte, und wahrscheinlich würde er mich eh aufhalten, bevor meine Hand auch nur in die Nähe seines Gesichts kommt, doch dann könnte ich meiner Wut zumindest etwas Luft machen.

»Ich bin sauber. Und ich benutze keine dreckigen Spritzen.«

»Ach ja? Und wann war deine letzte ärztliche Untersuchung? Wie viele hast du danach im Rausch gevögelt, sodass du nicht genau sagen kannst, ob du verhütet hast oder nicht, he?!«

»Ich habe dich heute Nacht gefragt, ob du ein Kondom willst und du hast verneint.«

»Ja! Weil ich dachte ... nein. Weil ich *nicht* gedacht habe.«

»Und dann machst du *mir* zum Vorwurf, dass ich verantwortungslos bin? Wenn du eins und eins zusammengezählt hättest, hätte dir klar sein müssen, dass du nicht die erste Frau bist, die ich mir ins Bett hole.«

Empört beiße ich die Zähne zusammen und merke, wie meine Wangen wieder an Röte zunehmen. »Gut, Sander. Wie du willst. Es ist also meine Schuld, dass wir heute Nacht nicht verhütet haben. Wie wäre es, wenn du mir auch gleich die Schuld an deinem Drogenproblem gibst und ... ach, weißt du was? Falls du bei deiner nächsten Untersuchung feststellst, dass du dir eine ansteckende Geschlechtskrankheit zugezogen hast, darfst du mir ebenfalls gerne die Schuld daran geben. Hauptsache du bist es nicht.«

»Bist du bescheuert?« Er schüttelt ungläubig den Kopf. »Glaub mir, sofern es aus meiner Sicht einen Grund gegeben hätte, Kondome zu benutzen – ob es nun an mir oder an dir liegt –, dann hätte ich dich nicht vor die Wahl gestellt.«

»Ach so. Na klar. Sagt der Junkie. Wahrscheinlich behauptest du auch gleich, dass du jederzeit mit den Drogen aufhören könntest, wenn du wolltest. Du willst es aber nicht, weil die Realität so verdammt beschissen ist und du sie nur dann erträgst, wenn du zugedröhnt bist.«

»Das habe ich nie behauptet und das werde ich

auch nie behaupten.«

»Ach so. Gut. Dann gab es für dich halt nie einen triftigen Grund, damit aufzuhören, richtig?«

»Richtig.«

»Alles klar.«

»Was soll das heißen?«

»Glaub ja nicht, dass ich mir jetzt einbilde, dass ich dich *retten* kann. Oder will.«

»Wieso sollte ich das glauben?«

»Weil das eine Masche von dir sein könnte, um mich dazu zu bringen, hierzubleiben.«

»Tatsächlich?«

»Ja. Sie wirkt aber nicht. Nicht bei mir. Ich will einfach so schnell wie möglich hier weg und dich niemals wiedersehen.«

»Okay.« Er lässt meine Hand los und ich weiche sofort zwei Schritte vor ihm zurück. »Dann geh.«

»Wirklich?« Misstrauisch mache ich einen weiteren Schritt zurück und mustere dabei seine Miene.

»Ja, du darfst gehen. Mein Shirt kannst du behalten. Ich bin mir nicht sicher, aber ich wette, dass du dein eigenes Oberteil vollgekotzt hast.«

»Schön. Dann darfst du *mein* Shirt als Souvenir behalten. Vielleicht hast du sogar irgendwo eine Sammlung von Souvenirs von denjenigen, die du hier gefangen gehalten hast. Haarlocken, Fingernägel, Ohrmuscheln, Zehen ...«

»Ja, vielleicht. Diese Idee ist allerdings von *dir*. Und du meinst also, dass *ich* derjenige bin, der krank im Kopf ist, ja?«

»Ich habe lediglich eine blühende Fantasie. Das heißt aber nicht, dass ich diese Vorstellungen in die Tat umgesetzt sehen will. Ich weiß, was richtig ist und was nicht, und die Vorstellung, dass du dir heimlich eine meiner Haarsträhnen abschneidest, um sie irgendwo aufzubewahren und ab und zu mal dran zu schnuppern, macht mich übrigens auch nicht an.« Ich strecke erneut die Hand nach meinem Rock aus, der zu Sanders Füßen liegt. Er muss ihn irgendwann, als er meinen Unterarm umklammert hat, fallengelassen haben.

Wie schon fast erwartet runzelt er verständnislos die Stirn.

»Mein Rock.«

Sander schaut zu seinen Füßen, blickt einen Moment später wieder auf und schenkt mir ein dreckiges Grinsen. »Hol ihn dir doch.«

»Gut. Dann eben nicht.« Ich drehe mich um die eigene Achse und verlasse das Schlafzimmer.

Ich bin mir sicher, dass er irgendetwas versucht hätte, wenn ich mich wieder näher an ihn herangewagt hätte. Was genau, weiß ich auch nicht, aber ich bin mir einfach sicher. Doch allein die Tatsache, dass ich mich vor ihm hätte bücken müssen, weil er nicht einsieht, es selbst zu tun, geht mir gehörig gegen den Strich.

»Wo gehst du hin?«, fragt er meinen Rücken.

»Dumme Frage«, kontere ich und schnappe mir im Laufen meine Stiefeletten. Sanders Shirt reicht mir knapp über den Hintern, also muss es draußen schon extrem windig sein, damit überhaupt irgendwer irgendetwas von mir zu Gesicht bekommt, was er nicht zu Gesicht bekommen soll. Außerdem mag ich meinen Hintern. Von daher fände ich es gar nicht so schlimm ... ist ja auch egal.

Meine Hand liegt schon auf der Klinke der Tür, die

auf den Treppenflur führt, da greift Sander nach dem Halsausschnitt des Shirts und reißt mich mit einem kräftigen Ruck zurück. Mir entweicht ein gedämpftes Röcheln, während ich auf seinen harten Oberkörper treffe. Glücklicherweise hat dieses Shirt einen V-Ausschnitt, weshalb meine Kehle nicht ganz so schlimm eingedrückt wird.

»*So* gehst du nicht nach draußen.« Seine Lippen sind direkt an meinem Ohr, als er mir diese Worte mit seiner düsteren, rauchigen Stimme zuraunt. Wie zur Bestätigung schlingt er seine Arme um mich und zieht mich eng an sich. Auf Außenstehende müsste es so wirken, als würde er mich von hinten umarmen, doch stattdessen drückt er meinen Brustkorb so fest zusammen, dass er sämtliche Luft aus meiner Lunge presst. Ich erwarte förmlich, dass eine meiner Rippen diesem Druck nachgibt und entzweibricht.

»Du ... tust mir weh!«, ächze ich, obwohl mir klar ist, dass ich Sander nicht extra darauf hinweisen muss. Sicherlich ist ihm das bestens bewusst.

Sein Mund verharrt noch immer an meinem Ohr und jetzt spüre ich auch etwas ganz anderes: Die Situation macht ihn an. Den Beweis dafür drückt er mir mit Nachdruck gegen den Hintern. »Ich lasse dich gehen, P. Aber ich lasse dich nicht wie ein billiges Flittchen auf New Juarez los.«

Er lockert seinen Griff und ich atme keuchend aus. »Warum ... nicht? Das kann dir doch ... scheißegal sein.«

»Ist es mir aber nicht.« Er packt mich an der Schulter und drängt mich an die Tür. Auf der Stelle stemmt er eine Hand gegen das helle Holz und neigt den Kopf zu mir hinunter.

Mein Herz klopft mir bis zum Hals und ich kann beim besten Willen nicht sagen, ob es Angst oder Aufregung ist. »Warum nicht? Warum ist es dir nicht egal?«

»Weil ich dich ausgesucht habe.« Seine Lippen berühren für eine Sekunde meinen Mund.

Erst in diesem Moment wird mir klar, dass das unser erster Kuss war. Wir haben bereits gefickt und anhand des sanften Pochens in meiner rechten Schulter habe ich mir wohl auch nicht eingebildet, dass er mich heute Nacht gebissen hat. Meine linke Schulter pocht ebenfalls, woraus ich mir keinen Reim machen kann, doch ich werde den Grund dafür bestimmt noch herausfinden.

Das hier war jetzt unser erster Kuss und ... es lässt mich leider irgendwie ... ja, weichwerden. »Es ist so absurd«, hauche ich und versuche, seinem Blick standzuhalten, der mich scharf durchbohrt. Diesem Blick nach zu urteilen, hat er mich nicht deshalb geküsst, weil er Gefallen an mir findet, sondern weil er mich abgrundtief hasst.

»Wenn du jetzt gehst, bist du die Erste, die ich gehen lasse, obwohl ich es eigentlich nicht erlauben will«, brummt er. »Und wenn du jetzt bleibst, bist du die Erste, die freiwillig bleibt.« Er beugt sich noch tiefer zu mir herunter, sodass seine Lippen meinen Mund schon wieder fast berühren. »Egal, wie du dich jetzt entscheidest; ich möchte, dass du weißt, dass diese Situation auch für mich neu ist.«

Zu meinem Missfallen gebe ich ein leises Seufzen von mir, als ich seinen Atem auf meinem Mund spüre. Ich presse mich mit meiner gesamten Kraft gegen die Tür in meinem Rücken, die Hände flach an das Holz gedrückt, als müsste ich es nur lang genug versuchen, damit das Holz irgendwann nachgibt. Nur kann ich mein Gesicht beim besten Willen nicht von Sander abwenden. Sein Blick hält mich gefangen, obwohl diese Augen ausschließlich düstere Versprechen von sich geben, derentwegen ich mir vor Angst in die Hosen machen sollte.

»Wenn du dich dazu entschließt, jetzt zu bleiben, werde ich dich allerdings so gründlich durchficken, bis du nicht mehr weißt, wer du bist und wo du herkommst, P.«

»Nenn mich nicht so«, wispere ich auf seinen Mund, der meinem immer näherkommt. »Das hört sich für mich an, als hätte ich ein Problem mit dem Wasserlassen.«

Für einen Moment verzieht er seinen Mund zu einem Grinsen. Das merke ich daran, weil ich es auf meinen Lippen spüre. »Weshalb genau willst du so unbedingt gehen, *kleine Miss?* Etwa weil dir dein Verstand einredet, dass du es tun solltest?«

»Richtig. Ich schätze, mein Verstand liegt da gar nicht so falsch, *Sandy.*«

»Und was ist, wenn dein Verstand einfach nur die Spaßbremse markiert?« Wieder haucht er mir einen Kuss auf.

»Für dich vielleicht. Ich bin eher der Meinung, dass ich keinen großen Spaß daran haben werde, was du mit mir vorhast.«

»Auch nicht an dem Rumgeficke?«

Meine Wangen werden heiß und ich beiße mir auf die Unterlippe. »Wenn es nur darum ginge, wäre ich unter Umständen gar nicht so abgeneigt.«

»Mist. Dann hätte ich einfach nur anders argumentieren sollen?«

»Möglicherweise, ja.«

»Dann sollte ich dir also lieber verschweigen, dass ich vorhabe, dich an beliebigen Stellen in meinem Quartier festzubinden, dich in sämtliche Löcher zu ficken – und zwar nicht nur mit meinem Schwanz, dich zu würgen, zu beißen, zu disziplinieren ... zu ritzen – und was mir sonst noch einfällt?«

»Du hast vergessen zu erwähnen, dass du vorhast, mich als lebendes Kunstwerk zu verwenden.« Meine Handflächen sind inzwischen so nassgeschwitzt, dass sie immer wieder an dem Sperrholz der Tür abrutschen, doch ich weiß einfach nicht, wo ich sie sonst platzieren soll. Besser gesagt befürchte ich, dass ich, wenn ich meine Hände nun von der Tür lösen würde, automatisch den Drang hätte, mich an Sander festzuhalten und ich habe keine Ahnung, ob ich dem Drang widerstehen kann.

»Die Tatsache, dass ich vorhabe, dich gegen deinen Willen zu tätowieren, macht dir also am meisten Angst?« Er weicht etwas vor mir zurück und mustert eingehend mein Gesicht.

»Ja. Das ist es, was bleibt. Was mich ein Leben lang an dich erinnern wird. Und weil es das ist, worauf du letztlich aus bist.«

»Wenn ich es darauf anlege, werde ich ganz andere Narben an dir hinterlassen, kleine Miss. In dir. Auf deiner Seele. Demnach sind die Tattoos deine geringste Sorge, glaub mir.«

»Warum zögerst du dann?«

Sander runzelt die Stirn. »Ich zögere nicht.«

»Doch. Wenn du wirklich so übel drauf wärst, würden wir hier nicht mehr stehen. Dann hättest du mich längst unter die Dusche gezwungen, mich dort festgebunden und würdest mich mit eiskaltem Wasser absprühen.«

»Soll ich es so machen? Ist es das, was dir vorschwebt?«

»Nein, eben nicht. Wie gesagt, das ist nur meine Fantasie und ...«

»Es hat längst angefangen.«

»Was?«

»Du kennst mich nicht. Du weißt nicht, wie ich vorgehe. Du hast nicht den Hauch einer Ahnung, wie ich *spiele*. Und ich spiele schon längst.«

»Wie bitte?« Automatisch lasse ich meine rechte Hand zur Türklinke gleiten.

Sein Blick folgt entspannt dieser Bewegung. »Du wirst sehen, P. Ich bin gespannt, wie du spielst.«

»Was, zur Hölle, redest du da?« Meine Finger umfassen einer nach dem anderen die Klinke und drücken sie letztendlich hinunter.

»Moment. Ich hole dir den Rock. Und ich habe mir auch deine Handtasche geben lassen.« Er macht zwei Schritte rückwärts und zeigt auf den Couchtisch.

Ich kann nicht anders als erleichtert auszuatmen. Wenn ich ehrlich sein soll, gehe ich schlicht davon aus, dass ich eingeknickt wäre, wenn er mich nochmals geküsst hätte. Ich hätte mich von ihm vögeln lassen und will gar nicht wissen, wie weit ich noch gegangen wäre. Das Schlimme ist, dass er, seines kryptischen Geredes nach zu urteilen, genau Bescheid weiß.

Es fühlt sich an, als wäre er eine tödliche Spinne, der ich ungewollt ins Netz geflogen bin, und jetzt spielt er mit mir und meinen Ängsten. Er wiegt mich in Sicherheit, dabei bin ich längst verloren.

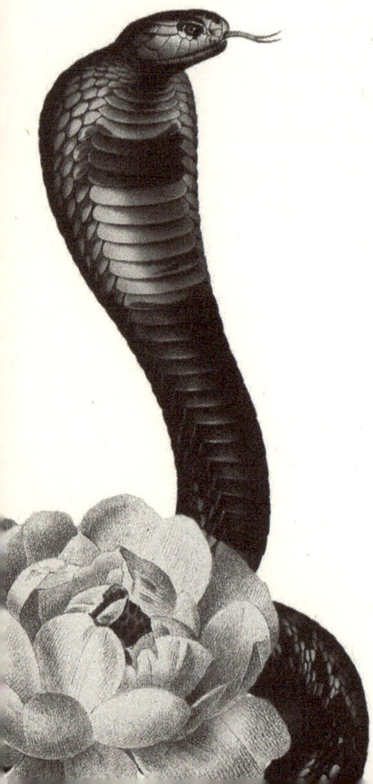

FÜNF

SNYPER

Ich habe dich gehen lassen, kleine Miss.

Es war notwendig, um dich erkennen zu lassen, dass du längst mir gehörst.

Ich habe dir die ungeschminkte Wahrheit begreiflich gemacht und du warst bei weitem nicht so entsetzt, wie du es hättest sein sollen.

Nein.

Du bist wie eine verstörte Motte, die sich von meiner Dunkelheit angezogen fühlt.

Ich mag mich irren und dann sehen wir uns tatsächlich nicht wieder.

Vielleicht bist du stärker, als ich denke.

Doch wenn du schwach bist, wird dich dein Weg früher oder später zu mir zurückführen.

Offenbar bin ich nicht der Einzige, der eine interessante Nacht hinter sich hat.

Nachdem ich die kleine Miss, mit ein paar hundert Dollar mehr in ihrer Tasche als sie ahnt, ins Taxi gesetzt habe, bin ich auf eines dieser Püppchen von gestern gestoßen. Diese bescheuerten Gören aus Austin, die ihren Junggesellinnenabschied aus irgendeinem beschissenen Grund unbedingt hier im El Paso feiern mussten.

Dieses Püppchen hat allerdings nicht wie erwartet nach Chase gefragt, sondern nach Demon.

Die Frau schafft es immer wieder, den Weibern den Kopf zu verdrehen. Obwohl sie mindestens genauso gestört ist wie ich, hat sie merkwürdigerweise nie Probleme, sich eine aufzureißen. Ich habe zwar mehr Sex als gut für mich ist, jedoch lassen die Frauen sich von mir nicht so leicht überzeugen wie von Adlers verdammter Cousine. Und das, *obwohl* die meisten Frauen in dieser verdorbenen Welt nicht im Traum daran denken, sich irgendwann einmal auf ein lesbisches Abenteuer einzulassen. Sie haben schließlich keinen Bock wegen eines verruchten Intermezzos im Knast zu landen. Gerade Frauen werden hart verurteilt, sofern man ihnen eine homoerotische Affäre nachweisen kann.

Demon ist das alles jedoch scheißegal. Sie genießt Adlers besonderen Schutz und was mit den Frauen passiert, nachdem sie mit ihnen fertig ist, geht ihr erst recht am Arsch vorbei. Mit ihr will sich das Gesetz nicht anlegen, von daher ist sie vielleicht die einzige Frau in ganz Amerika, die ihre Sexualität offen ausleben kann.

Doch darum geht es mir nicht. Manchmal frage ich mich einfach, was Demon an sich hat, das andere sogar ihre eigene Sicherheit vergessen lässt. Ihr sieht man schon aus hundert Metern Entfernung an, dass sie Schwierigkeiten hat, nicht gleich jedem die Kehle durchzuschneiden, der sie schief anguckt.

Allerdings ist es bei mir nicht anders.

»Demon hat eine Neue.« Ich bin gespannt, welche kranken Spielereien sie sich diesmal ausdenkt.

Mit gerunzelter Stirn schaut Adler von seinem Smartphone auf. »Schon wieder.«

»Japp. Sie hat das Mädchen sogar noch einmal hierher bestellt. Irgendeinen Mist mit irgendeinem Verlobungsring hat die gefaselt, als ich sie abfing.«

»Was?«

»Keine Ahnung. Frag sie selbst.«

»Wollen die nach Vegas durchbrennen, oder was?«

»Quatsch. Gestern waren ein paar verrückte Weiber hier. Junggesellinnenabschied oder so. Eine davon hat Demon sich geschnappt.«

»Ach, die Braut? Davon habe ich schon gehört, dass sie ihr die Zunge in den Hals gesteckt hat. Chase sagte aber, das sei ein Trinkspiel gewesen.«

»Nein, diejenige, die sie sich einbestellt hat, war eher ein eingeschüchtertes, verstörtes kleines Ding. Also eigentlich gar nicht Demons Stil.«

»Nicht die Braut?«

»Exakt.«

Adler rollt mit den Augen und greift nach seinem Smartphone. »Okay. Dann sollte ich das wohl beobachten.« Er wischt auf dem Display herum und hält sich das Telefon schließlich ans Ohr, während er mich nonstop anfunkelt. »Ich bin's. Beweg deinen Arsch hierher ... Nein, *jetzt.*« Er gibt ein entnervtes Stöhnen von sich. »Demon, ich meine es ernst. Jetzt.« Er legt auf, lässt das Smartphone achtlos auf die Tischplatte fallen und schaut mit einem resignierten Ausdruck zur Decke. »Die Frau macht mich fertig.«

»War doch klar, dass sie sich sträubt. Sie weiß genau, dass du ihr wegen vergangener Nacht auf den Zahn fühlen willst.«

»Das ist mir scheißegal. Wenn ich ihr sage, dass sie ihren Arsch hierher bewegen soll, hat sie das zu tun.« Verständnislos schüttelt er den Kopf. »Falls das etwas Ernstes mit ihr und der Kleinen wird, muss diese notfalls vor Demon beschützt werden. Sie wird es kaum mit ihr aufnehmen können.«

»Abwarten.« Ich positioniere mich mit vor der Brust verschränkten Armen vor meinem Boss. »Die Gruppe kam aus Austin. Ich bezweifle, dass Demon Bock auf Telefonsex hat.«

»Austin?« Adler lehnt sich schnaufend im Stuhl zurück und reibt sich nachdenklich das Kinn. »Ich habe dort eine Handvoll unerledigtes Zeug zu regeln.«

»Und was hat das damit zu tun?«

»Du kennst Demon. Du weißt also genau, dass der Wahnsinn sie fest im Griff hat und sie mir langsam, aber sicher entgleitet. Wenn sie sich jetzt plötzlich in den Kopf setzt, sich eine Kleine aus Austin anzulachen, werden wir sie nicht aufhalten können. Von daher könnte ich einen lukrativen Kurztrip planen.«

»Kurztrip.«

»Japp.«

»Und dann *was?*«

»Dann mischen wir ein paar Arschlöcher auf, die es nicht anders verdient haben.« Wie beiläufig lässt Adler die Fingerknochen knacken. »Es gibt einige hochrangige Politiker, die den privatisierten Städten wie New Juarez den Kampf ansagen wollen. Aus reiner Machtgier.«

»Das kannst du natürlich nicht zulassen.«

»Richtig. NJ ist meine Stadt und ich lasse mich bestimmt nicht zu einer Marionette der Regierung machen. Wenn hier einer den Puppenspieler abgibt, bin ich das.«

Einen Atemzug lang betrachte ich meinen Boss und frage mich, ob die Bedrohung wirklich ernst ist, oder ob er einfach zu viel Langeweile hat und Probleme sieht, wo keine sind. »Wie auch immer. Hast du was für mich?«

Time to kill. Ich brauche einen Auftrag, um den Kopf freizukriegen, P.

Um dich aus meinem Kopf zu bekommen. Zumindest bis du wieder hier aufschlägst.

»Ja, allerdings. Lass die Kleine in Ruhe.«

»Demons Kleine? Was soll ich mit der?« Natürlich ahne ich bereits, was Adler mir mitteilen will, aber aus irgendeinem Grund kann ich vor ihm nicht zugeben, dass ich mir wieder jemanden ausgesucht habe.

Ich tue es nicht sehr häufig. Seit ich unter Adlers Kontrolle stehe sogar noch seltener. Meine Seele ist verdammt. Ich habe zu viele unschuldige Leben auf dem Gewissen. Adler glaubt allerdings, dass er einen halbwegs guten Menschen aus mir machen kann, wie es aussieht. Da täuscht er sich gewaltig, doch wenigstens habe ich in ihm meinen Meister gefunden. Genau genommen hat er mich gefunden: Ich befand mich in einem Zustand, in welchem ich mehr Bestie als Mensch war, und er hat mich auf eine Weise erreicht, die dazu geführt hat, dass ich ihm, ohne zu zögern, mein Leben anvertraue. Mein Leben *gehört* ihm. Wenn

Adler mir befiehlt, mich in den Tod zu stürzen, werde ich es tun.

»Verarsch mich nicht, Sny. Sag deinen düsteren Kumpels da oben hinter deiner Stirn, dass du nichts vor mir verheimlichen kannst. Ich habe gesehen, dass du dir ein Mädchen rausgepickt hast. Du bist diesmal anders vorgegangen als sonst, es wirkt fast schon ein bisschen zu spontan, aber das ändert nichts daran, dass du wieder auf der Jagd bist.«

Unter gesenkten Lidern stiere ich ihn an. »Ich habe keine *düsteren Kumpels* hinter meiner Stirn. Du verwechselst mich mit Demon. Was immer ich tue, bin *ich* und keine psychotische Anwandlung von mir.« Grimmig balle ich eine Hand zur Faust. Manchmal könnte ich regelrecht abkotzen, weil Adler mich derart kontrolliert, dass er wirklich alles mehr als zeitnah über mich in Erfahrung bringt. Ich frage mich, ob der Typ überhaupt irgendwann einmal schläft. »Außerdem *war* es spontan.«

Adler sitzt noch immer zurückgelehnt in seinem Sessel, die Finger vor dem Gesicht zu einem Dreieck geformt, und mustert mich unbeeindruckt. Er ist neben seiner Cousine der einzige Mensch, der meine finsteren Blicke keineswegs respekteinflößend findet. Dabei sollte ich nicht unerwähnt lassen, dass Demon nicht alle Tassen im Schrank hat.

Die kleine Miss könnte eine Anwärterin sein, schießt es mir auf einmal durch den Kopf. Sie hat weitaus weniger Angst vor mir gezeigt, als ich es gewohnt bin. Vielleicht bin ich ihr gegenüber auch einfach zu nett gewesen.

»Das ist beunruhigend.«

»Und was genau?«

»Dass du neuerdings spontan vorgehst, ohne vorher tagelang zu planen und deine Beute zu observieren. Machst du es, weil ich deine Pläne die letzten Male im Keim ersticken konnte?«

»Nein.« Ich lasse meinen Kiefermuskel zucken und merke selbst, dass es meine Instinkte sind, die mich übermannen und ich nur deswegen auf stur schalte.

Misstrauisch zieht er die Stirn kraus und lehnt sich gemächlich vor. »Sny. Ich warne dich. Es reicht mir schon, dass Demon ständig aus der Reihe tanzt und meine Befehle ignoriert. Wenn du jetzt auch noch anfängst, herumzukaspern, wird es über kurz oder lang Tote geben. Du weißt, wie wichtig Demon mir ist.«

Eine Mahnung. Adler hat mir das Leben – und vermutlich meine Seele – gerettet, aber er hat mir auch klar gesagt, dass er die Reißleine ziehen wird, sobald ich mich nicht mehr im Griff habe. Entweder funktioniere ich als seine Marionette und akzeptiere ihn als meinen Strippenzieher oder ich bin weg vom Fenster. Sollte es dazu kommen, dass er sich gezwungen sieht, wegen Demon und mir an mehreren Fronten zu kämpfen, wird er mich notfalls opfern, um sich voll und ganz auf Demon zu konzentrieren und sie und ihr Leben zu retten.

»Das ist mir klar«, knurre ich. »Das mit ... Payton war spontan, weil es sich irgendwie so ergeben hat.«

»Was willst du mir damit sagen, Sny?« Seine Miene wird immer düsterer. »*Das*, was du tust, ergibt sich nicht *einfach*. Du suchst dir deine Beute aus. Es *passiert* nicht einfach.«

Ich zucke mit den Achseln und fahre mir schließlich über den kurzgeschorenen Schopf. »Sie war auf einmal da, hat sich die Kante gegeben, sich die Seele aus dem Leib gekotzt und ich ... habe mich für sie verantwortlich gefühlt. Ich habe sogar versucht, sie zu überreden, sich endlich ein Taxi zu nehmen, aber aus irgendeinem Grund war sie mit einem Mal dazu bereit, bei mir zu übernachten.«

»Wie kommt es überhaupt, dass du an der Theke warst? Wo war Raul?«

Adler muss mich nicht fragen, ob ich Payton gefickt habe. Er weiß es längst. Genau wie bei Demon hat er Webcams in meinem Quartier installieren lassen, damit er mich zu jeder Tages- und Nachtzeit observieren kann.

»Was weiß ich. Der hat doch ständig irgendeinen privaten Scheiß zu regeln.«

»Während seiner Schicht. Klasse. Wird zehnmal so gut wie ein gewöhnlicher Barkeeper bezahlt und weiß seinen Job trotzdem nicht zu schätzen.«

»Dann wirf ihn raus und befördere eine der Bedienungen. Jede Einzelne von ihnen hat die Stelle tausendmal mehr verdient als er.«

»Vielleicht sollte ich ihn mir echt mal vorknöpfen«, murmelt er und scheint sich etwas in seinem Smartphone zu notieren.

»Ja, vielleicht.«

»*Payton* also?«

»Ja. Ich habe sie gehenlassen, Adler.«

»Das habe ich gesehen. Meinst du, sie kommt zurück?«

»Willst du Wetten abschließen?« Langsam muss ich doch ein Schmunzeln unterdrücken.

»Möglich. Mit Chase vielleicht. Er langweilt sich zu Tode. Dafür ist er bestimmt zu haben. Wenn das mit Demons Kleiner allerdings etwas wird, hat er keine Zeit zum Zocken.«

Ich verdrehe entnervt die Augen. »Das kann sein. Sie könnte was für Chase' Geschmack sein. Nur leider hat er keinen Geschmack. Er mag halt einfach alles, was Demon mag.«

Adlers Mundwinkel zuckt, was für seine Verhältnisse schon ein Ausdruck grenzenloser Belustigung ist. »Wir dürfen gespannt sein. Wenn Demon echtes Interesse an dem Mädchen hat, wird sie Chase an die Gurgel gehen.«

»Vielleicht sollten wir auch Wetten darüber abschließen, was Chase und Demon betrifft. Die anderen Schatten wären sicher dabei.«

»Du meinst, zu welchem Zeitpunkt Demon ihm das erste Mal an die Gurgel gehen wird?«

»Ja. Und wie und wo sie ihn ... beschädigt. Nach Punkten verteilt.«

»Nicht schlecht.«

»Japp.«

»Mit dem *Beschädigen* kann ich gerne schon einmal bei euch beiden anfangen. Hier und jetzt«, höre ich unvermittelt eine weibliche Stimme hinter mir.

»Hallo Demon.« Gemächlich drehe ich mich zu ihr herum und grinse sie herausfordernd an, als ich bemerke, wie geladen sie ist. »Gut geschlafen?«

»Und selbst?« Sie bedenkt mich mit einem künstlichen Lächeln und wendet sich dann direkt an Adler: »Was willst du?« Mit verschränkten Armen lehnt sie sich an die nächste Wand, sodass sie in einem rechten Winkel zu mir und ihrem Cousin steht, wodurch sie uns beide im Blick hat. Wahrscheinlich geht sie instinktiv davon aus, dass wir uns gegen sie verbündet haben.

»Was war das heute Nacht mit diesem Mädchen aus Austin?«, bringt Adler das Thema augenblicklich auf den Punkt.

Einen Atemzug lang starrt Demon mich anklagend an, weil sie vermutlich herausgefunden hat, dass ich dem Püppchen begegnet bin, doch dann sieht sie schulterzuckend zu ihrem Cousin. »Wieso fragst du *mich*, wenn Sny offensichtlich schon alles ausgeplaudert hat?«

»Ich habe gar nichts *ausgeplaudert*. Falls du sie vor uns verheimlichen wolltest, hättest du wesentlich diskreter vorgehen müssen, statt sie hier einzubestellen und irgendetwas von einem Ring reden zu lassen.« Ich schenke ihr einen ebenfalls nicht gerade entgegenkommenden Blick.

Unter meinen Worten zuckt Demon merklich zusammen. »Was soll ich denn sonst machen? Ich kann nichts dafür, dass Vaughn uns fünf hier einquartiert hat und mir keinen Freigang erlaubt.« Erbittert schürzt sie die Lippen und funkelt ihren Cousin eindringlich an.

»Du meinst also, dass du auf meiner Ranch diskreter vorgehen würdest, oder was?«, erkundigt Adler sich frei heraus und schnaubt spöttisch.

»Nein, aber da hätte ich wenigstens mehr Privatsphäre.«

»Auf der Ranch habe ich dich genauso im Visier wie hier. Du hast ein gravierendes psychisches Problem und bist eine verdammte Serienmörderin, Demon. Das haben wir schon hundertmal durchgekaut.«

Adler stöhnt entnervt. »Ich will doch nur wissen, ob das mit der Kleinen aus Austin etwas Ernstes ist.«

»Meinst du, mir ist nicht klar, dass du deine Stalker-Anwandlungen tagtäglich an Sny und mir auslebst?! Ich lasse es nur zu, weil ich selbst weiß, dass ich am Abgrund stehe – und Sny genauso. Trotzdem gibt es Details in unseren Leben, die dich schlicht und ergreifend nichts angehen, Vaughn.« Demon schaut zu mir und macht eine auffordernde Kopfbewegung, wie um mich dazu zu bringen, mich auf ihre Seite zu schlagen.

Erschöpft fahre ich mir mit der Hand durchs Gesicht. »Adler macht sich nicht grundlos Gedanken, D. Er wird alles dafür tun, damit wir keine unschuldigen Leben zerstören.«

»Ach ja?!« Aufgebracht stößt sie sich von der Wand ab und lässt ihren zornigen Blick zwischen Adler und mir hin- und herwandern. »Das heißt also, dass mein Cousin immer in der ersten Reihe sitzen wird, sobald ich mit einer Frau rummache, ja? Super!«

»Und Chase«, füge ich mit einem gedämpften Lachen hinzu und fange mir damit ein warnendes Murren von Demon ein. Der Computernerd unter uns Schatten zeigt ähnliche voyeuristische Tendenzen wie Adler. Nur dass es ihm eher darum geht, Demon und mich beim Ficken zu beobachten und sich daran aufzugeilen.

»Das hat dich doch bisher auch nicht davon abgehalten irgendwelche Weiber in dein Quartier zu schleppen«, fügt mein Boss ungerührt hinzu. »Was stellst du dich plötzlich so an, Demon?«

Mit verschränkten Armen baut sie sich neben mir

auf. »Ich will mehr Freiheiten. Ich will die Stadt verlassen dürfen, wenn mir danach ist.«

»Gibt's nicht.« Adlers Tonfall ist streng und unnachgiebig. Er funkelt sowohl Demon als auch mich an. »Nicht solange ihr beide out of control seid. Ihr wollt mehr Freiheiten? Bekommt ihr. Aber erst, nachdem ihr euch bereiterklärt habt, zur Therapie zu gehen und euch entsprechend mit Psychopharmaka einstellen zu lassen. Vorher behalte ich euch jede verdammte Sekunde im Auge.«

Ich stutze. »Inwiefern bin *ich* denn bitte out of control?«

Demon gibt ein geringschätziges Schnauben von sich und schüttelt den Kopf. »Ich bin nicht die Kaputte mit dem Drogenproblem, Sny. Du hast doch bloß keinen Bock darauf, mit dem Scheiß aufzuhören, weil du genau weißt, dass dann nichts von der gewissenlosen Bestie in dir übrigbliebe. Du würdest wahrscheinlich zu einem weinerlichen kleinen Schoßhündchen verkommen. Mehr nicht.«

»Das reicht jetzt.« Blitzschnell wende ich mich ihr zu und verpasse ihr einen harten Schlag auf den Hinterkopf. »Halt deine verfickte Schnauze, D.«

Zur selben Zeit, wie Demons blonde Dreadlocks nach vorn fliegen, macht sie bereits einen Ausfallschritt, um sich abzufangen, wirbelt zu mir herum und versetzt mir einen Kinnhaken, der sich gewaschen hat.

Bevor ich allerdings die Chance bekomme, darauf zu reagieren, ist Adler längst auf die Füße gesprungen und um den Schreibtisch herumgestürmt, um mich an der Kehle und Demon am Schopf zu packen. Mit einem dunklen Knurren reißt er uns auseinander.

»Sind wir denn hier in einem beschissenen Kindergarten?!«, raunzt er, schubst uns von sich und zeigt bedrohlich auf Demon. »Du sagst mir jetzt, was das da mit dem Mädchen aus Austin ist, oder ich vergesse mich!«

Während ich mit einer Hand meinen Kiefer umfasse und überprüfe, ob er nicht dank Demons Faustschlag ausgerenkt ist, weiche ich einen weiteren Schritt vor Adler zurück. Ich würde es in einer Situation wie dieser niemals wagen, mich mit ihm zu prügeln, obwohl ich gerade nicht übel Lust dazu hätte. Im gewissen Sinne kann ich Demon sogar verstehen, warum sie sich so standhaft weigert, Adler von ihrem Mädchen zu erzählen. Mir ergeht es mit Payton ähnlich. Es fühlt sich so an, als würde er von mir verlangen, sie mit ihm zu teilen – und das ist nicht akzeptabel. Sie gehört mir. Ich habe sie mir ausgesucht.

Demon wird das Gleiche empfinden. Da sie wesentlich hitzköpfiger ist als ich, und es ihr gehörig an Respekt gegenüber ihrem Cousin fehlt, zeigt sie sich folglich auch unkooperativer. »Nichts ist mit ihr!«, fährt sie ihn an und stößt ihn heftig gegen die Brust. »Sie ist weg! Und da ich in diesem verschissenen Nachtclub versauern und darauf warten darf, bis du dich mal wieder dazu bequemst, uns einen Auftrag zu erteilen, wird da auch nichts draus. Zufrieden?!«

»Ja. Durchaus.« Adler macht tatsächlich einen befreiten Eindruck. »Du kannst gehen, Demon.« Nacheinander versieht er uns mit einem warnenden Blick und begibt sich zurück hinter seinen Schreibtisch.

»Oh! Vielen Dank!« Sie zögert keine Sekunde, wirbelt auf dem Absatz herum und verschwindet über die in den Boden eingelassene Treppe, die sie direkt zum Club führt.

Mit geschürzten Lippen wende ich mich Adler zu, weil ich ebenfalls keinen Bock darauf habe, mich noch länger seinem Verhör auszusetzen. »Du hast also nichts für mich?«

Er schaut von seinem Smartphone zu mir auf und funkelt mich an. »Wie gesagt: Lass die Kleine in Ruhe.«

»Ich wiederhole mich nur ungern, aber ich sagte dir bereits, dass ich sie weggeschickt habe.« Ich verdrehe die Augen. »Außerdem ist sie die Englischlehrerin meines Sohnes; das passt mir eh nicht.«

In einer Mischung aus alarmiert und neugierig reißt er die Augen auf. »Weshalb hast du sie überhaupt in dein Quartier geholt, wenn sie gar nicht *passt?*«

»Sie ist halt gestern Abend hier im Club aufgekreuzt. Ich habe nicht genau herausfinden können, warum sie ausgerechnet hier gelandet ist, aber unterm Strich hat sie ihren Freund mit ihrer Mutter im Bett erwischt und empfand daraufhin das Bedürfnis, einen über den Durst zu trinken.«

»Und was hat das mit dir zu tun? Findest du also doch Gefallen an ihr?«

»Ich habe jedenfalls nicht vor, sie gut zu behandeln, falls ich sie irgendwann wiedersehe«, bringe ich zwischen zusammengepressten Zähnen hervor. Ich kann es nicht ab, wenn Adler von mir verlangt, über die dunkelsten Untiefen meiner Seele zu sprechen. Erst recht nicht, sobald diese mit Payton in Zusammenhang stehen, wird mir nochmals klar.

»Du willst dich tatsächlich an ihr vergehen? Deine komischen Ticks an ihr ausleben?«

»Natürlich«, lege ich mit einem düsteren Grollen in der Stimme fest. »Ich bin nach wie vor Herr meiner Lage und nicht gerade stolz auf das, wozu ich mich immer wieder treibe. Nichtsdestotrotz stellt Payton keine Ausnahme der Regel dar. Sofern sie zu mir zurückkommt, werde ich mit ihr tun und lassen, wonach mir ist.«

»Schon klar.« Erneut kommt Adler auf die Füße und streicht sein dunkles Hemd glatt. »Und warum hast du sie dann gehenlassen?«

Ich lasse meinen Kiefermuskel zucken und will eigentlich die Arme vor der Brust verschränken, merke aber, dass ich es längst tue. »Weil ich wissen möchte, ob sie zurückkommt.«

Adler verschränkt ebenfalls die Arme vor der Brust, während er mich misstrauisch beobachtet. »Dir liegt etwas an ihr?«

»Nein.« Das kam vermutlich zu schnell aus der Pistole geschossen, womit ich mich jetzt unglaubwürdig mache, doch im Grunde ist mir egal, was Adler in dieser Hinsicht von mir denkt.

»Dieses Mal bist du, wie bereits gesagt, anders als sonst vorgegangen«, merkt er nachdenklich an. »Hast du dir etwas Neues ausgedacht, Sny?«

»Hast du mir eigentlich nicht zugehört? Außerdem verbringst du echt zu viel Zeit damit, Demon und mich über deine verfickten Monitore zu beobachten, Alter.«

Adler zieht die Augenbrauen zusammen und fixiert mich mit seinem typisch bohrenden Blick. »Ich meine es ernst, *Sander:* Probierst du etwas Neues an der Kleinen aus oder ist da etwas *anderes*, das dich dazu getrieben hat, sie nach Hause zu schicken, bevor du sie und ihre Seele zerstören konntest?« Ich gebe ein unwilliges Murren von mir, doch Adler macht eine auffordernde Kopfbewegung. »Beantworte meine Frage.«

Unter seinen Worten beginne ich aufgebracht mit meinem in Mitleidenschaft gezogenen Kieferknochen zu mahlen. »Sie ... Vielleicht habe ich es mir nur eingebildet, aber in gewisser Hinsicht schien ihr von vornherein zu gefallen, was ich ihr in Aussicht gestellt habe. Sie hat es vor sich selbst nicht zugeben wollen, schätze ich ... und trotzdem. Da war etwas. Es wirkte so, als würde ein Teil von ihr nur darauf warten, dass ich ihr meinen Willen aufzwinge.«

»Aha. Und du meinst, dass gerade *du*, egal, ob du zugedröhnt bist oder dringend deinen nächsten Schuss brauchst, *richtig gut* beurteilen kannst, ob eine Frau gegen ihren Willen eingesperrt, misshandelt und vergewaltigt werden möchte?!«

Augenblicklich spanne ich jeden einzelnen meiner Oberkörpermuskeln an und lasse mich nur zu gerne auf sein angepisstes Blickduell ein, während er mehrere Schritte auf mich zumacht und sich bedrohlich vor mir aufbaut. »Ich tue nichts, was du nicht schon selbst an anderen ausprobiert hast, Adler«, gebe ich mit einem finsteren Tonfall zurück. Wenn man es genau nimmt, ist das, was zwischen ihm und seiner neuesten Eroberung passiert, gar nicht so weit von dem entfernt, was ich gerne Payton antun würde.

Ich will dir Dinge antun, die nicht gut für dich sind. Für dein Seelenheil.

Ich werde dich dazu bringen, mir in die Hölle zu folgen, wenn es so weit ist.

Denn das, was ich dir antun werde, wird dich nicht nur zerstören. Es wird dich verderben.

Ich werde dir beibringen, das zu lieben und zu brauchen, was nur ich dir geben kann.

Das mache ich mit meiner Beute. Ich stelle ihre Welt auf den Kopf.

Sobald ich mit meiner Beute fertig bin, weiß sie nicht mehr, was gut oder schlecht und was richtig oder falsch ist; was sie will oder was sie nicht will.

Am Ende will sie genau das, was ich ihr zu bieten habe.

Adler gibt ein grimmiges Knurren von sich und macht einen weiteren Schritt auf mich zu. »Willst du mir gerade echt erzählen, dass ich im Grunde genauso krank im Kopf bin wie du, *alter Freund?*«

»Durchaus, ja.« Ich zucke mit den Achseln. »Auf deine eigene Art und Weise, aber *im Grunde* geben wir uns gegenseitig nicht viel.«

Einen Atemzug lang mustert Adler eingehend mein Gesicht, während er vermutlich abwägt, ob er mir für meine Behauptung eine reinhauen soll. »Na gut. Die Tatsache, dass du sie weggeschickt hast, zeigt ja, dass dir immerhin genug an ihr liegt, um zu testen, ob sie sich wirklich von deiner *dunklen Seite* angezogen fühlt.« Sein Mundwinkel zuckt.

»Nein. Ich teste damit lediglich, ob ich recht habe«, antworte ich verbissen und lasse ihn keine Sekunde aus den Augen.

»Recht womit? Dass sie zu dir passt, weil sie eine verborgene Vorliebe für Bestien in Menschengestalt hat, von der sie bis jetzt nichts wusste? Weil sie dich jetzt erst kennengelernt hat, und sich nun unweigerlich zu dir hingezogen fühlt, da du ihr Dinge anbietest, die sie sich nur in den tiefsten Abgründen ihrer Seele gewünscht hat?«

»Nein. Recht damit, dass sie zurückkommt.«

»Das meine ich doch.«

»Vielleicht fand sie den Sex mit mir auch nur ziemlich geil.«

»Ich denke, sie hat definitiv eine Neigung zu geistesgestörten Typen«, stellt Adler fest, der sich inzwischen von mir abgewandt hat und wieder hinter den Schreibtisch wandert. »Mit ihrem Ex kann ja irgendetwas nicht stimmen, wenn der lieber ihre Mutter fickt. Allerdings ...« Er platziert sich auf seinem Chefsessel. »Möglicherweise ist ihre Mutter ja heiß?« Ein boshaftes Feixen lässt seinen Mundwinkel zucken. »Heißer als Payton, meine ich.«

»Du willst jetzt vermutlich hören, dass, meiner Meinung nach, kaum eine Frau heißer sein könnte als Payton, oder?«, erkundige ich mich mit einem entnervten Tonfall.

»Korrekt.«

»Payton *ist* heiß. Ich weiß halt nicht, wie ihre Mutter aussieht.« Langsam wird mir das hier echt zu dumm und ich gebe ein erschöpftes Seufzen von mir. »Wie dem auch sei: Wenn du keinen Auftrag für mich hast, gehe ich jetzt Paytons Ex abknallen.«

»So ist das also.« Mit gerunzelter Stirn mustert er mein Gesicht. »Du kannst ihn gerne observieren und herausfinden, weshalb er lieber ihre Mom vögelt und nicht sie, aber hier in NJ werden keine Menschen abgeknallt, weil sie deiner Kleinen das Herz gebrochen haben. Außerdem ist es doch nur zu deinem Vorteil, dass ihr Freund sie nicht will.«

»Sie ist nicht meine Kleine.« Ich verdrehe die Augen und wende mich von ihm ab, um einen Blick aus dem nahegelegenen Fenster zu werfen. »Wenn du mir erlaubst, ihn zu observieren, werde ich ihn wahrscheinlich über kurz oder lang abknallen.«

»Dann komme ich mit«, legt er fest und klingt für meinen Geschmack einen Hauch zu enthusiastisch. In letzter Zeit begleitet er uns Schatten nur noch selten zu irgendwelchen Jobs. Seine Neue nimmt ihn ganz schön in Beschlag.

»Was ist denn jetzt los?« Mit einer hochgezogenen Augenbraue wende ich mich Adler zu, der gerade irgendetwas in sein Smartphone eintippt.

Irritiert schaut Adler auf. »Was soll sein?«

»Seit wann hast du wieder Interesse daran, bei einem unserer Aufträge den Anstandswauwau zu spielen?«

»Wie meinst du das?« Adler starrt mich irritiert an.

»Musst du nicht ficken gehen oder so?«

»Sie ist nicht da.«

»Hmm. Bei dem ganzen Rumgeficke kommt eh nur Scheiß raus, den du momentan nicht gebrauchen kannst.«

Er schürzt die Lippen. »Sagt derjenige, der bereits einen Sohn gezeugt hat.«

»Du weißt, dass er nicht geplant war und du weißt ebenfalls, was aus ihm geworden ist.«

»Ich würde dir gerne vorwerfen, dass es deine Schuld ist, weil du ein verkorkster Junkie bist und dich von seiner Mom getrennt hast, aber ich denke ... es liegt wohl doch an seiner Mutter. Du hast alles versucht.«

»Na ja. Ich bin zum Militär gegangen und als kranke Bestie zurückgekommen.«

»Bis dahin hatte sie allerdings längst einen anderen und du hast es dennoch versucht.«

»Ja. Mag sein.« Trotzdem mache ich mir Vorwürfe, dass aus meinem Sohn kein guter Kerl geworden ist. Er ist noch jung, siebzehn um genau zu sein, möglicherweise bekommt er irgendwann noch die Kurve, doch solange seine Mutter ihn weiterhin verzieht und ihm die falschen Wertvorstellungen eintrichtert, sehe ich schwarz für ihn.

»Vielleicht ist es das Los eines Vaters, sich auf ewig Selbstvorwürfe zu machen, wenn das Kind auf die schiefe Bahn gerät«, gibt Adler zum Besten. Ich weiß, dass er eines Tages selbst Kinder haben will – schon allein, um seine *Blutlinie* fortzuführen. Was das betrifft, kann er sich verdammt elitär geben. Meine Meinung dazu kennt er. Er sollte lieber ein Kind von der Straße adoptieren, anstatt noch eines in diese verdorbene Welt zu setzen. Erst recht keines mit den verfluchten Adler-Genen. Der Wahnsinn liegt ihm im Blut.

Ich zucke mit den Achseln und schaue wieder aus dem Fenster. »Könntest du diese tiefsinnigen Gespräche bitte ab sofort mit Chase führen? Der steht doch auf so etwas. Ich wette, der stellt auch gleich eine Kanne Tee und Gebäck dazu. Vielleicht nimmt er dich sogar mit zu seiner Granny. Die ist bestimmt ganz scharf darauf, dich kennenzulernen.«

»Hat sie längst«, erklärt er beiläufig und klopft mir

auf die Schulter. »Außerdem weiß ich, dass du insgeheim darauf abfährst, abgedrehte Lebensweisheiten mit mir auszutauschen, alter Freund.«

Wieder strafe ich ihn mit einem düsteren Augenfunkeln und gebe ein geringschätziges Zischen von mir. »Das hättest du wohl gern.« Ich wende mich der Treppe zu, die mich endlich aus diesem elenden *Love is in the Air*-Trip wegbringt. »Ich verpisse mich dann jetzt. Den Ex abknallen.«

»Moment.« Darauf habe ich die ganze Zeit gewartet. Adler wird niemals zulassen, dass ich einen *Unschuldigen* über den Jordan verschiffe. »Du hast doch bestimmt mitbekommen, dass Demon heute Nacht Vasquez kaltgemacht hat, oder?«

»Klar. Ich habe die Leiche weggeräumt, nachdem ich über sie gestolpert bin.« Ganz so war es zwar nicht, aber ich habe das tatsächlich für Demon erledigt, nachdem ich mir einen Schuss gesetzt habe und daraufhin frische Luft brauchte.

»Du könntest einen seiner ehemaligen Speichellecker kaltmachen. Da wird jetzt, wie gewohnt, ein lästiger Kleinkrieg entstehen, bei dem es darum geht, welcher von Vasquez' Lakaien nun den Menschenhändlerring fortführen darf. Wir sollten die Gruppe etwas ausdünnen, damit unsere eingeschleusten Männer ihre Chance bekommen.«

»Wenn's denn sein muss. Hat Demon sich das nicht schon auf die Fahne geschrieben?«

»Nope. Sie hatte einfach nur Bock, jemanden umzulegen und Vasquez hat sich da angeboten.«

»Tja. Und ich habe Bock, Paytons Ex umzulegen.«

»Das halte ich für nicht notwendig, Sny.«

»Nicht notwendig? Nein. Aber befriedigend.«

»Du hast sie nicht mehr alle.« Er funkelt mich an. »Gut. *Nachdem* wir einen von Vasquez' Männern liquidiert haben, finden wir heraus, wer dieser Typ ist und observieren ihn dann. Und ich *meine auch* observieren.«

SECHS

PAYTON

Oh Mann. Ich kann es nicht fassen. Aus irgendeinem Grund sitze ich schon wieder im Taxi und fahre schon wieder zum El Paso.

Ich rede mir ein, dass ich es nur tue, um Sander sein verdammtes Geld zurückzugeben, das er mir still und heimlich in die Handtasche gesteckt hat. Da er sowieso schon an meinen Sachen zugange war, will ich gar nicht wissen, was er ... damit gemacht hat. Ich hatte die Tasche vorn an der Garderobe abgegeben und er hat sie sich einfach geholt. Keine Ahnung, woher er wusste, welche davon meine ist und warum die Garderobenfrau gerade diese Tasche mir zuordnen konnte ... Nein. Bloß nicht paranoid werden. Vermutlich hat er bloß die Marke aus der Rocktasche genommen und sie vorgelegt. Wer weiß schon, wie er vorgegangen ist; es ändert auch nichts daran, dass er sich mit Sicherheit zuerst mein Handy und meinen Ausweis vorgeknöpft hat.

Andererseits frage ich mich, ob ich mir nicht zu viel auf mich einbilde. Womöglich hat er mir das Geld nur zugesteckt, weil ... er es kann. Weil er es hat. Weil er einer von Adlers fünf Schatten ist und somit mehr als genug Kohle mit diesem *Job* verdient.

Ich komme nicht aus New Juarez und habe mich nur mit den wichtigsten Fakten über die Stadt beschäftigt: Sie ist eine der freien Städte; sie wird nicht von der Regierung kontrolliert, sondern vom RA-Kartell. R steht für Ramirez und A für Adler. Bis vor einiger Zeit waren diese Namen noch für ihre Feindschaft untereinander bekannt. Der Ramirez-Familienclan hat über den Süden von New Juarez geherrscht, die Adlers über den Norden. Als Grenze galt der Rio Grande. Doch die beiden Kartelle haben Frieden geschlossen und sich zusammengetan.

Mehr weiß ich auch nicht. Außer, dass das El Paso Blair Ramirez gehört und ursprünglich ein gern besuchtes Etablissement war, bis Adler die Geschäfte im Süden übernommen hat. Nun ist der Nachtclub ein eher zwielichtiger Laden und eigentlich hat jemand wie ich dort nichts zu suchen. Ja. Das sollte ich mir vielleicht von Sander eintätowieren lassen, sobald ich ihm gleich ins Netz gegangen bin.

»Ich werde ihm lediglich das Geld vor die Füße werfen und wieder gehen. Ganz einfach. Möglicherweise ist er ja auch gar nicht da und ich kann es schnell dem Barkeeper in die Hand drücken. Oder diesem Chase.« Ich flüstere in mich hinein, in der Hoffnung, dass der Fahrer mich nicht hört; wenn doch, ist es auch egal.

Die Fahrt vom Hotel zum El Paso – oder eben zurück – dauert eigentlich nur fünfundzwanzig Minuten. Da hat mich der blöde Taxifahrer gestern Abend tatsächlich verarscht. Aber na ja. Vielleicht würde ich es genauso machen, wenn man mich dazu auffordert, geradewegs in eine der gefährlichsten Ecken der Stadt zu fahren, damit ich dem angetrunkenen Fahrgast zur Entschädigung eine hübsche Stange Geld abknüpfen kann.

Diese Fahrt werde ich jedenfalls von Sanders Geld bezahlen. Er ist selbst daran schuld, wenn er mir ... ja. Ich *kann* es gar nicht als Geldgeschenk ansehen. Ich kann es drehen und wenden wie ich will, es fühlt sich einfach so an, als habe er mich für den Sex bezahlt. Dafür, dass der Sex hammergeil war, ist es definitiv eine Beleidigung, da ich ihm anscheinend nur ein paar hundert Dollar wert bin.

Vielleicht war der Sex auch nur für mich hammergeil und für Sander etwas ganz Alltägliches. Wenn er wirklich so drauf ist, wie er versucht hat, mir weiszumachen, wird er vermutlich gar nicht wissen, wie es ist, *gewöhnlichen* Sex zu haben.

Jedenfalls bin ich gespannt, wie Sander aus der Wäsche guckt, sobald er mich sieht. Ich fürchte ja, er rechnet längst damit, dass ich wieder im El Paso aufschlage, und das Schlimme dabei ist: Ein Teil von mir will ihn unbedingt wiedersehen. Keine Ahnung, warum. Ich muss total bescheuert sein. Es gibt keinen triftigen Grund.

Womöglich liegt es daran, dass ich mich einsam fühle. Ich wohne hier noch nicht lange und habe es bisher nicht geschafft, irgendwelche Kontakte zu knüpfen. Ich hatte nur Justin – und meine Mutter, die es sich ja nicht nehmen lassen konnte, ebenfalls hierherzuziehen. Ich bin davon ausgegangen, dass sie es meinetwegen getan hat, aber wenn ich so darüber nachdenke, war es wohl eher wegen Justin. Oder um ihr Ego aufzupolieren.

In diesem Moment hält das Taxi vor dem Eingang des El Paso. Es ist Samstagabend und es lässt sich wirklich schwer sagen, ob heute mehr los ist als gestern.

Hoffentlich sind die komischen Weiber dieses Junggesellinnenabschiedes nicht mehr da. Im Nachhinein kann ich mich zwar nicht hundertprozentig daran erinnern, aber ich glaube, dass die angehende Braut kurz davor war, mir eine reinzuhauen – oder zumindest ins Gesicht zu spucken.

Der Fahrer dreht sich zu mir herum. Seine ernste Miene trägt nicht gerade dazu bei, dass ich mich in meiner Entscheidung bestätigt fühle. »Okay, Miss. Ich weiß ja nicht, was Sie dazu treibt, in dieses Höllenloch einzukehren, aber ich wünsche Ihnen viel Glück und einen raschen, schmerzfreien Tod.«

»Ähm. Danke?« Ich lächele den Fahrer höflich an und stecke ihm das Geld zu, auf dessen Betrag wir uns vor der Fahrt geeinigt haben, damit er mich auf schnellstem Wege hierherbringt. Der von gestern hat nicht so viel von mir bekommen. Allerdings bin ich mir da nicht sicher, weil ich ja, wie eventuell schon einmal erwähnt, nicht mehr ganz so nüchtern war, als ich hier aufgekreuzt bin.

Möglicherweise sollte ich dem Taxifahrer das nächste Mal einfach einen gewissen Betrag nennen und ihm sagen, dass er mich dahin bringen soll, wo es spannend ist. Falls es überhaupt noch einmal dazu kommen sollte. Irgendwie habe ich nämlich im Gefühl, dass ich in den kommenden Monaten eher damit beschäftigt sein werde, heimlich in der Schule zu übernachten und Dosenravioli zu essen, weil ich sonst unweigerlich meinen Kreditrahmen sprengen werde.

Seufzend steige ich aus dem Taxi und lasse mein Augenmerk über die sanft leuchtenden Neon Lettern des Nachtclubs schweifen. »Ich kann nicht glauben, dass ich schon wieder hier bin«, murmele ich erschöpft und wüsste echt gern, was mich dazu getrieben hat, hierherzufahren. *Höllenloch ist genau der richtige Ausdruck.*

Ich trete vor die beiden Türsteher und lächele sie entschuldigend an, als würde ich zu spät zu einer geladenen Veranstaltung erscheinen, oder so. Einer von ihnen runzelt verständnislos die Stirn und lenkt seinen Blick dann wieder zu einem nichtexistenten Punkt hinter mir. Die Hauswand auf der gegenüberliegenden Seite muss wirklich unglaublich aufregend sein.

Der andere Security mustert mich dagegen von oben bis unten. Ich habe mich für die gleiche Frisur wie gestern entschieden, aber mehr Haarspray verwendet und auch mein Make-up ein bisschen dramatischer gewählt. Ich trage sogar Lippenstift. Dafür habe ich mich allerdings für eine schlichte schwarze Jeans und einen hellgrauen Sweater entschieden, der schon fast zu salopp wirkt. Für den Fall, dass die Türsteher sich deswegen beschweren, trage ich wiederum ein schwarzes Top, mit Spitzensaum und tiefem Ausschnitt darunter – und dazu einen Push-up BH.

Ja. Dieser ganze Aufwand, nur um Sander sein verdammtes Geld zurückzugeben. Ich nehme mir die Geschichte selbst nicht ab.

»Warst du nicht gestern schon da?«, brummt der Security, der mich so eingehend gemustert hat, und schafft es irgendwie, dabei gleichzeitig genervt und verwundert zu klingen. Augenblicklich – und bevor ich auch nur daran denken kann, einen Mucks von mir zu geben – packt er mich am Hals, wirbelt mich herum und drückt meinen Oberkörper gegen die nächste Wand, sodass meine Wange eine unsanfte Bekanntschaft mit dem rauen Putz des Gebäudes macht.

»Hey!«, japse ich, nachdem ich die erste Schrecksekunde überwunden habe und der Türsteher mich überraschend nachlässig abtastet, obwohl er mich routinemäßig an die Wand gedonnert hat. Offenbar gehören brutal unterlegte Abtastungen in dieser Ecke von New Juarez zum Pflichtprogramm eines Securitys, denn ich habe es gestern bereits stoisch über mich ergehen lassen müssen. Na ja. Gestern fand ich es in meinem Zustand sogar ziemlich aufregend, wie eine Gangsterbraut behandelt zu werden. »Ich bin nur hier, um ... jemandem etwas zurückzugeben, was er mir geliehen hat.«

Besser gesagt, habe ich vor, mir meine Würde zurückzuholen, weil ich sie anscheinend hier irgendwo liegengelassen habe. Normalerweise hätte ich mich zwar über das Geldgeschenk in einem solchen Zusammenhang geärgert, doch letztendlich hätte ich es mit einem Schulterzucken hingenommen. Ich hätte für mich entschieden, dass der Scheiß nicht den Aufriss wert ist, noch einmal bis hierhin, in eine der finstersten Gegenden von New Juarez, zu fahren.

Allgemein gibt es in NJ – wie die Einheimischen es nennen – keinen Ort, den man als Frau im Dunkeln sorgenfrei besuchen könnte. Eigentlich auch nicht bei hellstem Sonnenschein und schon gar nicht auf eigene Faust. Aber das scheint mir seit spätestens gestern Abend ziemlich am Arsch vorbeizugehen, wie es aussieht. Ich bin mir nicht so ganz im Klaren darüber. Meine beiden Gehirnhälften scheinen nicht mehr miteinander zu kommunizieren, denn es gibt keine vernünftige Erklärung für mein Verhalten.

»Aha. Deswegen bist du also hier, ja?« Der Security packt einen meiner Unterarme, verschränkt ihn im rechten Winkel hinter meinem Rücken und presst mich noch härter gegen den rauen Putz. »Ich verrate dir was, Hübsche. Du mit deinen großen Augen und der Unschuldsmiene fällst hier bei uns auf wie eine beschissene Lichtgestalt. Du *gehörst* hier nicht her. Deshalb behalte ich dich im Auge. *Einmal* darf sich eine kleine, unwichtige Englischlehrerin aus Downtown hierher verlaufen. Aber kein zweites Mal.«

»Was soll das denn heißen?«, presse ich mühsam hervor. »Woher weißt du, dass ich Englischlehrerin ...«

»Ich weiß inzwischen mehr über dich, als dir lieb ist, *Payton Bowman.* Keine Frau, die noch alle Latten am Zaun hat, kehrt zu jemandem wie Snyper freiwillig zurück, nachdem er sie gnädigerweise weggeschickt hat.« Er drückt mich mit vollem Körpereinsatz gegen die Wand, während er mir seine Worte mit einem unheilvollen Unterton ins Ohr raunt, sodass nur ich sie vernehme. »Du bist ein Spitzel, richtig? Jemand hat dich auf seiner Gehaltsliste; wer ist es? Welcher verfickte Bastard bezahlt dich dafür, dich an Adlers rechte Hand ranzumachen, um vertrauliche Informationen aus ihm herauszulocken?«

»Was?« Hektisch will ich den Kopf schütteln – nun ja, ich würde es zumindest tun, wenn meine Wange nicht so fest an der Hauswand kleben würde. »Nein, ich ... ich bin wirklich nur wegen Snyper hier! Alles, was ich will, ist, ihm sein dummes Geld zurückzugeben; danach bin ich wieder weg! Ich will niemanden ausspionieren, ehrlich!«

»So?« Der Türsteher lässt etwas locker. »Er hat dir Geld gegeben? Für Sex?«

»Ja.« Trotz der beunruhigenden Situation habe ich tatsächlich den Nerv, missmutig zu klingen.

»Und du kommst freiwillig zurück, weil …?«

»Weil ich das als beleidigend empfinde!« Jetzt wirke ich wirklich patzig und der Security lässt mich auf Anhieb los – er gibt sogar ein gedämpftes Lachen von sich.

»Ich glaube, du bist echt kein Spitzel. Dafür ist deine Geschichte einfach zu bescheuert.«

Ich wirbele zu dem Typen herum und schenke ihm einen giftigen Blick. »Und ich glaube, dass du kein gewöhnlicher Türsteher, sondern einer von Adlers *berühmten* Schatten bist. Richtig?!«

Auffallend helle Augen funkeln zu mir hinunter, während der Typ mich mit einem herablassenden Lächeln versieht. »Richtig … Du musst echt durchgeknallt sein.«

Eingeschnappt verschränke ich die Arme vor der Brust und recke mein Kinn empor. »Weil ich es wage, mich ein zweites Mal hier blicken zu lassen? Ja, durchaus. Aber was ist mit dir? Du musst ein echt beschissener Schatten sein, wenn dein Boss dir den Türsteher-Job aufbrummt.«

Der Schatten macht erneut einen Schritt auf mich zu und beugt sich bedrohlich zu mir hinunter. »Ich bin nur deinetwegen hier, Süße. Adler hatte die Befürchtung, dass du in der Tat ein zweites Mal hier aufkreuzen würdest und wollte, dass … einer von uns überprüft, ob du allen Ernstes so harmlos bist, wie Sny und Chase behaupten. Sie schienen beide recht voreingenommen zu sein, was dich betrifft.«

Ich ignoriere die Andeutung, dass sowohl Sander als auch Chase einen Narren an mir gefressen haben sollen, denn das ... klingt echt überspitzt. So toll bin ich nun wirklich nicht. »Bist du nicht gestern ebenfalls hier gewesen ...?« Ich überlege fieberhaft, weil meine alkoholverhangene Erinnerung durchaus trügerisch sein kann, und komme zu dem Schluss, dass keine anderen Security-Gesichter als seines und das seines Kollegen in meinem Gedächtnis hängengeblieben sind.

Irritiert legt der Schatten, dessen Namen ich noch immer nicht kenne, die Stirn in Falten. »Nein. Beim besten Willen nicht. Gestern war ich nicht einmal in der Stadt.«

»Ach echt?«

»Ja, echt.«

»Okay, dann ...« Ich würde wirklich gern eine geistreiche Floskel von mir geben, um dafür zu sorgen, dass ich endlich das El Paso betreten darf, doch dummerweise ist alles, was mir im Moment einfällt, von einem Bein auf das andere zu treten.

»Sieh zu.« Der Schatten weist mit einer Hand hinter sich zum Eingang und schüttelt gleichzeitig den Kopf. Ich weiß nicht, ob er Gedanken lesen kann, und mich für geistesgestört hält, oder ob er schlicht nicht glauben kann, dass ich nur hier bin, um meine Ehre zu retten. Falls er mir abnimmt, dass ich keine Spionin bin, wovon ich ausgehe, wird er wohl zu dem Schluss gelangt sein, dass ich vielmehr zurückgekommen bin, um ... Sander zu sehen. Und das ist ... krank. Ja. Finde ich auch. Um es kurz zu machen: Das Ganze läuft definitiv darauf hinaus, dass der Schatten mich für geistesgestört hält.

»Okay. Danke.« Ich merke selbst, dass mein Lächeln, welches ich ihm jetzt schenke, etwas verrutscht ist, doch ich überspiele es mit einem geschäftigen Nicken und durchquere den mit schwarzen Flügeltüren behängten Eingang zum Club.

Zwielicht umfängt mich, dessen rauchgeschwängerte Luft sogleich eine Atmosphäre von Düsternis und Seelenlosigkeit vermittelt. Automatisch stellen sich die feinen Härchen auf meinen Unterarmen auf und ich nehme einen zittrigen Atemzug. Nicht etwa deswegen, weil mein Unterbewusstsein mir mitteilen will, dass ich nicht hierhergehöre, wie es mir alle weismachen wollen. Für mich fühlt es sich so an, als sei ich *heimgekommen.* Dahin, wo ich hinmuss. In Snypers Gewalt. Ich kann seine Präsenz regelrecht spüren – als müsste ich nur ein weiteres Mal tief Luft holen, um den Duft seines Aftershaves wahrzunehmen; die Augen schließen, um seine raue Stimme zu hören. Ich *fühle*, dass er in diesen Räumen sehr, sehr viel Zeit verbringt. Selbst wenn er gar nicht hier ist, bleibt immer ein Teil seiner Aura zurück, die jeden überschattet. Wie eine gefährliche Schlange kriecht dieses beklemmende Gefühl an mir empor, wickelt sich um meine Schultern, legt sich um meine Kehle und ... nichts passiert.

Mir ist bewusst, was ich eigentlich in diesem Moment fühlen sollte. Aber ich tue es nicht. Ich empfinde Sehnsucht. Nach ihm. Nach seinen Berührungen. Nach seiner Körperwärme. Ich kann es kaum abwarten, ihn zu sehen.

Ich bin sowas von durchgeknallt.

Am liebsten würde ich die Garderobe ohne Zwischenstopp passieren, aber die dort abgestellte Frau in den Mittfünfzigern, die gestern schon ziemlich gelangweilt aussah, schaut von ihrer Zeitschrift auf und zieht überrascht die Augenbrauen hoch. »Du schon wieder, Schätzchen? Hast du dich zum zweiten Mal verlaufen?« Dunkel erinnere ich mich daran, dass die Frau mich gestern dasselbe gefragt hat, doch diese Erinnerung war in den verkaterten Untiefen meiner grauen Zellen verschwunden.

»Ähm, nein, immer noch nicht.« Ich lächele sie verschämt an. »Aber heute bin ich sogar nüchtern und habe auch vor, es zu bleiben.«

Die Frau streckt die Hand nach meiner Tasche aus. »Na, dann mal her damit.«

Ich schüttele den Kopf und erst jetzt fällt mir auf, dass der Schatten-Türsteher meine Tasche gar nicht durchsucht hat. *Und er hielt mich für einen Spitzel? Wohl kaum.* Oder geht hier irgendetwas Eigenartiges vor, von dem ich nichts weiß, und ich bin drauf und dran, direkt in eine Falle zu tappen?

»Ich bleibe nicht lange. *Diesmal* behalte ich die Tasche. Nicht dass du sie noch einmal an Snyper aushändigst.« Mein Tonfall ist anklagender, als ich beabsichtigt habe.

»Ach, Schätzchen. Wenn du mir Bescheid gibst, dass ich ihm – oder wem auch immer – deine Tasche nicht herausgeben soll, halte ich mich daran. Ich nehme meinen Job sehr ernst. Schließlich werde ich ziemlich anständig dafür bezahlt.«

»Das ist schön zu hören.« Erneut packe ich mein unverbindliches Lächeln aus. Vielleicht sollte ich hier im El Paso als Klofrau anfangen oder so. Mein Lehrergehalt ist in den ersten sechs Monaten nämlich gerade nicht sehr berauschend und in den kommenden drei Jahren kann ich mir ebenfalls keine finanziellen Eskapaden erlauben. Jetzt, wo ich auf mich allein gestellt bin, ist ohnehin fraglich, ob ich mir die Miete *und* etwas zu Essen leisten kann. Ich schätze, dass ich mich wohl oder übel nach Wohngemeinschaften umsehen muss. *Super. Ich dachte eigentlich, sobald ich vom College weg bin, gehört das der Vergangenheit an.*

Die Frau mustert mich von oben bis unten. Beinahe genauso, wie der Schatten-Türsteher es eben getan hat. »Snyper hatte deine Marke dabei. Sonst hätte ich ihm die Tasche nicht gegeben. Indianerehrenwort.« Mit offenem Mund kaut sie auf ihrem Kaugummi herum, sodass ich genau erkennen kann, welche Farbe es hat: Es ist hellblau.

»Schon gut. Ist ja nichts Schlimmes passiert.« Ich winke ab und zeige zum Inneren des Clubs. »Darf ich also?«

»Klar, nur zu.« Die Frau formt eine Blase und lässt diese mit einem lauten Knallen zerplatzen. »Er ist aber nicht da«, erklärt sie schmatzend.

Ein merkwürdiges Gefühl macht sich in meinem Brustkorb breit. Seine bloße Erwähnung bringt mich durcheinander. »Wer?«, erkundige ich mich scheinheilig.

»Na, Snyper. Er ist es doch, den du sehen willst, richtig?«

Ertappt spitze ich die Lippen. »Ja, schon. Wird er denn überhaupt noch auftauchen?« Wenn ich jetzt ganz umsonst die Alarmglocken in meiner vernunftbegabten Gehirnhälfte ignoriert habe, um hierher zu kommen, raste ich aus.

»Mit Sicherheit. Schließlich wohnt er hier.« Sie formt eine weitere Blase. »Es könnte natürlich sein, dass er den Hintereingang nimmt und direkt nach oben verschwinden will. Dafür muss er allerdings den Club durchqueren und normalerweise schaut er sich dabei noch einmal gründlich um, bevor er sich zurückzieht.« Sie grinst mich an. »Du weißt schon. Um jemanden abzuschleppen.«

»Danke für die Info.« Aus irgendeinem Grund bin ich beleidigt.

»Wenn du willst, gebe ich der Chefin Bescheid, dass du hier bist und ihn erwartest. Sie wird dafür sorgen, dass er sich bei dir blicken lässt.«

Mit der *Chefin* wird wohl Blair Ramirez gemeint sein. »Darauf komme ich gegebenenfalls zurück, falls er tatsächlich nicht bald hier auftaucht, danke. Ich möchte nämlich nicht länger als nötig hierbleiben.«

»Okay.« Die Frau runzelt irritiert die Stirn, sagt jedoch nichts weiter.

»Vielleicht kann ich mein Anliegen auch anderweitig klären. Dazu benötige ich nicht zwangsläufig Snyper.«

Obwohl der durchgeknallte Teil von mir es nicht abwarten kann, ihn zu sehen, überlege ich einen kurzen Moment lang, ob ich einfach ihr das Geld aushändigen soll. Wenn sie ihren Job wirklich so ernst nimmt, wie sie sagt, ist sie genau die richtige Adresse. Sie wäre schließlich auch diejenige, die mir einen Wagen ruft, der mich nach Hause kutschieren wird; besser gesagt ins Hotel. Allerdings ist die geistesgestörte Gehirnhälfte, die bereits seit gestern nicht mehr einwandfrei zu funktionieren scheint, der festen Überzeugung, dass ich es mir nicht so leicht machen darf. Sie meint, dass ich Sander eine *Chance* geben soll, sich zu erklären.

Ich kann es drehen und wenden wie ich will – ich möchte ihn wiedersehen.

»Na dann, Schätzchen, amüsiere dich ein wenig. Du siehst mitgenommen aus. Wir haben nicht häufig Damenbesuch, der sich zwei Tage hintereinander hier blicken lässt. Und wenn ich Damenbesuch sage, meine ich auch Damenbesuch. Diese Ecke von NJ sollte eigentlich nicht dein Playground sein.«

Jaja. Langsam nervt es. Es ist mein Leben, mit dem ich spiele. Also ist es auch meine Entscheidung, wann ich ins Verderben renne – und zwar jetzt. Genau hier. Niemand kann mich davon abhalten. Selbst Sander nicht.

»Ja, ich habe gestern ein bisschen viel getrunken, denn es gibt leider etwas Ärger im Paradies«, erkläre ich ihr. Ich habe zwar keinen Schimmer, was sie mit ihrer Damenbesuch-Behauptung explizit gemeint hat, meine Ausrede sollte allerdings ziemlich schlüssig klingen.

»Doch nicht mit Snyper, oder? Ich will dir ja nicht zu nahe treten, Schätzchen, aber ich hoffe doch sehr, dass du nicht eine von denen bist, die dem Typen nach einem One-Night-Stand wochenlang hinterherrennen, weil sie glauben, in ihm die große Liebe gefunden zu haben.«

»Oh Gott, nein.« Energisch schüttele ich den Kopf, merke jedoch, wie meine Wangen an Röte gewinnen. Denn im Grunde tue ich das: Ich renne ihm hinterher. Stattdessen hätte ich seine Almosen als Lehrgeld nehmen und das Ganze vergessen sollen. Mein Auftritt hier könnte mehr als peinlich werden.

Das ist der Punkt, an dem ich *endlich* aus meinem pseudoromantischen Tagtraum zu erwachen scheine und mich klugerweise dazu entscheide, der Garderobenfrau das Geld auszuhändigen. Ich muss so schnell wie möglich von hier verschwinden. »Hör mal«, beginne ich und öffne die Handtasche, um das Geldbündel herauszufischen, das ich feinsäuberlich zusammengedreht und mit einem Gummiband fixiert habe. »Snyper schien es für nötig zu halten, mich für den ...«

»Ginger! Du hier?«, höre ich auf einmal eine volltönende Stimme schräg hinter mir, die mir entfernt bekannt vorkommt.

Irritiert wirbele ich herum und erkenne diesen ... Chase, der mit ausgebreiteten Armen die zwielichtigen Rauchschwaden zerteilt und auf mich zusteuert. Er trägt ein orangegelbes Shirt, auf dem in scheinbar verwitterten Lettern *Welcome to Tatooine* geschrieben steht.

Was für ein Nerd. »Ähm. Hallo.«

Er schließt mich in die Arme, als würden wir uns schon seit Jahren kennen, und presst mir dabei die Luft aus den Lungen, wodurch ich gezwungen bin, das Geldbündel wieder in die Tasche fallen zu lassen. »Da gucke ich nichtsahnend auf die Überwachungsmonitore und sehe dich mit Gloria ein Pläuschchen abhalten! Da musste ich doch einfach dazukommen.« Er lässt mich los und klatscht mit der Garderobenfrau ab. »Nicht wahr?«

»Du sagst es, Sonnyboy«, bestätigt sie, während sie grinsend auf ihrem Kaugummi herumkaut.

Chase wendet sich wieder mir zu. »Wie kommt's, dass man dich noch einmal hier antrifft? Hat Sny dich nicht verschreckt?«

»Doch schon.« Meine Wangen werden immer heißer und mit dem Blut, das nun vermehrt dorthin fließt, scheint auch endlich meine defekte Gehirnhälfte mit ausreichend Sauerstoff versorgt zu werden: Auf einmal kann ich an nichts anderes mehr denken, als so schnell wie möglich von hier wegzukommen. Zwar wirkt es so, als wäre mit Chase' knalligem Shirt ein wenig Licht in die Düsternis hier im Club eingekehrt, doch dieses Licht ist trügerisch. Es hat etwas Lauerndes. »Ich bin nur hier, um ...« Ich habe meine Hand noch immer in meiner Tasche, umfasse wieder das Geldbündel und mache Anstalten, es herauszuziehen.

»Woah!« Chase hebt die Hände über den Kopf und macht einen Satz rückwärts. Auch Gloria schreckt zurück und greift in derselben Bewegung unter ihren Tresen – wahrscheinlich, um im charakteristischen Texas-Flair eine Schrotflinte hervorzuholen. »Bitte kein Amoklauf in unserem schönen El Paso! Ich stehe auf die sauberen Toiletten und mache, falls ich das noch nicht erwähnt habe, sehr leckere Cocktails!« Er neigt den Kopf zur Seite, belässt seine Hände allerdings über dem Kopf, während mein Augenmerk perplex zwischen ihm und Gloria hin und her huscht. »Lass uns einfach darüber reden, Ginger. Ich weiß, dass Sny sie nicht alle beisammen hat, aber tief in seinem schwarzen, abgestorbenen Herzen ist er ein guter Kerl. Vielleicht kann ich ihn ja davon überzeugen, sich bei dir zu entschuldigen und für deine Therapie aufzukommen.«

»Hä?« Verdattert gucke ich zu meiner Hand, die noch immer in der Tasche steckt. »Oh.« Hastig schaue ich wieder auf. »Gott, nein, ihr versteht das ganz falsch! Ich habe keine Waffe. Nur Snypers Geld. Er fand es wohl witzig, mich für ... na ja. Eben für die vergangene Nacht zu bezahlen. Das ist demütigend. Vor allem, weil ich ihm nicht sehr viel wert zu sein scheine. Ich bin lediglich hier, um ihm das Geld um die Ohren zu hauen.«

Chase legt den Kopf in den Nacken und lacht laut auf. »Oh Mann! Der Typ ist noch gestörter, als ich dachte!« In meinem Blickwinkel erkenne ich, dass Gloria sich ebenfalls merklich entspannt und sogar in sein Lachen einstimmt.

Wieder bin ich mehr als verwirrt, aber im nächsten Moment kapiere ich, dass Chase nie davon ausgegangen ist, dass ich eine Waffe zücken will. »Super, du hast einen Witz gemacht. Du findest es also lustig, dass es so *gewirkt* hat, als hätte ich eine Waffe in meiner Tasche. Ist klar. Ihr seid doch alle bekloppt hier in New Juarez.«

»Hey! Ich passe mich nur an«, gibt er prustend von sich und macht eine auffordernde Kopfbewegung, ihm zur nächsten Bar zu folgen. Allerdings bleibe ich stocksteif stehen und schaue ihm mit großen Augen nach, weswegen er sich kurz darauf zu mir herumdreht und wieder einen Schritt auf mich zu macht. »Was ist?«

Seufzend nehme ich das zusammengedrehte Bündel aus der Tasche und halte es ihm entgegen. »Würdest du das bitte Snyper geben? Ich ... kann nicht. Ich *sollte* nicht ...«

»Was du nicht *kannst* und was du nicht *solltest,* sind

zwei verschiedene Dinge, Ginger. Du *kannst* dir allerdings sicher sein, dass ich dich heute vor Sny beschützen werde, falls er komisch wird. Ich wüsste zwar nicht warum, aber na ja.« Ohne zu zögern schnappt er sich meine Hand und zieht mich hinter sich her. »Wenn ich dir eines garantieren kann, dann, dass er dir das Geld nicht gegeben hat, um dich dafür zu entlohnen, dass du dich von ihm ficken lassen hast. Das war vielmehr seine Art, dir zu sagen, dass du ihm nicht egal bist. Also, dass ihm zumindest etwas daran liegt, dass du heil nach Hause kommst. Der Typ ist halt total realitätsfremd; zudem hat er keine Vorstellung davon, wie viel eine Taxifahrt nach Downtown kostet. Er kümmert sich eben um die Menschen, die er mit seinem Schwanz verkorkst hat. Ging echt schnell bei dir.«

Schulterzuckend ziehe ich mir einen Barhocker heran und setze mich neben Chase, der sich nach dem Barkeeper umzusehen scheint, welcher wohl wieder einmal seinen Job nicht ernst nimmt.

Kann ich nachvollziehen. Hier ist kaum was los. Nur eine einzelne Tischgruppe ist mit den üblichen Verdächtigen besetzt. Damit meine ich Männer, die so aussehen, wie ich mir die typischen Gangster aus dem Untergrund von New Juarez vorstelle: Breitbeinig sitzen sie in Anzügen und gelockerten Krawatten auf ihren Sesseln, schieben sich stinkende Zigarren zwischen ihre schwitzigen Lippen und beobachten mit süffisantem Schmunzeln eine blonde Tänzerin dabei, wie sie sich in verführerischen Bewegungen auf ihrer Bühne räkelt; stets darum bemüht, ihren Betrachtern möglichst häufig ihre riesigen Möpse oder ihren kaum verdeckten Schritt zu präsentieren.

Instinktiv spüre ich, dass diese Männer nicht ungefährlich sind – und dass Chase der einzige Grund ist, weshalb sie mich mit Nichtachtung strafen. Chase macht zwar einen gelösten – und vor allem unbekümmerten – Eindruck, aber ich verwette meinen Arsch darauf, dass dieses Getue nur Show ist. Ich bin nicht blöd. Immerhin ist er einer von Adlers Schatten und hat demzufolge mehr auf dem Kerbholz, als ich mir in meinen kühnsten Träumen ausmalen kann. Nicht umsonst werden die fünf Schatten als Adlers Killerkommando betitelt.

Ein unwillkürliches Schaudern will sich über meine Nacken- und Schulterpartie ausbreiten, doch ich kann es rechtzeitig unterdrücken. Gerade an diesem Ort, und vor allem in dieser Situation, sollte ich wohl besser keine wahrnehmbare Schwäche zeigen. »Nimm mir bitte einfach das Geld ab, Chase«, fordere ich ihn auf, als ich mich ihm wieder zuwende. »Ich glaube inzwischen, dass Snyper und ich uns nicht noch einmal begegnen sollten.«

»Der Kleine hat dich ganz schön durcheinandergebracht, was?« Er steht auf und begibt sich hinter die Bar. »Da hilft nur ... *Tequila Sunrise!*« Er grinst mich mit seinem perfekten Zahnpastalächeln an. »Du kannst auch zu mir hinter die Bar kommen, dann machen wir ein bisschen rum. Bin gespannt, wie Sny darauf reagieren wird.«

»Der Kleine?! Snyper ist doch nicht klein.« Den Rest von Chase' Aussage ignoriere ich geflissentlich. Er wirkt so ehrlich – gar nicht aufgesetzt. Außerdem scheint er sich durch und durch wohlzufühlen, so als würden wir uns in einem gemütlichen Café befinden, statt in einem verruchten Nachtclub, mit einer

Handvoll hochkarätiger Gangster in meinem Rücken.

»Im Vergleich zu mir ist er klein.« Er grinst noch immer und holt die Tequilaflasche aus dem Regal hinter sich, die mir irgendwie bekannt vorkommt.

»Du bist ja auch gefühlt drei Meter fünfzig groß.« Ich mache eine abwehrende Handbewegung. »Für mich heute keinen Alkohol, danke. Der gestrige Exkurs in die Damentoiletten hat mir gereicht.«

»Ach.« Chase stellt die Flasche beiseite, lehnt sich zu mir und stützt seinen Kopf auf. Er macht ein Gesicht, als hätte ich soeben verkündet, den neusten Gossip mit ihm austauschen zu wollen. »Dann hast *du* also die Klotür kaputtgemacht?«

»Ich? Quatsch. Das war Snyper.« Langsam fällt die Anspannung von mir ab. Ich glaube, dass ich mich in Chase' Gegenwart wirklich sicher fühlen kann. Er ist ein Schatten und noch dazu ist er auf meiner Seite. Zumindest ist mein Bauchgefühl fest davon überzeugt.

»Soso.« Er nickt und richtet sich wieder auf. »Ich hatte Demon im Verdacht, aber Sny ist das genauso zuzutrauen, richtig.«

Skeptisch runzele ich dir Stirn. »Eben sagtest du doch, dass du mich auf den Überwachungsmonitoren beobachtet hast. Du kannst mir nicht erzählen, dass es auf dem Damen-WC keine gibt.«

Scheinbar empört reißt er die Augen auf. »Was denkst du denn von ... Blair?«

»Von dir, meinst du.«

»Beides.«

»Ich denke, dass das Damen-WC in diesem Nachtclub ein gefährlicher Ort ist. Von daher kann ich *Blairs*

Beweggründe nachvollziehen, dort Kameras installieren zu lassen. Natürlich nicht in den Kabinen, aber im Waschbeckenbereich schon.«

Er neigt den Kopf zur Seite. »Richtig. Der ganze Stadtteil ist ein gefährlicher Ort. Ich hoffe, du bist dir darüber im Klaren. Jeder einzelne Mensch um dich herum ist gefährlich – mich eingeschlossen. Auch das sollte dir klar sein.« Mit einem Mal wirkt er gar nicht mehr so unbesorgt und aufgedreht. Er schenkt mir einen ziemlich ernsten, wenn nicht sogar bedrohlichen, Augenaufschlag.

»Ja. Eigentlich weiß ich das.« Da ist sie. Die Gefahr, die ursprünglich von ihm ausgeht. Bis eben versteckte sie sich hinter seinem blendenden Grinsen und den lockeren Sprüchen. Sie ist immer da gewesen und hat sich bloß vor mir verborgen. Womöglich macht gerade das unbeschwerte Verhalten, das er ständig an den Tag legt, die Gefahr an ihm aus.

»Und uneigentlich?«

»*Uneigentlich* ist kein Wort.«

»Lass dich darauf ein. Und *uneigentlich*, Ginger?«

Ich seufze. »*Uneigentlich* habe ich wohl den Verstand verloren.« Das ist es nämlich. Spätestens jetzt sollte ich vor ihm katzbuckeln und aufhören, so unbesonnen mit ihm umzugehen. Tue ich aber nicht. Ich habe keine Angst vor ihm. Vor niemandem. *Ich habe sie wirklich nicht mehr alle.*

Ein kurzes Lächeln huscht über Chase' Miene. »Da bist du nicht die Erste und Einzige, glaub mir.«

»Tja. Trotzdem weiß ich gar nicht so genau, warum ich hier bin. Ich hätte das Geld nehmen und froh darüber sein sollen, dass Snyper mich gehenlassen hat.«

Wieder springt seine Augenbraue empor. »Hat er das?«

»Ja.«

»Und du sagtest, du bist nur hier, um ihm sein Geld ... um die Ohren zu hauen, richtig?«

»Ja.«

»Nun, das darf ich nicht verpassen. Und so lange lasse *ich* dich nicht gehen.«

Mit einem erschöpften Stöhnen lege ich meine Hände auf der Theke ab. »Du erklärst dich also nicht dazu bereit, ihm das Geld von mir zu geben?« Ich schaue auf und sehe ihm dabei fest in die azurblauen Augen. »Auch nicht für mein Seelenheil?«

»Ach, Ginger.« Er lehnt sich vor und stützt sein Kinn jetzt mit zwei Händen auf. »Wir wissen doch beide, dass du spätestens kommendes Wochenende hier auf der Matte stehst, wenn ich dir den Gefallen tue. Vielleicht sogar schon morgen.«

Perplex starre ich ihn an. Bin ich so leicht zu durchschauen? »Woher willst du das wissen?«

»Weil du längst angebissen hast.« Lachend richtet er sich auf und greift sich die Tequilaflasche. »Ich wette, wir sehen uns jetzt häufiger.« Er verschwindet unter der Theke und scheint schon wieder nach seinem Surfbrett zu suchen. »Bist du sicher, dass du nichts trinken willst?«

»Ja, ziemlich sicher.« Ich sollte wenigstens ein bisschen bei Verstand bleiben.

SIEBEN

SNYPER

Ich atme tief ein und schaue durchs Visier. Sanchez befindet sich genau im Fadenkreuz.

Mein Zeigefinger zuckt.

Nein. Noch nicht. Ich will es genießen.

Ich liebe es zu töten, P.

Ich genieße es. Ich tue es, damit ich dich nicht in Gefahr bringe.

Damit ich dich nicht umbringe.

»Worauf wartest du?«, knurrt Adler neben mir. Er liegt wie ich flach auf dem Bauch und späht durch seinen Feldstecher. Wir befinden uns auf dem Dach des gegenüberliegenden Gebäudes. Von hier aus hat man freies Schussfeld. »Eine bessere Gelegenheit bekommst du nicht. Oder willst du ihn beim Kacken erschießen?«

»Schnauze, Adler. Ich meine es ernst. Noch ein

dummer Kommentar und ich ramme dir den Feldstecher in die Fresse.«

Aus dem Augenwinkel bemerke ich, dass er das Fernglas sinken lässt und mich angepisst anstiert. »Was wird das hier? Wenn du nicht weißt, wie du mir gestehen sollst, wie sehr du es genießt, dass wir endlich mal wieder Zeit zu zweit verbringen, kann ich dich beruhigen: Mir geht's genauso, Bro.«

»Fick dich.«

»Was ist los? Weshalb drückst du nicht ab? Drüben im Club wartet genug Bürokratiemist auf mich und ich wette mit dir um mein Erstgeborenes, dass *deine Kleine* schon längst im El Paso aufgeschlagen ist und Chase den Kopf verdreht.«

»Hat er dir getextet, oder was?«

»Und wenn? Drückst du dann endlich ab?«

»Du kannst mich mal, Adler.«

»Diesmal meine *ich* es ernst, mein Freund. Wenn ich dir jetzt beim Leben deiner Kleinen schwöre, dass sie in dieser Sekunde von Chase bezirzt wird, machst du Sanchez dann endlich kalt?« Er funkelt mich nochmals angepisst an und wendet sich wieder von mir ab, um durch den Feldstecher zu starren. »Du weißt, dass ich auf die Vierzig zugehe. Mein Rücken macht das hier bald nicht mehr mit. Meine Zehen sind schon taub.«

Anscheinend bin ich ein scheißverdammter Masochist. Anstatt den Mistkerl, der in den kommenden Wochen wahrscheinlich ganz groß im Menschenhandel aktiv wird, einfach abzuknallen, schiebe ich mir die Sturmmaske bis zur Stirn, richte mich auf und werfe Adler ebenfalls einen tödlichen Blick zu.

Mir ist bewusst, dass ich damit riskiere, entdeckt

zu werden. Ich will mir gar nicht erst ausmalen, was das für einen Rattenschwanz nach sich ziehen wird, sobald Sanchez und seine Leute herausfinden, dass Adler sie einen nach dem anderen aus der Gleichung entfernen lässt.

»Wenn du jetzt echt den Nerv hast, hier wie eine gottverdammte Pussy herum zu jammern, werde ich einen Scheiß tun, *Bro*.«

»Wie du meinst. Aber du bist genauso alt wie ich und noch dazu wesentlich verbrauchter. Ich wette also mit dir, dass dein Rücken es auch gar nicht so geil findet, hier stundenlang den Scharfschützen zu markieren. Du drückst bloß nicht ab, weil du mich aus irgendeinem verfickten Grund provozieren willst.«

Ich will ihn nicht provozieren, P.

Tatsache ist, ich muss erst einmal die Information verdauen, dass du zu mir zurückgekommen bist.

Zu mir.

Das bedeutet, dass du in meine Falle getappt bist.

Das bedeutet, dass ich dich durchschaut habe.

»Nein. Allerdings sollte es dir zu denken geben, dass deine beschissenen Zehen taub werden, wenn du gerade einmal zehn Minuten auf dem Bauch liegst. Du hast einen Bandscheibenvorfall oder sowas. Frag doch deine Neue, ob sie ein paar alberne Yogaeinheiten mit dir einübt, sonst liegst du bald unterm Messer.«

»Du hast recht, Mann. Ich sitze zu viel am Schreibtisch. Aber dein verficktes Yoga kannst du dir in den Arsch schieben, Sny.«

Ich ziehe mir die Sturmmaske wieder übers Gesicht, neige meinen Kopf von rechts nach links, um meinen Halswirbeln ein lautes Knacken zu entlocken, und spähe mit dem rechten Auge durchs Visier. »Mein Rücken bringt mich um, wenn du es genau wissen willst. Und ich brauche dringend eine Nase voll Schnee, wenn ich dir versichern soll, dass ich Sanchez' Schädel treffe und nicht seinen Arsch. Aber ansonsten ist alles bestens.«

»Gut zu wissen.«

»Wo ist er jetzt?«

»Du solltest den Dreck mit den Drogen endlich sein lassen, Sny. Das war scheiße geil, als wir in den Zwanzigern waren. Mittlerweile ist es nur noch bedauernswert, dass du von dem Zeug nicht loskommst.«

»Ich habe dir eine Frage gestellt«, knurre ich lediglich, während ich mit dem Fadenkreuz die Fensterfront von Sanchez' verdammten Luxusapartment abscanne.

»Wie ich gesagt habe. Er ist kacken gegangen.«

»Demnach würde er auf der Keramik hocken und das tut er nicht.« Ich rolle mit den Augen, wende mich jedoch nicht vom Visier ab.

»Dann ist er halt eines seiner Mädchen ficken gegangen.«

»Das ist nicht witzig. Die sind noch minderjährig.«

»Ich mache keine Witze darüber. Ich habe dir gesagt, dass du abdrücken sollst. Hast du aber nicht. Jetzt ist er ficken gegangen.«

. . .

Das habe ich nun davon, wenn ich deinetwegen unkonzentriert bin, P.

Ich bringe das Leben anderer in Gefahr. Andere müssen leiden, weil du in mein Leben getreten bist.

Das kann nicht gut enden.

Als in diesem Moment Sanchez durch eine der Türen kommt, die zu der von uns abgewandten Seite des Apartments führt, hat er einen Teller mit einem Sandwich in der Hand. »Der Pisser hat höchstens einen Kopfsalat zerfickt. Mehr nicht.« Erneut nehme ich Sanchez ins Visier, der gerade verdammt nah an die Fensterscheibe tritt und genau in unsere Richtung zu schauen scheint, als wüsste er, dass wir hier kauern – oder als habe er zumindest eine Ahnung, dass hier in der Dunkelheit etwas lauert.

»Dann ist er wohl doch in die Küche gegangen. Ups.«

Ich drücke ab. Meine Kugel trifft ihn exakt zwischen den Augen.

Einen Moment lang ist es, als würde die Zeit für Sanchez stillstehen. Er erstarrt mitten in der Bewegung: das Sandwich in einer Hand und den Mund geöffnet, um genüsslich davon abzubeißen.

Als Erstes lässt Sanchez den Teller fallen, der zu seinen Füßen in eine Armada von weißen Scherben zerspringt. Es folgt das Sandwich, das sich beim Aufprall in seine Einzelteile zerlegt. Seine Augen rollen zur Decke und sein Mund klappt zu. Zuletzt geben seine Beine nach, was zur Folge hat, dass er schlaff in sich zusammenfällt.

»Fuck, Sny«, kommentiert Adler mit einem humorlosen Lachen. »Eben noch wolltest du ihn nicht umlegen und jetzt bringst du ihn um sein herrliches Sandwich? Du bist ein verdammter Sadist.«

Ich richte mich auf, nehme mein *TAC-50*, klappe das Zweibein an und schraube den Schalldämpfer ab. »Und du bist ein Arschloch. Man kann es dir verfickt nochmal nicht recht machen.«

Adler richtet sich ebenfalls auf und reicht mir den Feldstecher. »Hast du das Sandwich gesehen? Es ist eine verdammte Tragödie, dass es nun dort zwischen Scherben und Gehirnmasse liegen muss.«

»Hast du nicht genug gegessen, oder was?« Kopfschüttelnd lege ich den Feldstecher beiseite und entnehme dem Magazin die verbliebenen vier Patronen.

»Möglich.«

Nein. Die eigentliche Tragödie ist, dass wir uns begegnet sind, P.

Du bist die nächste unschuldige Seele, die ich verderben werde.

Gleich werde ich erfahren, wie du auf mich reagierst, wenn du mich wiedersiehst.

Ich werde erfahren, wie ich auf dich reagiere, wenn ich dich wiedersehe.

Und dann werden wir beide erfahren, wozu ich fähig bin.

Entweder werde ich dir einen derartigen Schrecken einjagen, dass du mir tatsächlich niemals wieder begegnen willst, oder ich werde dich zerstören.

Sodass nichts mehr von dir übrig ist.

Ich werde aus dir einen neuen Menschen machen.

Eine Bestie.

. . .

»Wir sollten von hier verschwinden«, bemerke ich knapp und werfe den Feldstecher mit dem restlichen Zeug in die schwarze Ledertasche, die ich grundsätzlich für meine speziellen *Ausflüge* nutze.

»Willst du nicht den Ex observieren?« Bedenkenlos springt Adler auf die Füße und reißt sich seine eigene schwarze Mütze vom Kopf.

»Nein.« Mit einem leisen Ächzen stehe ich ebenfalls auf und schnappe mir die Tasche, während ich mir die Sturmmaske aus dem Gesicht schiebe.

»Interessant.« Ich brauche Adler nicht anzusehen, um herauszufinden, dass er mich breit angrinst. Das hat zwar Seltenheitsfaktor, und man sollte es sich nicht entgehen lassen, aber in diesem Zusammenhang kann ich mir das echt sparen.

»Was?!« Ohne auf Adler zu warten, schlendere ich gemächlich zum Dachausstieg, der uns über das Treppenhaus zurück in die Parkgarage des Gebäudes und von dort hinaus aus dem Viertel führt.

Das Apartment von Payton und ihrem Ex ist, wie ich herausfand, als ich ihre Handtasche durchwühlt habe, nur ein paar Wohnblocks Richtung Downtown entfernt, aber das ist für mich nicht mehr von Interesse. Nicht solange die kleine Miss sich in Chase' Fängen befindet. Ich weiß einfach, dass er sie nicht in Ruhe lassen wird. Er wird ihr nicht nur auf den Zahn fühlen; er wird mit hundertprozentiger Sicherheit überprüfen, ob er vielleicht sogar bei ihr landen kann.

»Du denkst also, dass ich nicht geblufft habe, als ich sagte, dass deine Kleine auf dich wartet?«, höre ich

Adlers amüsierte Stimme hinter mir, als ich die Tür aufreiße und die ersten Stufen nehme.

»Pass du mal lieber auf, dass du nicht über deine tauben Zehen stolperst«, gebe ich zähneknirschend zurück und beschleunige das Tempo.

Kaum zwei Meter hinter mir gibt Adler ein spöttisches Schnauben von sich. »Mach dir mal um mich keine Sorgen, Bro. Ich komme zurecht. Aber was macht dich so sicher, dass ich nicht geblufft habe? Vielleicht will ich auch nur verhindern, dass du den Typen umlegst.«

»Du hast es bei Paytons verdammtem Leben geschworen. Die Sache mit deinem Erstgeborenen war schwammig, doch das Leben einer Unschuldigen führst du nicht einfach ins Feld. Es ist dir ernst.« Ich erreiche bereits den ersten Treppenabsatz und werfe noch immer keinen Blick zu Adler zurück.

»Es sei denn, ich habe darauf gezählt, dass du mit eben dieser Argumentation kommst und gerade deswegen geblufft.«

»Nein. Du weißt, dass sich die Bestie in mir Payton ausgesucht hat. Da kommst du mir nicht mit irgendeiner Kinderkacke.« Es sind nur noch fünfzehn Stockwerke, dann haben wir es geschafft.

»Das ist keine Kinderkacke. Dir liegt etwas an diesem Mädchen und deshalb sollte es keiner von uns vermasseln. In erster Linie du nicht.«

Abrupt bleibe ich stehen, sodass Adler mich – aufgrund der Enge des Treppenhauses – hart an der Schulter anrempelt. »Mach dir da mal keine Sorgen. Aktuell habe ich nichts anderes vor, als sie hochkant aus dem Club rauszuwerfen und nach Hause zu schicken.«

»Warum?«

»Weil sie in meinem Leben nichts zu suchen hat. Ich habe Gnade mit ihr gezeigt und sie gehenlassen. Keine Ahnung, was sie für ein Problem hat, aber sie sollte mir nicht zu nahekommen und genau das werde ich ihr gleich detailliert unterbreiten.«

»Solange du sie dabei nicht kopfüber an die Decke kettest und ausbluten lässt, macht mich das wirklich neugierig, Sny.«

ACHT

PAYTON

Seufzend starre ich in den leuchtendroten *Virgin-Irgendwas*, den Chase mir gezaubert hat. Das Obst, mit dem er das Glas dekoriert hat, habe ich längst verputzt, allerdings wage ich nicht, auch nur einen Schluck von dem Cocktail zu nehmen.

»Was ist?«, fragt Chase, als er sich zu mir umdreht und ein paar weitere Melonenscheibchen vor mir auf die Theke wirft. »Bekommst du eine Erkältung oder warum gierst du das Obst so hinunter?«

»Wohl eher Skorbut. Ich habe seit Tagen nichts Vernünftiges gegessen.« Mit dem Strohhalm rühre ich in der roten Brühe herum. »Ich wette, der Cocktail leuchtet im Dunkeln.«

»Und ich wette, du trinkst ihn nicht, weil du denkst, ich will dich heimlich abfüllen.«

Ich schenke ihm ein misstrauisches Augenfunkeln. »Was ja überhaupt nicht naheliegend ist.«

Mit beiden Händen stützt er sich vor mir ab und grinst mich breit an. Dabei fallen ihm bestimmt schon zum zwanzigsten Mal seine Ponyfransen vor die Augen. »Richtig. Einerseits, weil du dir wegen Sny gehörig Mut antrinken solltest, und andererseits, weil ich die Hoffnung nicht aufgebe, dass du dich vielleicht doch lieber von mir abschleppen lässt.«

»Du solltest lieber erst mal zum Friseur gehen«, murre ich und schiebe ihm das Glas entgegen.

Er umfasst den Cocktail, womit er wie zufällig auch meine Finger berührt, und schiebt das Glas entschieden zu mir zurück. »Und du solltest den trinken. Zumindest, sofern du wirklich Skorbut bekommst. Ich drehe Frauen keinen Alkohol an, wenn sie sagen, dass sie keinen wollen. Du schätzt mich gerade komplett falsch ein.«

»Lass die Finger von ihr, Chase!«, donnert auf einmal Sanders rauer Bariton durch den Club und ich fahre entgeistert zusammen.

Die rote Brühe schwappt über und landet auf meinem Ärmel. »Na geil. Das Zeug zerfrisst doch bestimmt die Baumwolle.« Mir ist klar, dass Sander irgendwo links von mir steht und mich anstarrt. Anstatt jedoch seinen Blick zu erwidern, schaue ich hoch zu Chase, der mich einen Wimpernschlag lang fixiert und daraufhin aufmunternd lächelt.

»Keine Sorge, Ginger. Ich glaube, er wird dir nicht allzu sehr wehtun.« Erst jetzt löst er seine Hand von meiner, richtet sich auf und dreht seinen Kopf in Sanders Richtung. »Außerdem habe ich eine Stange Geld darauf verwettet, dass in spätestens einem halben Jahr du diejenige bist, die von euch beiden das Sagen hat.« Er greift sich ein Geschirrhandtuch und trocknet sich damit die Hand ab, die ebenfalls etwas von dem roten Zeug abbekommen hat. »Krieg dich wieder ein, Sny. Ich will lediglich verhindern, dass deine Kleine einen Schnupfen bekommt. Sie glaubt mir bloß nicht, dass der Cocktail alkoholfrei ist.«

Nach wie vor wage ich nicht, zu Sander zu schauen, weil ich genau weiß, was in meinen Eingeweiden los sein wird, sobald sich unsere Blicke begegnen. Mein Herz klopft mir schon jetzt bis zum Hals und mein Magen scheint nur noch aus glühenden Kohlen zu bestehen. Meine Wangen fühlen sich verdammt fiebrig an und ich weiß einfach, dass ich es nicht ertragen kann, wenn *er* nicht dasselbe empfindet. Ich könnte seinen eisigen, abweisenden Blick nicht ertragen, den er mir mit Sicherheit zuwerfen wird.

Zwei Atemzüge lang starre ich auf den Cocktail, nehme schließlich den Strohhalm entschlossen zwischen die Lippen und trinke ihn mit einem Zug aus.

»Wow. Du scheinst echt zu denken, dass da Alkohol drin ist«, kommentiert Chase mit einem Lachen.

»Nein.« Ich huste verhalten, weil die Kälte des Getränks meine Kehle reizt. »Ich denke, dass ich wirklich Skorbut bekomme.« Endlich drehe ich mich auf dem Hocker in Sanders Richtung. Egal, ob der Cocktail mir Mut gemacht hat oder nicht; ich bin kein kleines Kind mehr, weshalb ich den Gefahren in meinem Leben mutig entgegentreten sollte.

Er steht mit verschränkten Armen keine drei Meter von mir entfernt und funkelt mich an, als habe er mich gerade bei einer außerordentlichen Dummheit erwischt.

Mein Augenmerk bleibt instinktiv an den markanten Narben in seinem Gesicht kleben und ich muss mich regelrecht zwingen, ihn nicht dümmlich anzustarren. Von daher senke ich für einen Moment die Lider, rutsche vom Hocker und realisiere dabei, dass in dem Cocktail wohl wirklich kein Alkohol war, denn sonst würden meine Füße mich wahrscheinlich nicht mehr so gut halten. »Hey«, mache ich verlegen.

Sander antwortet nicht, sondern guckt mich nur an. Seine Augen sind nicht kalt. Oder abweisend. Er scheint *bloß* erbost zu sein.

Seufzend hole ich das Geldbündel aus meiner Tasche und halte es ihm mit meiner strengen Lehrermiene entgegen. »Ich will dein Geld nicht. Behalte es. Ich bin kein billiges Flittchen, das sich mit ein paar hundert Dollar abspeisen lässt.« Erst jetzt erkenne ich, dass seine Wut ansteckend ist. Doch ich bin nicht etwa sauer, weil er mir Geld zugesteckt hat. Ich bin sauer, weil er sauer auf mich ist. Weil ich hier *ohne seine Erlaubnis* aufgekreuzt bin. Im Prinzip bin ich also auch sauer auf mich, weil ich mich nicht mehr unter Kontrolle habe.

Gestern Morgen, als ich zur Arbeit fuhr, bin ich davon ausgegangen, in einer glücklichen längerfristigen Beziehung mit einem Typen zu stecken, der zwar irgendwie immer ein bisschen desinteressiert zu sein schien, aber meine Ticks und Wunderlichkeiten ohne zu meckern hinnahm.

Heute weiß ich, dass mein Freund lediglich aus dem Grund *desinteressiert* war, weil er sich nicht für mich, sondern für meine Mutter interessiert hat. Heute habe ich das Bild im Kopf, wie mein Freund meine Mutter nagelt. Wie ihre nackte Haut aufeinander klatscht, der harte Schwanz meines Freundes immer wieder zwischen den Schenkeln meiner Mutter verschwindet und die großen, operierten Brüste meiner Mutter im Takt dazu wackeln.

Eigentlich sollte ich jetzt in meinem Hotelzimmer sitzen, die Welt verfluchen und eine riesige Schüssel Eis verdrücken. Doch stattdessen renne ich einem Mann hinterher, mit dem ich gestern das erste Mal in meinem Leben Bekanntschaft gemacht, aber – zugegebenermaßen – auch den geilsten Sex der Welt hatte. Einem Mann, dessen Sohn mein Schüler ist. Ein Mann, der mindestens zehn Jahre älter ist als ich. Einer der Männer, die zum Killerkommando von Drogenbaron und Waffenhändler Vaughn Adler gehören. Ein Mann, der zu allem Überfluss ein Drogenproblem hat und mir außerdem angedroht hat, mich einzusperren, zu foltern und sich an mir zu vergehen, sobald ich ihm noch einmal unter die Augen trete.

Hier geht es nicht darum, dass ich mich in die von der Gesellschaft diktierten Frauenrolle einzuordnen habe – es geht darüber hinaus. Obwohl meine Mutter im Laufe ihrer Erziehungsversuche stets darum bemüht war, mir beizubringen, mich gegen diese Art von sittlichen Werten aufzulehnen, bin ich in diesem Moment drauf und dran, mich in eine absolut toxische Abhängigkeitsbeziehung zu einem Mann zu stürzen. Jetzt, wo ich ihn ansehe und realisiere, dass ich ihm ins Netz gegangen bin, habe ich nichts Besseres zu tun, als Herzklopfen wie ein frisch verliebter Teenager zu bekommen.

Wie gesagt sollte ich eigentlich um meinen Exfreund trauern, der mit meiner Mutter herumvögelt. Tue ich aber nicht. Stattdessen bin ich drauf und dran, mich in die Arme eines vollkommen gestörten Mannes zu werfen, der selbst von sich sagt, völlig verkorkst zu sein. Nicht, um den Liebeskummer zu verdrängen. Nein. Weil ich nicht anders kann. Weil ... ich mich zu ihm hingezogen fühle.

Ich habe keine Ahnung, wie lange Sander und ich uns anstarren, doch plötzlich löst er seine gewitterwolkigen Iriden von mir. Er wendet sich Chase zu, der noch immer schräg hinter mir steht und die gesamte Zeit nicht ein Wort gesagt hat, sondern das Cocktailglas mit größter Konzentration ausgespült und abgetrocknet hat, nur um es genauso akribisch langsam zu polieren. »Hast du ihr irgendetwas untergejubelt?« Es klingt überhaupt nicht wie eine Frage, sondern eher wie ein Vorwurf, als wäre Sander absolut davon überzeugt, dass Chase mir etwas in den Cocktail gemischt hat.

»Du meinst Beruhigungspillen? Vielleicht.« Ich schaue ebenfalls zu ihm, der mir mit einem schiefen Grinsen zuzwinkert.

In Sekundenschnelle verringert Sander den Abstand zu mir, packt mich am Kiefer und schiebt mich so weit zurück, bis ich mit dem Rücken gegen die Theke pralle. Er drückt meinen Kopf unsanft in den Nacken und studiert meinen Blick.

»Hey!«, beschwere ich mich und registriere erst jetzt, dass ich vor Schreck das Geldbündel fallengelassen habe, meine Tasche aber noch immer fest umklammere. »Was soll das?« Ich erspare es mir, ihn darauf hinzuweisen, dass er mir wehtut. Das wird ihm längst klar sein.

»Hast du ihr was untergejubelt oder nicht?«, raunzt Sander in Chase' Richtung.

»Krieg dich wieder ein, Mann. Sie ist stocknüchtern. Und etwas verkatert, will ich meinen.«

Ich vernehme das typische plingende Geräusch,

das ein Glas macht, wenn es auf eine gläserne Unterfläche abgestellt wird, und dann das Rascheln des Geschirrhandtuchs, welches Chase offenbar auf die Spüle wirft. »Treib es nicht zu bunt, Sny. Wäre schade um Ginger. Ich kann sie gut leiden.«

Endlich lässt Sander mich los und nimmt einen Schritt Abstand zu mir. Automatisch reibe ich meinen Kieferknochen und überprüfe dessen Funktion, indem ich zweimal den Mund auf- und zuklappe; dabei weiche ich wiederum kein Stück vor Sander zurück und versuche erst recht nicht, ihm zu entkommen. Er steht noch immer nur eine Armlänge vor mir, aber ich habe keine Angst vor ihm. Möglicherweise liegt es daran, dass er sich voll und ganz auf Chase eingeschossen hat, den er mit einem wilden Ausdruck in seinen Augen beobachtet. »Dass du sie gut leiden kannst, habe ich bereits gestern festgestellt. Trotzdem wirst du deine dreckigen Finger von ihr lassen.«

»Ist mir klar, Kleiner«, gibt Chase zurück und lacht humorlos. »Ich behalte dich dennoch im Auge und werde auch nicht untätig dabei zusehen, wie du irgendetwas mit ihr anstellst, weswegen sie ihr Leben lang zur Therapie muss, klar?!«

»Chase, es reicht!«, höre ich mit einem Mal eine tiefe, mir unbekannte Stimme und schaue überrascht auf. Erst jetzt wird mir klar, dass ich die ganze Zeit während dieses Wortwechsels Sanders Miene studiert habe, wie sie von angepisst zu zornig, bis hin zu fuchsteufelswild gewechselt ist.

Ein breitschultriger Mann mit goldbraunem Haar, bemerkenswert dunklen Augen und der ungefähren Körpergröße von Chase scheint sich die ganze Zeit in der Nähe der Garderobe aufgehalten und die Szene beobachtet zu haben. Nah genug also, um unseren Wortwechsel verfolgen zu können, vor allem, da der DJ zwar auflegt, die Musik allerdings nicht so ohrenbetäubend laut ist, dass man sein eigenes Wort nicht versteht. Die Lautstärke scheint gerade ausreichend zu sein, um der blonden Tänzerin und dem Gangstersquad bei der Tischgruppe einheizen zu können. »Die Kleine ist zu Sny gekommen, obwohl er sie darüber aufgeklärt hat, was ihr blüht, wenn sie sich auf ihn einlässt. Also solltest du den beiden etwas *Privatsphäre* gönnen.«

Sander scheint die Worte seines Bosses gar nicht zu vernehmen. Er belauert Chase weiterhin, seine Miene nach wie vor angepisst, und seine Kiefermuskeln zucken schon beinahe meditativ.

Mit einem regelrechten Kraftaufwand schaffe ich es, den Blick von ihm zu lösen und wieder zu Chase zu gucken. Dabei sehe ich mich gezwungen, den Kopf unbequem zu verdrehen, da Sander sich in diesem Moment zu mir lehnt und die Hände rechts und links von mir auf den Tresen stemmt. »Es ist okay, Chase. Ich komme zurecht.« Ich lächele ihn an und muss daran denken, dass er vermutlich die bessere Wahl gewesen wäre, aber als er meine Hand berührt hat, während wir beide das Glas umfassten, habe ich rein gar nichts gespürt. Mein Herz hat keinen Satz gemacht, oder so. Es war eine stinknormale Berührung. Haut auf Haut.

Bei Sander ist da definitiv etwas anderes im Spiel. Was genau kann und *will* ich noch nicht näher bestimmen, doch ich brauche ihn ja nur anzusehen und mir geht der Arsch auf Grundeis. In einem eigenartig positiven Sinne. Zwar so, dass meine Vernunft mir einschärft, mich unbedingt von ihm fernzuhalten, aber der Nervenkitzel hat mich bereits fest im Griff. Was immer das über mich aussagt.

Ich wende meine Aufmerksamkeit dem Mann mit den dunklen Augen zu: »Sie sind Vaughn Adler, oder?«

Sander scheint es scheißegal zu sein, dass ich nach wie vor versuche, Kontakt zu der Außenwelt zu pflegen. Jene Außenwelt, die außerhalb von seinen zwei tätowierten Unterarmen besteht, welche er noch immer rechts und links von meinen Schultern auf den Tresen stemmt. Ich weiß einfach, dass er mich mit Blicken durchbohrt, als würde er mich regelrecht nieder starren wollen. Er schweigt und starrt mich dabei an, als würde die Welt um uns herum nicht existieren.

Der Mann nickt. »Und Sie sind Payton Bowman. Pablos Englischlehrerin.«

Ich nicke ebenfalls und merke, wie meine Wangen erröten, da der Gedanke, dass ich Sanders Sohn unterrichte, irgendwie eigenartig ist. Na ja. Wahrscheinlich auch deshalb, weil ein verdammter Drogenbaron vor mir steht. Einer der mächtigsten und gefährlichsten Männer der Welt, der noch bis vor einiger Zeit als einer der begehrtesten Junggesellen für einige Hochglanzmagazine posiert hat.

Wie krank muss eine Welt sein, wenn jemand wie er, der unzählige Menschenleben auf dem Gewissen hat und seinen Reichtum mit dubiosen Mitteln anhäuft, als vorbildlicher Geschäftsmann gefeiert wird? Vaughn Adler braucht vermutlich nur einmal mit den Fingern zu schnippen und Sander würde mir, mir ohne zu zögern, den Hals umdrehen. Ich zweifle nicht eine Sekunde daran, dass Adler in der Tat mit dem

Gedanken gespielt hat – schlicht, um seine Macht gegenüber seinen Angestellten zu demonstrieren.

»Gut.« Er sieht zu Sander, der ihn allerdings bewusst ignoriert. »Wie schon gesagt: Treib es nicht zu bunt, Sny.« Dann dreht er uns den Rücken zu, bückt sich, hebt das Geldbündel auf, wirft es lässig in die Luft und steckt es daraufhin in die Hosentasche. »Ich gehe mir jetzt nämlich ein verdammtes Sandwich machen.« Gelassen schlendert er zwischen ein paar Tischen und Stühlen hindurch, an der Tischgruppe mit dem Gangstersquad vorbei, nickt ihnen hoheitsvoll zu und verschwindet in der Dunkelheit.

Wieder drehe ich meinen Kopf zu Chase, doch der ist plötzlich verschwunden. Offenbar ist er zu den Quartieren abgezogen, denn wir befinden uns an eben jener Bar, hinter der sich der Durchgang befindet, durch den Sander mich gestern Nacht bugsiert hat.

Wir sind unter uns – und es fühlt sich an, als würde die Zeit um uns herum stehenbleiben. Nichts ist mehr von Belang. Weder die Musik noch die Gangster, die sich nur ein paar Meter von uns entfernt aufhalten und jede unserer Bewegungen verfolgen können, wenn ihnen danach ist. Für Sander existieren sie nicht. Er zieht es vor, mich wie eine aus meinen Albträumen entstiegene Bestie anzustieren und seine Kiefermuskeln zucken zu lassen.

Möglicherweise sollte ich es spätestens jetzt mit der Angst zu tun bekommen. Verhalten presse ich die Lippen zusammen und weiß einfach nicht, was ich sagen soll. Stattdessen lasse ich meinen Blick über seine Kleidung wandern. Mir fällt auf, dass er und Adler beide schwarze Shirts und Drillichhosen tragen. »Ihr zwei steht also auf Partnerlook?«, murmele ich, nur um endlich das Schweigen zwischen uns zu beenden.

Er reagiert nicht.

Schüchtern schaue ich ihm in die Augen und bewundere die Gewitterwolken darin. »Entschuldige«, flüstere ich schließlich.

»Wofür?«

»Weil ich hier bin.«

»Du wolltest mir nur das Geld zurückgeben. Es hat sich für dich fälschlicherweise so angefühlt, als würde ich dich für den Sex bezahlen. Du wolltest mich deshalb zur Rede stellen und das verstehe ich. Es war allerdings fürs Taxi.«

»Das war zu viel fürs Taxi.«

Er zuckt mit den Schultern. »Hätte es für eine weitere Nacht im Hotel gereicht?«

»Ja schon, aber ...«

»Dann war es auch fürs Hotel.«

»Okay.« Ich kann ihm und seinen sturmdurchwehten Iriden beim besten Willen nicht mehr standhalten und senke den Blick.

»Warum bist du wirklich hier, Payton?« Sein Gesicht nähert sich meinem, sodass ich seinen Atem an meiner Stirn spüre. »Wir wissen beide, dass du nicht wegen des Geldes hier bist.«

»Ich ... ich sag dir Bescheid, wenn ich es weiß.«

Er löst seine rechte Hand vom Tresen, legt sie mir unters Kinn und schiebt meinen Kopf in den Nacken, sodass sich unsere Blicke wieder begegnen. »Du weißt, was das bedeutet, richtig?«

»Du wirst mich einsperren?«

»Vielleicht. Sofern es notwendig ist.«

»Gestern hast du aber ganz anders geredet.«

»Da wusste ich auch noch nicht, dass du, egal, womit ich dir drohe, freiwillig zu mir zurückkommen würdest.«

Beklommen beiße ich mir auf die Unterlippe, während ich die Tasche achtlos zu unseren Füßen fallenlasse, um meine beiden Hände auf seiner muskulösen Brust platzieren zu können. Sofort wendet er den Blick von meinen Augen ab und schaut überrascht zur Tasche, danach zu meinen Händen. »Was denkst du denn, warum ich hier bin?«, flüstere ich und registriere das Zittern in meiner Stimme. »Ich kann mir nämlich wirklich nicht erklären, was mit mir los ist.«

Sein Mundwinkel zuckt. »Also entweder bist du völlig übergeschnappt und fühlst dich in gewisser Weise von dem, was ich dir antun werde, wie magisch angezogen, da du schon immer eine dunkle Seite in dir hattest, die du bisher unterdrückt hast. Oder du bist auf eine andere Art übergeschnappt. Vermutlich deswegen, weil du verletzt wurdest, als du deinen Ex mit deiner Mutter erwischt hast. Also hast du dich dem Nächstbesten an den Hals geworfen und bist dabei dummerweise mir in die Arme gelaufen. Da es dich so sehr verletzt hat, willst du dich nun in einer selbstzerstörerischen Mission in den Abgrund werfen und dabei ist dir sogar egal, was mit dir passiert, weil du einfach nichts mehr spüren möchtest. Vielleicht gehört auch ein gewisser Rachegedanke dazu; die Hoffnung, dass deine Mutter und dein Ex uns irgendwann zusammen erwischen und mit Grauen feststellen müssen, dass ich dich sowohl innerlich als auch äußerlich verdorben habe. Deswegen klammerst du dich jetzt an mich, da du sonst niemanden hast.«

»Wow. Du solltest Therapeut werden.«

Seufzend schüttelt er den Kopf. »Dafür bin ich selbst zu kaputt.«

Ich nehme die Hände wieder von ihm und schiebe sie mir stattdessen in die Hosentaschen. »Was denkst du denn, welche von beiden Möglichkeiten es ist?«

Er stößt sich vom Tresen ab und baut sich vor mir auf. »Eine Mischung aus beidem.«

»So?«

»Zumindest gefällt dir der Gedanke, dass deine Mutter und dein Ex uns irgendwann einmal erwischen könnten.«

Ich lege den Kopf schief und kann nicht anders, als zu lächeln. »Ist das so verwerflich?«

»Nein. Ich kann das sogar verstehen. Andererseits ... du wirkst nicht gerade wie jemand, dem das Herz gebrochen wurde.«

»Vielleicht will ich es ja nicht wahrhaben?«

Nach dieser Aussage schießen seine Augen wütende, blitzende Pfeile auf mich ab. Ihm scheint es offensichtlich nicht zu gefallen, dass ich noch immer an meinem Ex hängen könnte. »Wie lange wart ihr zusammen?«

»Ein Dreivierteljahr oder so.«

»Oder so?«

»Ja. Ich müsste jetzt nachrechnen.«

»Okay.«

»Was?«

»Die große Liebe war es jedenfalls nicht.«

Ich senke den Blick und betrachte meine Tasche, die meinen rechten Fuß komplett verdeckt. »Ist ja augenscheinlich auch besser so.«

»Also kann ich dich ruhigen Gewissens verderben.« Das ist eine Feststellung und keine Frage.

Ich schaue wieder auf, dieses Mal schon etwas sicherer in meinem Vorhaben. »Ja, bitte.«

Er zuckt merklich zusammen. »Payton ...«

»Irgendetwas ist gestern mit mir passiert. Ich kann dir nicht genau sagen, was es ist, aber mich beherrscht plötzlich der Wunsch, von dir ... *beherrscht* zu werden, Sander. Ich ... keine Ahnung. Es ist, als würde ich mir wünschen, dass mir ermöglicht wird, einfach einmal die Kontrolle abzugeben.«

Er durchbohrt mich wieder mit seinen Blicken und schüttelt schließlich den Kopf. »Das ist nicht das, was ich dir antun werde, P.«

»Doch. Das ist es. Anscheinend bist du bloß nicht gewohnt, einer Frau zu begegnen, die sich genau das von dir wünscht, was du ihr anzubieten hast. Ich möchte nur, dass du ... bitte ... ich weiß nicht. Bitte taste dich heran. Lass mir ein wenig Zeit, mich an dich zu gewöhnen. Dich kennenzulernen. Ich verlange nicht von dir, dass du mir ein Safeword gibst oder dass du aufhörst, wenn ich dich darum anflehe, denn du scheinst keine Regeln zu kennen. Ich bitte dich lediglich darum, dass du mich genau beobachtest und aufhörst, sobald du merkst, dass ich es nicht mehr ertrage; also *wirklich* nicht mehr ertrage.«

Er schüttelt wieder den Kopf. »Du weißt doch gar nicht, was ich vorhabe.«

»Weißt du es denn?«

»Ja.«

»Sagst du es mir?«

»Nein.«

»Wirst du mich verstümmeln?«

Er runzelt die Stirn. »Nein.«
»Mich töten?«
»Nein.«
»Aber du wirst mich quälen.«
»Vielleicht.«
Seufzend stemme ich eine Hand in die Seite. »Was wirst du denn genau mit mir tun?«
»Ich werde dich verändern.«
»Okay.«
»Wie *okay?*«
»Tu es.«
»Du hast doch nicht die leiseste Ahnung, was ich damit meine.«
»Werde ich mich noch selbst ertragen können, sobald du mit mir fertig bist?«
»Es liegt an dir, ob du es dann *akzeptieren* kannst, was aus dir geworden ist.«
»Bin ich dann so wie du?«
»Möglicherweise, ja. Nur ohne die Drogen, wenn du es aushältst.«
»Okay, Mister Snyper. Ich möchte dich in allen Facetten kennenlernen. Wie ist das?«
»Das möchtest du *nicht.*«
»Und warum stehen wir hier?«
»Weil du sie nicht alle beisammen hast.«
»Dann schick mich weg.«
»Nein.«
»Warum nicht?«
Plötzlich sind seine Hände an meinen Wangen, die mich zu ihm ziehen. Sein Gesicht ist meinem auf einmal so nahe, dass ich automatisch die Augen schließe. »Weil du zu mir gekommen bist«, raunt er mit seiner markanten Stimme, »weil du noch immer

nicht begriffen hast, wie ich ticke. Ich will dich nicht zerstören, Payton. Aber ich werde es tun, weil ich nicht anders kann.«

»Siehst du«, hauche ich und öffne wieder die Augen. »Du weißt nicht, wie *ich* ticke. Ich kann dir nur versichern, dass auch ich nicht anders *kann*.«

»*Willst* du es denn?«

»Ja, ich denke schon. Aber ist das überhaupt wichtig?«

»Nein. Du bist jetzt hier. Ich werde dich nicht mehr gehenlassen.«

»Das habe ich mir gedacht. Worüber reden wir dann noch?«

»Ich weiß es nicht«, brummt er, wobei seine Lippen beim Sprechen leicht die meinen streifen.

Ich öffne den Mund und erwidere seine sanfte Berührung mit meinen Lippen.

Sander zuckt zurück, aber nur ein paar Zentimeter. Seine Augen scannen mein Gesicht ab und seine Hände liegen noch immer warm und fest an meinen Wangen. »Du bist so seltsam«, murmelt er und runzelt die Stirn, als würde er unbedingt das Rätsel lösen wollen, welches ich für ihn darstelle. »Das habe ich noch nie erlebt.«

»Was soll ich dazu sagen?«, entgegne ich und kann mir ein Kichern nicht verkneifen.

Er beugt sich wieder zu mir hinab und presst seinen Mund auf meinen. Hart und fast schmerzhaft. So verweilen wir einen Atemzug lang, dann öffnet er seinen Mund und drängt seine Zunge zwischen meine Zähne, während er schnaufend ausatmet.

Ich lasse es zu, neige den Kopf einladend in den Nacken und lehne mich gegen ihn, öffne mich ihm, lasse seine Zunge meinen Mund erobern und erwidere seinen Kuss schüchtern, aber willig. In diesem Moment gebe ich mich ihm vollständig hin und mit jedem weiteren Atemzug realisiere ich, dass es genau das ist, was ich wollte. Mein Leben lang war ich eine von den wenigen Frauen dieser Welt, die mit allen Mitteln darum gekämpft hat, ihren Willen durchsetzen zu dürfen. Seitdem ich Sander kennengelernt habe, fühlt es sich für mich allerdings so an, als sei ich völlig ausgelaugt und mein Kampfwille ... erschöpft. Als könnte ich mich in seiner Gegenwart endlich einmal fallenlassen und die Kontrolle abgeben.

Vielleicht nicht für immer – das bezweifle ich nämlich, denn das bin nicht ich. Ich gebe mich einem Mann nicht hin. Ich gebe die Kontrolle nicht ab. Ich fälle meine Entscheidungen selbst. Doch für diesen Tag – und vielleicht auch für künftige Tage – vertraue ich mich Sander an. Es tut gut, einfach loszulassen; die Zügel aus der Hand zu legen. Über nichts und niemanden nachdenken zu müssen. Erst jetzt merke ich, wie befreiend das sein kann.

NEUN

PAYTON

Sander löst sich von mir und scannt erneut mein Gesicht ab. »Du lässt es also zu.«

Ich nicke – und mit einem Mal bin ich so verdammt müde. »Können wir … vielleicht woanders hingehen?«

»Kannst du es nicht abwarten?«

Ein Instinkt sagt mir, dass ich ihm nicht verraten sollte, was in mir vorgeht. Dass er mich, wenn er herausfindet, dass ich müde bin, zwanghaft wachhalten wird. Dass er mich, wenn ich ihn um etwas Privatsphäre bitte, auf einen dieser Tische drücken wird, um mich zu vögeln. Doch sobald ich ihm wiederum sage, dass ich gevögelt werden möchte, zögert er es vermutlich ewig hinaus. »Ich weiß nicht. Vielleicht willst du ja endlich dein Kunstwerk fortsetzen? Ohne mich dieses Mal zu betäuben, hoffe ich. Das ist mir nämlich nicht entgangen, Sander. Ich möchte gar nicht wissen, was du mir da verabreicht hast, und vor allem auf welche Weise, denn ich kann mich nicht daran erinnern, dass du mein Tattoo nachgestochen hast. Aber ich lasse das einfach mal im Raum stehen und bestehe darauf, dass du mich nicht noch einmal ohne mein Einverständnis unter Drogen setzt. Ist das klar?!«

»Geht klar«, knurrt er argwöhnisch und beobachtet mich unter gesenkten Lidern. »Du willst also, dass ich dich tätowiere?«

»Du hast gesagt, dass ich nicht drumherum komme.«

»Richtig. Und du hast dich damit abgefunden?«

»Vielleicht.«

»Okay. Wir gehen jetzt nach oben.« Er nimmt meine Hand, zieht mich hinter sich her und wirft den Gangstern einen nicht weniger argwöhnischen Blick zu, die sich allerdings nicht weiter für uns zu interessieren scheinen – oder *dürfen*. Keine Ahnung, ob es einer von ihnen wagen würde, sich zwischen Snyper und seine *Beute* zu stellen, geschweige denn auch nur einen Funken Interesse an ihr zu zeigen.

Grob zerrt er mich hinter die Bar, durch die sich dort befindende Tür, vorbei an einer monströsen Kühlraumtür und schließlich die Treppe hinauf. Bevor er die Tür zu seinem Quartier öffnet, schaut er aus dem Fenster in die Dunkelheit, als würde ihn dort irgendetwas erwarten. Wie automatisiert tue ich es ihm gleich. »Ich denke ständig, dass irgendwo da draußen ein genauso elender Scharfschütze kauern könnte, wie ich es bin, der nur darauf wartet, dass ich hier am Fenster stehe.«

»Oh.« Ich weiß nicht, was ich sonst dazu sagen soll. »Aber ich dachte ... ihr seid hier sicher.«

»Sind wir auch. Der Club ist eine verdammte Festung. Das Fenster besteht aus Panzerglas und ist außerdem nach außen hin verspiegelt. Selbst wenn dort draußen irgendwo ein Scharfschütze lauert, erfährt er nicht, wann – und ob überhaupt – jemand vor diesem Fenster steht oder nicht.«

»Und wie kommst du dann auf die Idee, dass dich jemand durch das Fenster erschießen könnte?«

Er zuckt mit den Achseln. »Nur so ein Gedanke.« Er öffnet die Tür und weist mit einer Hand hinein.

»Alles klar. Nur so ein Gedanke.« Mir kommt der Verdacht, dass es vielmehr sein Gewissen ist, das ihn jedes Mal, wenn er an diesem Fenster steht, daran erinnert, wie viele Leben er schon mit seinem Gewehr ausgeschaltet hat und wie schnell es passieren kann, dass er selbst dran glauben muss.

»Und was ist mit Wärmesignaturen?«, frage ich und folge seinem Wink.

»Die Wände des Gebäudes und auch die Fenster sind so konstruiert, dass sich von außen keine Wärmesignaturen ausmachen lassen. Sonst hätte mein Boss uns hier niemals einquartiert. Der Schuppen hier ist sicherer als die Adler-Ranch.« Er schließt die Tür hinter uns, bewegt sich aber nicht von der Stelle.

Verwirrt wende ich mich ihm zu. »Adlers Hauptsitz ist eine Ranch?«

Er starrt mich schon wieder nieder. »Japp. Zieh dich aus.«

Ein Teil von mir will sich dagegen auflehnen, weil ich noch nicht bereit für Sanders ausschweifende perverse Aktionen bin. Vielleicht bin ich auch einfach nur ein bisschen nervös, da das Geräusch, das die ins Schloss fallende Tür gemacht hat, so endgültig in meinen Ohren widerhallt, dass mir ganz komisch wird.

Natürlich ist mir klar, dass ich von Sander nicht zu erwarten brauche, dass er mich freundlich dazu auffordert, mich auf die Couch zu setzen und es mir bequem zu machen, während er mir ein Glas Wein bringt.

»Jetzt.«

Mist. Da habe ich wohl zu lange gezögert. »Die Gespräche sind also vorbei?«, frage ich leise und winkele das rechte Bein an, um den Reißverschluss meiner Stiefelette aufzuziehen.

»Exakt.«

»Darf ich denn jetzt gar nichts mehr sagen?« Ich ziehe die Stiefelette aus, lasse sie auf den Boden fallen und wende mich dem anderen Bein zu.

»Du kannst so viel reden wie du willst, ich werde dir bloß nicht antworten. Und wenn du zu nervtötend wirst, klebe ich dir Panzertape auf den Mund.«

Ich lasse die zweite Stiefelette ebenfalls auf den Boden fallen. »Alles klar. Das soll wohl heißen, dass du mich, wenn ich ab sofort auch nur einen einzigen plausiblen Satz von mir geben oder mich sogar dazu erdreisten sollte, eine Frage zu stellen, hier stehenlässt und das Panzertape holst.«

»Mach schneller.«

Ich ziehe mir den Pullover über den Kopf und muss mich regelrecht dazu zwingen, Sanders düsteren Blicken nicht verschämt auszuweichen. Denn obwohl ich einigermaßen zufrieden mit meinem Körper bin – auch eine Sache, die ich von meiner Mutter beigebracht bekommen habe –, ist es trotzdem ein merkwürdiges Gefühl, mich bei voller Beleuchtung vor einem Mann auszuziehen, der nicht gerade begeistert von dem zu sein scheint, was ich tue.

»Schön, du kannst ja tatsächlich schweigen.«

»Ja. Hättest du das nicht vermutet, oder was?«

»Nein.«

»Ach.«

»Was *ach?*«

»Du denkst, dass ich rede, um meine Nervosität zu überspielen.«

»Richtig.«

»Vielleicht kommt mir ja bloß kein geeignetes Gesprächsthema in den Sinn?« Das Top fällt auf den Pullover und ich knöpfe meine Jeans auf.

»Und schon redest du mir zu viel.«

»Dann hol doch das Panzertape.«

Er bewegt sich nicht von der Stelle, sondern beobachtet mich dabei, wie ich mir die Jeans über die Hüften schiebe. Nicht gerade anmutig steige aus den Hosenbeinen und ziehe mir dabei die Socken von den Füßen. Gerade will ich meinen BH öffnen, da macht Sander endlich einen Schritt auf mich zu. »Stopp.«

Irritiert halte ich inne, sage aber nichts.

»Willst du wissen, wieso ich das Panzertape nicht hole?«

»Klar.«

»Auf die Knie.« Er macht einen weiteren Schritt auf mich zu und greift nach seinem Gürtel. »Ich will, dass du mich nur noch ansiehst, wenn ich dich dazu auffordere. Ansonsten hältst du den Blick gesenkt oder schließt deine Augen. Wenn du es nicht tust, werde ich nicht zögern, dir Panzertape über die Augen zu kleben, P.«

Okay. Jetzt geht es los. »Nennst du mich nur so, weil ich dich darum gebeten habe, mich *nicht* so zu nennen?« Wie befohlen richte ich mein Augenmerk auf den Boden und gehe vor ihm auf die Knie. Seine Kampfstiefel erscheinen in meinem Sichtfeld; ich höre das Klirren seiner Gürtelschnalle und das Rascheln seiner Hose.

»Möglich.« Grob greift er in mein Haar und reißt meinen Kopf in den Nacken. »Mund auf. Hände an deine Oberschenkel.«

Ich schließe die Augen und tue, was er von mir verlangt.

Gemächlich lässt er seinen prallen Schaft in meine Mundhöhle gleiten und stöhnt leise auf. Er schiebt immer weiter, selbst als ich instinktiv zurückweichen will und sein Griff in meinem Haar fester wird, um meinen Kopf an Ort und Stelle zu fixieren.

Augenblicklich muss ich würgen, hebe die Arme an und versuche Sander von mir wegzudrücken, doch ich schaffe es nicht, ihn auch nur einen Millimeter zu bewegen.

»Ich sagte: Hände an deine Oberschenkel, P.«

Ich gehorche nicht. Stattdessen übermannt mich die Panik und ich reiße die Augen auf, um ihm mit meinem flehenden Blick zu signalisieren, dass ich das nicht kann. Mein Herz klopft wie wild, ich presse meine Hände weiterhin verzweifelt gegen seinen Oberkörper und habe das Gefühl, nicht mehr genügend Luft zu bekommen, während Sanders Schwanz regungslos an meinem Rachen verharrt und mich nochmals zum Würgen bringt.

»Wenn du zubeißt, breche ich dir den Kiefer«, knurrt er in derselben Sekunde, in der mich eine Mischung aus Panik und Trotz zu eben dieser Idee anregt.

Mit ein paar erstickten Lauten versuche ich mich bemerkbar zu machen, während sich meine Augen längst mit Tränen gefüllt haben und die ersten bereits meine Wangen hinunterrinnen. Wieder will ich Sander von mir drücken, und noch immer starre ich ihn inständig an.

»Wie gesagt: Hände an die Oberschenkel und Augen schließen.« Seine Stimme klingt arrogant und gleichzeitig unnachgiebig.

Nochmals muss ich würgen.

»Und wenn du mir auf den Schwanz kotzt, werde ich dir ebenfalls den Kiefer brechen.« Er zieht sich ein paar Zentimeter zurück, sodass der Würgereiz verschwindet.

Ich gebe ein erleichtertes Keuchen von mir und würde unverzüglich in mich zusammensacken, wenn Sander mich nicht mit festem Griff am Schopf und seinem Schwanz in meinem Mund halten würde.

»Ein letztes Mal: Hände an die Oberschenkel und Augen schließen, P.« Seine Stimme klingt mittlerweile genervt und eiskalt, was mich aus irgendeinem Grund verletzt. Nicht nur das: Ein zynischer Teil von mir lacht mich aus und zischt mir zu, dass ich eine Versagerin bin, weil ich nicht einmal Sanders erste Aufgabe bestehe.

Zögerlich komme ich seinem Befehl nach, schließe die Augen und platziere meine Hände wieder an den Oberschenkeln. Die Tränen auf meiner Wange trocknen bereits und ich wünsche mir so sehr, dass Sander sie wegwischt, nur um mir zu signalisieren, dass er nicht so kalt ist, wie er mir gerade weismachen will. Doch nichts passiert.

»Das üben wir nochmal. Solange du das Deepthroating nicht durchstehst, werde ich dich nämlich nicht lecken, klar?!«

Oh, darauf kann ich gerne verzichten.

Er dringt wieder tiefer in mich ein, aber zum Glück nicht so tief in meinen Rachen, dass er erneut meinen Würgreflex auslöst. Der Griff in meinen Schopf lockert sich allmählich und Sander gibt ein raues Stöhnen von sich.

Beim dritten Mal pariere ich seinen Stoß und beginne damit, ihm zu vertrauen; ich genieße den Blowjob sogar. Er schmeckt sauber und seine Spitze ein wenig salzig. Ich streichele sie mit meiner Zunge und lasse meine Zähne sanft über die sensible Haut gleiten.

Erneut gibt Sander ein Stöhnen von sich und der Griff in meinem Haar festigt sich. Mit der freien Hand schiebt er den BH-Träger über meine rechte Schulter und lässt seinen Daumen sacht über die Stelle streichen, wo er mich gebissen hat. Sie ist blau geworden und ein wenig verkrustet, hat sich aber nicht entzündet und fühlt sich auch nicht empfindlich an. Nochmals stöhnt er über mir, während er sich immer wieder in meinem Mund versenkt und sein Daumen fast meditativ über die Stelle streicht – als sich aus heiterem Himmel seine Hand in meine Schulter gräbt und mich von sich schubst. Mit einem überraschten Ausruf lande ich auf meinem Hintern und schaue mit großen Augen zu ihm auf.

»Sieh mich nicht an, verdammt.« Er zieht die Shorts hoch und schließt seine Hose, lässt allerdings den Gürtel offen. Er läuft an mir vorbei, begibt sich geradewegs zur Wohnwand, und öffnet einen der Schränke. »Und steh auf.«

Ich rappele mich auf und senke missmutig den Kopf. Aus irgendeinem Grund ärgere ich mich über mich selbst, weil ich mich so blöd anstelle. Dabei ist mir eigentlich klar, dass ich nichts dafür kann, da ich es schlicht und ergreifend nicht gewohnt bin, so behandelt zu werden. Tatsache ist jedoch, dass ich ihm – unabhängig von meinem Stolz und meiner Erziehung – *gefallen* will. Für Sander *will* ich in diesem Moment zu einer Frau werden, die sich dem Mann unterordnet und alles tut, was er verlangt, damit er zufrieden mit ihr ist. Aktuell ist er es offensichtlich nicht. Von daher muss ich lernen, seinen Befehlen widerstandslos nachzukommen und es vor allem hinnehmen, dass Sander nicht unbedingt geduldig mit mir ist.

Er kehrt zu mir zurück und baut sich vor mir auf. »Sieh mich an.«

Ich schaue zu ihm auf. Die Gewitterwolken in seinen Iriden haben sich merklich verfinstert, jedoch nicht vor Zorn, sondern vor Verlangen, glaube ich. Sie mustern mein Gesicht, während Sander seine Mimik neutral hält. Aber nicht desinteressiert neutral. Vielleicht sogar eher Richtung neugierig-neutral.

»Nach deinem gestrigen Verhalten bin ich davon ausgegangen, dass du dich mehr sträubst.«

»Gestern war ich betrunken. Außerdem wollte ich dir da noch nicht gefallen.« Meine Aufmerksamkeit wird von einem schwarzen, etwa fingerdicken Kabelbinder erregt, den Sander sich nun zwischen die Lippen klemmt, während er hinter mich greift und meinen BH öffnet.

Schweigend schiebt er die Träger von meinen Schultern, woraufhin der BH widerstandslos zu Boden fällt und Sanders Konzentration sich wie von selbst auf meine nackten Brüste richtet. Bevor ich jedoch den Hauch einer Reaktion auf ihren Anblick in seiner Miene ausmachen kann, packt er unvermittelt meine Unterarme, hält sie mit einer Hand zusammen, nimmt mit der anderen den Kabelbinder aus seinem Mund, legt ihn um meine Handgelenke und zurrt ihn fest. Nicht so stramm, dass er einschnürt, aber doch ausreichend, damit ich meine Hände beim besten Willen nicht werde lösen können.

»So. Du willst mir also gefallen?«

Ich nicke.

»Ich sage dir, was mir gefällt. Prellmarken. Verletzungen, die ich dir zufüge, und die man noch tagelang erkennen kann: Blutergüsse. Schürfwunden. Bissspuren. Kratzer. Schnitte. Brandblasen.«

Mein Herz gerät aus dem Takt. Ich kann nicht anders, als ihn anzustarren. »Was willst du jetzt von mir hören?«, hauche ich atemlos und weiß genau, dass ich mich mindestens genauso bestürzt anhöre, wie Sander es von mir erwartet hat.

»Gar nichts. Ich bitte dich nicht um Erlaubnis. Denn indem du dieses Zimmer betreten hast, hast du mir deine Erlaubnis bereits erteilt. Ich kann also tun und lassen, wonach mir der Sinn steht. Allein deshalb, weil ich das Sagen habe.«

»Aber du ...« Ich stocke. Als ich ihn gefragt habe, ob er mich verstümmeln wird, hat er verneint. Er scheint auch sein Wort zu halten, denn das, was er vorhat, sind keine Verstümmelungen. Das, was er mir antun will, wird bei guter Pflege nicht einmal klar ersichtliche Narben hinterlassen.

»Was hast du dir von mir erhofft, Payton? Dass du ein paar Klapse auf deinen Arsch bekommst und ich mich dafür tausendmal bei dir entschuldige?«

»Nein. Ich ... wollte das gesamte Ausmaß möglicherweise nicht so ganz wahrhaben.«

»Aha. In gewisser Weise hast du dir in deiner verklärten Vorstellung also ausgemalt, dass das alles hier richtig romantisch wird?« Er zieht am Ende des Kabelbinders, woraufhin das Plastik nun doch in mein Fleisch schneidet. Ich keuche leise auf, wende den Blick allerdings nicht von seinen Augen ab, die inzwischen zornig funkeln. »Wenn du dich bemühst, wirst du dich aus dem Kabelbinder befreien können, allerdings nicht ohne dich zu verletzen. Mir ist also egal, ob du es versuchst. Mir gefällt beides. Ich mag die Vorstellung, dass du gefesselt vor mir stehst, und ebenso mag ich die Aussicht darauf, dass der Kabelbinder eindeutige Spuren an deinen Handgelenken hinterlassen wird. Ich würde jedoch den Anblick deiner Blessuren genauso genießen, nachdem du dich daraus befreit hast.« Ein wahnhafter Schimmer leuchtet in seinen Iriden auf. »Vielleicht werde ich dich dazu bringen, dich zu befreien, indem ich mich weigere.«

Ich glotze ihn einfach nur stumm an. Mein Herz schlägt schnell und irgendwie auch unregelmäßig. Mein Magen hat sich wieder in ein glühendes Knäuel verwandelt und es ist, als würde dieses Glühen mein Herz dazu bringen, noch mehr zu rasen, weshalb ich das Gefühl bekomme, langsam in Panik zu verfallen.

Andererseits ist es mein Unterleib, der mich irritiert, weil dieser sich trotz Sanders Verhalten mir gegenüber und trotz der Angst, die ich zu empfinden scheine, vorfreudig zusammenzieht, sodass ich mittlerweile glaube, dass es gar keine Panik ist, die Sanders Worte in mir auslösen, sondern ... Aufregung.

Ich glaube, ich will das alles wirklich.

Oder ich will ganz einfach Sander.

Ich muss vollkommen gestört sein.

»Was ist, kleine Miss? Hat es dir die Sprache verschlagen?« Er hebt eine Hand und umfasst damit völlig unerwartet meine Brust. Er kneift regelrecht hinein, sodass ich schmerzerfüllt aufstöhne.

»Sander, nicht!«, wimmere ich – endlich ein Zeichen meines Missfallens – und versuche mich von ihm wegzudrehen. Doch seine andere Hand greift blitzschnell in meinen Schopf und zieht meinen Kopf mit einem heftigen Ruck in den Nacken, weshalb ich gezwungen bin, stocksteif stehenzubleiben, während ich vor Schmerzen zu japsen beginne, weil Sander mir noch fester in die Brust kneift.

»Bitte hör auf!«, jammere ich und trete nach ihm, gehe dabei allerdings so unkoordiniert vor, dass ich nicht einmal den Stoff seiner Hose streife.

Unvermittelt leckt er über meine Kehle und fährt anschließend mit den Lippen die benetzte Haut entlang, über die Stelle, wo ich meine Halsschlagader vermute, bis hin zu meinem Ohr. »Du bittest mich jetzt schon aufzuhören, Payton? Ich habe nicht mal angefangen.« Seine Stimme hat wieder diesen dunklen und rauen Ton angenommen, der mir bereits gestern, bevor wir gevögelt haben, die Sinne vernebelt hat. Dieser Umstand und sein Atem an meinem Ohr lassen meine Haut auf angenehme Weise prickeln, und es fühlt sich an, als würden kurze elektrische Stöße in meinen Unterleib schießen. Für einen flüchtigen Moment verwechsle ich den Schmerz in meiner Brust sogar mit einem Impuls, der mich vor Erregung aufstöhnen lässt.

»Das tut ganz einfach schweineweh!«, beschwere

ich mich trotzdem, während ich mich wegen der widersprüchlichen Gefühle zu winden beginne, obwohl ich gar nicht weiß, wohin mit mir, weil ich mich seltsam verdreht fühle: Den Kopf weit in den Nacken gestreckt, zusammengekrümmt unter der Hand, die meine Brust schmerzhaft malträtiert, und doch schaudernd vor Erregung, da Sanders raue Stimme nach purem Sex klingt.

»Nun, das ist es, was dich bei mir erwartet«, raunt er in mein Ohr und ich kann nicht anders, als unter seinen Worten zu erbeben.

»Willst du, dass ich deinen Schwanz genauso fest kneife, wie du es gerade mit meiner Brust machst? Das lässt sich ungefähr miteinander vergleichen!«, presse ich zwischen zusammengepressten Zähnen hervor.

»Vielleicht will ich das, P. Schon einmal *darüber* nachgedacht?«

Bestürzt halte ich die Luft an. Im selben Moment lockert er seinen Griff, sowohl in meinem Haar als auch an meiner Brust. Sein Daumen streichelt bedächtig über meinen Nippel und ich zucke darunter zusammen, als würde mir ausgerechnet diese sanfte Liebkosung besonders große Schmerzen bescheren.

Ich hebe den Kopf und schaue ihm tief in die Augen. Das Gewitter tobt noch immer in ihnen.

Mit einem Mal weiß ich, warum er mir das antut. Warum er all das auch anderen antut und behauptet, dass ich danach genauso sein werde wie er. Sander ist selbst einmal eines dieser Opfer gewesen. All das, was er mit mir vorhat, wurde ihm ebenfalls angetan und er gibt es lediglich weiter. Wie ein Virus, das nicht zu stoppen ist. Er muss Schmerzen zufügen, weil ihm diese Schmerzen ebenso zugefügt wurden.

Ich frage ihn nicht danach. Es schwebt wie eine, von ihm unausgesprochene, Aufforderung über uns. Er wird nicht darüber reden.

»Wenn du mich weiterhin so viel an den Haaren ziehst, habe ich bald eine Glatze«, murmele ich und senke den Blick. Dieser fällt auf seinen Daumen, der unablässig meinen Nippel streichelt, und dann auf meine zusammengebundenen Hände, die gezwungenermaßen auf meinem Unterbauch aufliegen. Mein Atem beschleunigt sich, weil die Berührung, und auch der Anblick von Sanders Daumen an meinem Nippel, elektrisierende Impulse zwischen meine Schenkel schicken. Es wird nicht mehr lange dauern, bis ich wimmernd die Beine zusammenpresse.

»Und trotz alledem will die kleine Miss Bowman von mir gefickt werden«, kontert er mit einem lauernden Knurren. »Habe ich recht?«

Ich nicke und lasse endgültig den Kopf hängen. Es liegt nicht nur daran, weil er meinen Nippel streichelt. Allein schon der Blowjob hat mich auf eine kranke Art und Weise scharfgemacht.

»Du denkst, du hast das alles nicht anders verdient, oder?«, raunt er plötzlich und bringt mich damit aus dem Konzept.

Erschrocken halte ich die Luft an. Das ist genau die Erkenntnis, die mir bisher immer gefehlt hat. »Ja, irgendwie schon«, erwidere ich, ohne aufzusehen. »Das scheint zumindest die einzige halbwegs plausible Erklärung dafür zu sein, warum ... ich mich zu dir hingezogen fühle. Warum ich möchte, dass du das hier mit mir machst.«

Sein Daumen löst sich von meinem Nippel und streicht nun über meine Unterlippe. Im nächsten Moment beugt Sander sich zu mir und küsst mich. Seine Zunge gleitet in meinen Mund und ich gebe mich ihm vollkommen hin. Seine Finger graben sich erneut in mein Haar, dieses Mal jedoch vorsichtiger und sanfter. Seine freie Hand wandert meinen Rücken hinunter und schlüpft unter den Bund meines Höschens. Fingerspitzen bohren sich in meinen Hintern und ich seufze Sander in den Mund, was mir mit einem genießerischen Brummen quittiert wird. Die andere Hand gleitet nun ebenfalls meinen Rücken hinunter und platziert sich unter meinem Slip. Gemeinsam schieben sie den Stoff hinunter, bis er an Halt verliert und mit einem leisen Rascheln zu Boden fällt.

Es ist das erste Mal, dass ich vollkommen nackt vor ihm stehe, doch es scheint ihn nicht sonderlich neugierig zu machen, denn er hört nicht auf, mich zu küssen. Ein Finger gleitet zwischen meine Pobacken, woraufhin ich zusammenfahre und sanft gegen Sander stoße, der den Kuss nun doch unterbricht und seine freie Hand an meinen Hals legt. Einen Atemzug lang sieht er mir in die Augen und presst seinen Mund dann wieder auf meinen.

Sein Finger erreicht meinen Anus, streichelt ihn behutsam, ohne jedoch in ihn einzudringen und gleitet bis zu meinem anderen Eingang weiter. »Du bist so nass, Payton«, knurrt Sander leise und zwickt mich in die Unterlippe. Er löst sich von mir und hakt seinen Zeigefinger unter den Kabelbinder. »Komm mit.« Mit schnellen Schritten zieht er mich zur Couch und lässt sich darauf fallen. Eilig öffnet er seine Hose und schiebt seine Shorts hinunter, sodass seine Erektion mir entgegenspringt. Seine Spitze ist glänzend; feucht von seinem Lusttropfen. »Fick mich, Payton. Nutz es aus, denn ich weiß nicht, wann und ob ich es überhaupt noch einmal zulasse.«

Ich kann den Blick nicht von seinem harten Schaft abwenden. Wie hypnotisiert neige ich mich über ihn, meine Knie positioniere ich rechts und links von Sanders Oberschenkeln.

Seine Hände liegen an meiner Hüfte und sein Atem ist irgendwie schwerer als sonst. »Sieh mich an, Payton.« Seine Stimme ist so dunkel und rau wie noch nie zuvor. Endlich schaffe ich es, den Blick von seiner Erektion zu lösen und begegne stattdessen Sanders Augen, in denen nach wie vor dieses Gewitter tobt. »Komm auf mir.«

»Das werde ich.« Ich lege meine Arme auf seinen Schultern ab, die gefesselten Handgelenke hinter seinem Kopf drapiert, und lasse mich behutsam auf ihn sinken, während er mir seinen Schwanz entgegenhält. Gemächlich dringt er in mich ein und noch bevor er vollkommen in mir ist, beginne ich mich auf ihm zu bewegen.

»Verdammt.« Sander packt meine Hüfte und drückt mich mit Macht auf sich hinunter.

Keuchend nehme ich ihn auf, spüre jeden einzelnen Zentimeter, wie er mich schmerzhaft dehnt und gegen meinen Muttermund stößt. Zögerlich streife ich mit meinen Lippen die seinen und lasse in langsamen Bewegungen mein Becken kreisen. »Ich will dich so sehr«, hauche ich, als Sander laut und rau in meinen Mund stöhnt und seine Finger sich wieder in meinen Hintern bohren.

»Hör auf, Payton. Du bringst alles durcheinander. Du hast mich nicht zu wollen.«

»Das ist nur leider eine Sache, die du mir ... nicht vorschreiben kannst«, gebe ich abgehackt zurück und beschleunige mein Tempo, während der erste prickelnde Schauder meine Wirbelsäule hinaufwandert und sich wie ein Feuerwerk ausbreitet, dessen Funken bis in meine Haarspitzen gelangen, weil sich Sanders Härte viel zu gut in mir anfühlt. Er füllt mich so vollkommen aus, dass jede Bewegung mich unweigerlich dem Höhepunkt näherbringt, und auch Sanders lautes Stöhnen gibt mir den Rest. Was immer er für mich empfindet, immerhin kann ich behaupten, dass er genauso versessen darauf ist, seinen Schwanz in mir zu spüren, wie ich.

»Du fühlst dich so gut an«, flüstere ich auf seinen Mund, die Augen geschlossen, weil ich seinen Blick im Moment nicht ertragen könnte.

»Ich weiß, Payton. Mein Schwanz ist verdammt perfekt für dich.«

Ich nicke und ignoriere die alberne Selbstverherrlichung, die hinter seinen Worten steckt.

»Weil deine Pussy genauso perfekt für mich ist, und ich wette, dein Arsch ist es auch.«

Meine Antwort besteht aus einem einzigen lauten Keuchen, da mich die bildliche Vorstellung überfällt, wie er mit kräftigen, unnachgiebigen Stößen in meinen Anus eindringt.

»Komm auf mir, Payton. Jetzt.« Er krallt seine Finger in mein Haar, küsst mein Gesicht, meine Schläfe und stöhnt in mein Ohr. Seine Zähne bohren sich fest in meine Halsbeuge, was er erneut mit einem lauten Stöhnen untermalt. »Ich sagte: Jetzt, P.«

Ich lasse meinen Kopf in den Nacken fallen und beschleunige nochmals meine Bewegungen. Sanders Hände gleiten über meine Flanken, bis zu meinem Hintern und pressen mich fest auf seine Härte. »Fuck! Wenn du so weitermachst, kann ich mich nicht mehr zurückhalten und ich will dich in den Arsch ficken.«

»Ich kann nicht, Sander. Ich möchte spüren, wie du in mir kommst.«

»Gott, du machst mich fertig.« Aus heiterem Himmel schubst er mich von sich, sodass ich von der Couch gefallen wäre, wenn meine gefesselten Hände nicht wären, die mich an seinen Nacken fixieren. So gleite ich lediglich unelegant zur Seite, während Sander sich ächzend vorlehnt, um meiner unfreiwilligen Umarmung zu entkommen.

»Was ...?«, frage ich perplex, als er seine Shorts wieder hochzieht und aufsteht.

»Mitkommen.« Erneut schiebt er den Zeigefinger unter den Kabelbinder und zieht mich auf die Füße.

»Wohin?« Zögerlich tappe ich hinter ihm her. Mir ist klar, was ihm offenbar gerade vorschwebt - nun ja, klar ist es mir eigentlich nicht, weil er mich auch auf dem Sofa in den Arsch bumsen kann. Von daher bin ich im Grunde ziemlich verwirrt. »Habe ich etwas falsch gemacht?«

Die Wahrscheinlichkeit, dass er mich jetzt in eine geheime Folterkammer bringt, ist irgendwie vergleichsweise hoch.

»Wir gehen duschen.«

ZEHN

PAYTON

»Duschen? Warum? Ich habe vorhin erst …«

»Na und? Ich auch. Wir haben allerdings jetzt beide geschwitzt. Und gleich werden wir noch mehr schwitzen. Schick doch die Wasserschutzpolizei bei mir vorbei, falls sie sich beschweren sollte, dass ich dich dazu nötige, so viel Trinkwasser zu verbrauchen. Du kannst denen gern von mir ausrichten, dass ich dich das nächste Mal in den Rio Grande schubse.«

»Ist die Wasserschutzpolizei überhaupt für so etwas zuständig? Eigentlich doch nur für die Sache mit dem Rio Grande, oder?«

Vor der Badezimmertür bleibt Sander stehen und schenkt mir einen tadelnden Blick. »Stell nicht so viele Fragen und sieh mich gefälligst nicht immer so an, als hätte ich dir gesagt, dass du gleich auf die Schlachtbank kommst.« Mit diesen Worten schiebt er mich bis hin zu der ebenerdigen Duschkabine im Bad, die nur durch eine milchige Glaswand vom Rest des Raumes abgetrennt ist. Er positioniert mich vor der Armatur, hebt meine Arme an und hakt den Kabelbinder an die Halterung, an der die Handbrause befestigt ist.

»Zum einen hast du mir gewissermaßen gesagt, dass mich eine Art Schlachtbank erwartet – du hast es zumindest im gewissen Sinne angedeutet – und ...« Ich halte inne, weil das, was ich feststellen will, ein eigenartiges Gefühl in meinen Eingeweiden verursacht. Um ehrlich zu sein, wünschte ich mir, es wäre so etwas wie Entsetzen, aber in Wahrheit handelt es sich um etwas anderes. Es fühlt sich vielmehr wie Eifersucht an.

»Ja? Zum anderen?« Er steht nicht mehr hinter mir, merke ich jetzt. So weit, wie es mir gelingt, versuche ich mich dem Raum in meinem Rücken entgegenzudrehen, doch ich erhasche nur einen Ausschnitt von Sander, wie er sich offensichtlich gerade entkleidet.

»Du tust das hier nicht zum ersten Mal«, stelle ich mit einem leicht patzigen Unterton fest.

Er reagiert mit einem geringschätzigen Schnauben, sagt aber nichts dazu, was mir ehrlich gesagt auch ziemlich gelegen kommt.

Mein Blick fällt auf eine Stufe genau vor mir, welche etwa so hoch wie mein Knie ist. Eine *2 in 1*-Flasche – Duschgel und Shampoo – steht auf dieser Empore. Kein Extrashampoo.

Natürlich. Bei dem kurzen Militärschnitt braucht er keine speziellen Haarkosmetikprodukte.

Wenn ich so darüber nachdenke, brauche ich mindestens die Hälfte von dem, was ich normalerweise für mein Haar benutze, an und für sich auch nicht. Ich rede mir jedoch ein, dass ich es benötige. Wahrscheinlich ein weiteres Mal der Einfluss meiner Mutter.

Die Stufe irritiert mich. Es mag absurd klingen,

aber ich habe das starke Gefühl, dass sie dort nur aus einem bestimmten Zweck eingebaut wurde. Nicht etwa, um Kosmetikprodukte und sonstige Dinge abzulegen, sondern ... damit die Person, die mit einem Kabelbinder an der Duscharmatur fixiert ist, ihren Fuß auf dieser Stufe abstellen und demjenigen, der hinter ihr steht, so den Zugang zu ihrem Hintern ermöglichen kann.

»Stört es dich, dass es eine meiner Lieblingsbeschäftigungen ist, Frauen in der Dusche in den Arsch zu ficken?«

Erschrocken halte ich die Luft an. Sander steht verdammt nah hinter mir, sodass seine Stimme in meinen Knochen vibriert. Er legt die Hände auf meiner Hüfte ab, krümmt die Finger und kratzt mich von der Hüfte aufwärts bis hin zu meinen Flanken. Ich fahre zusammen. »Aua!« Zwar glaube ich kaum, dass er blutige Striemen hinterlassen hat; dennoch ist es kein angenehmes Gefühl und speziell an den Seiten bin ich, wie die meisten Menschen, ziemlich empfindlich.

Sanders Lippen landen an genau der Stelle, wo er mir vergangene Nacht in die Schulter gebissen hat, und ich fahre erneut zusammen. »Beantworte meine Frage, kleine Miss.« Er bohrt seine Zähne in die bereits malträtierte Haut, aber nicht kräftig. Nur als kleine Drohung.

»Es ist alles in Ordnung«, murmele ich. »Es ändert doch nichts.«

»Richtig.« Seine Lippen wandern von meiner Halsbeuge bis zu meinem Ohr. »Und was ist, wenn ich dir erzähle, dass ich vorhin drauf und dran war, deinen Ex abzuknallen?«

Ich schnappe nach Luft. »Warum das denn?«

»Einfach so.«

Ich will meinen Kopf in seine Richtung drehen, allerdings landet sein Mund in diesem Moment erneut an meiner Halsbeuge und ich halte inne. »Ich denke, selbst du erschießt nicht *einfach so* irgendwelche Menschen.«

»Da kennst du mich aber schlecht.«

»Vor allem nicht meinen Ex. Der wäre schließlich kein wahlloses Opfer gewesen.«

»Du hast es erfasst. Genau deswegen will ich von dir wissen, ob es dich stört, dass ich in dieser Dusche schon andere Frauen gefickt habe.«

»Ja, es stört mich«, gebe ich mit einem leisen Murren zu.

»Und warum?«

»Warum wolltest du meinen Ex abknallen?«

»Aus demselben Grund, aus dem es dich stört, dass ich mit dir genau dieselbe Nummer abziehe wie mit zahllosen anderen vor dir.« Das prickelnde Schaudern kehrt zurück, als er diese Worte ausspricht. Worte, die uns miteinander verbinden. Worte, die nur uns etwas angehen. Zwei irgendwie komplett gestörte Menschen, die sich zufällig gefunden haben und sich seit gerade einmal vierundzwanzig Stunden kennen. »Also«, fährt er fort, »ich möchte, dass du weißt, dass mir nicht egal ist, was dir durch den Kopf geht.«

Ich nicke. »Ist gut«, murmele ich und beiße mir auf die Unterlippe, als er wieder jener Stelle mit seinen Zähnen zusetzt, in die er mich gestern gebissen hat. »Warum hast du ihn nicht erschossen?«

»Hätte ich es tun sollen?«

»Nein, aber ... was hat dich aufgehalten?«

»Wer.«

»Hä?«

»*Wer* mich aufgehalten hat.«

»Oh.«

»Ja. Es war mein Boss.« Aus irgendeinem Grund lässt er von mir ab, und scheint sogar von mir zurückzuweichen, weshalb ich nun tatsächlich meinen Kopf zu ihm drehe.

»Adler will so etwas nicht?«

»Es gibt nun mal leider keinen triftigen Grund, ihn umzulegen. Und solange ich Adler nicht einen solchen vorweisen kann, darf dein verfickter Ex weiterleben und deine Mutter vögeln.« Seine Hände umfassen wieder meine Hüfte, sein Mund landet an meiner Schläfe und ich schließe genießerisch die Augen, weil das hier eine Situation ist, die ich mir instinktiv herbeigewünscht habe. Eine Situation, die meinen Magen Purzelbäume schlagen und meinen Puls beschleunigen lässt: Sander ist eifersüchtig auf meinen Ex. Etwas anderes kann es nicht sein – und diese Erkenntnis gefällt mir. Sander will, dass ich ihm gehöre. Nur ihm.

»Vertraust du mir?«, flüstert er auf meine Haut.

»Nein.«

»Gut.« Seine Hand löst sich von meiner Hüfte, greift zur Duscharmatur und dreht das Wasser auf. Zur selben Zeit weicht er hastig zurück und in der nächsten Sekunde wird mir auch schon klar warum: Das Wasser ist eiskalt!

»Oh mein Gott! Stell das ab!«, schreie ich und versuche, gleichzeitig den Kabelbinder von der Armatur zu lösen und zurückzuweichen, aber beides stellt sich als hoffnungslos heraus.

»Jetzt wirst du hier so lange stehen, bis jegliche romantischen Gefühle mir gegenüber erstickt sind«, knurrt Sander und einige Sekunden später höre ich, wie die Badezimmertür ins Schloss fällt.

»Schon geschehen!«, rufe ich ihm empört hinterher, während ich zitternd von einem Fuß auf den anderen trete. »Verficktes Arschloch!«

Doch nichts passiert.

Ich kann nicht sagen, wie lange er mich tatsächlich unter dem kalten Wasser stehenlässt. Vermutlich sind es keine fünf Minuten, allerdings fühlen sich diese wie mindestens fünf Stunden an, in denen meine neu entdeckte Kreativität selbst mich überrascht: Als Erstes will ich mich fluchend aus den Kabelbindern befreien, was ich jedoch beim besten Willen nicht hinbekomme. Keine Ahnung, was Sander vorhin damit gemeint hat, aber ich bekomme meine Hände nicht durch die verdammte Schlaufe, egal, was ich tue.

»Sander!«, brülle ich und versuche, den Wasserstrahlen auszuweichen, was ebenfalls zwecklos ist, da ich mich in einer dieser supermodernen Duschen befinde, in denen das Wasser aus sämtlichen Richtungen spritzt, sofern man es schafft, sich mit dem Bedienungsfeld anzufreunden. Massagestrahl, Intimdusche und was nicht alles. Was normalerweise nach dem größten Luxus klingen würde, ist bei dieser Wassertemperatur die reinste Folter, sofern man wie ich mit den Händen an die Duscharmatur gebunden ist und sich die Bewegungsfreiheit der Finger nur auf ein paar Millimeter beschränkt.

»Sander, verdammt! Das ist nicht witzig!« In meiner Verzweiflung versuche ich, die besagte Bumsstufe zu erklimmen, damit ich wenigstens dem Massagestrahl entkommen kann, doch die Stufe ist zu schmal, sodass ich immer wieder abrutsche, mir letztlich die Schienbeine aufschürfe – und möglicherweise ein paar Zehen breche. »Verdammte Kacke! Es reicht jetzt, du Wichser! Stell das verfickte Wasser ab!«

In einem letzten Aufbäumen meines Widerstandes will ich auf Biegen und Brechen den Temperaturregler mit Mund und Zähnen manipulieren, aber auch das schaffe ich nicht. »S-s-sander, b-b-bitte!« Meine Stimme hat sich in ein bebendes Wimmern verwandelt und ist so tonlos, dass er mich wahrscheinlich gar nicht hört. Der Moment, in dem ich endgültig kapituliere, ist erreicht. Ich bin durchgefroren, meine Haut hat mittlerweile eine bläuliche Farbe angenommen, glaube ich zumindest, und ich zittere unkontrolliert. Die kalten Wassertropfen fühlen sich wie scharfe Nadelspitzen an, die unaufhörlich in meine Haut dringen, doch ich bin so betäubt, dass ich es einfach nur noch über mich ergehen lasse.

Es ist bei weitem nicht so, dass ich mich an die Kälte des Wassers gewöhnt habe, denn dafür ist es schlicht zu eisig. Der absurde Gedanke, dass die Dusche in meinem Hotelzimmer nicht so kaltes Wasser bereithält, schwirrt durch meinen Kopf und ich stelle mir vor, wie ein riesiger Tank mit Eiswasser auf dem Dachboden dieses Gebäudes regelmäßig aufbereitet wird, nur um irgendwelche Feinde des Kartells zu foltern. Oder eben Sanders Gespielinnen.

Doch auch dieser Gedanke verschwindet irgendwann in absoluter Taubheit. Ich lasse den Kopf hängen, schließe die Augen, weil das nasse Haar mir im Gesicht klebt, und stelle mir vor, wie ich am Strand liege und die warmen Sonnenstrahlen meine Haut aufwärmen.

»Ich sehe, du sträubst dich wirklich kaum, wenn du nüchtern bist«, vernehme ich auf einmal Sanders raue Stimme hinter mir und schrecke auf.

Ich muss mich in einer Art Trancezustand befunden haben, da ich erst jetzt realisiere, dass er das Wasser endlich abgedreht hat. Ohnmächtig geworden bin ich auf keinen Fall, weil ich nach wie vor fest auf beiden Beinen stehe. Meine Haut prickelt noch immer unangenehm und ich befürchte, dass das in den kommenden Stunden nicht aufhören wird. »Lass mich in Ruhe.«

Eine Hand legt sich unvermittelt auf meinen Schenkel, die ich zuerst kaum spüre, aber als sie meine durchgefrorene Haut ein wenig aufgetaut hat, fühlt sie sich angenehm warm an, sodass ich mich am liebsten mit meinem gesamten Körper an sie schmiegen würde. »Soll ich das wirklich?«

»Was?«

»Dich in Ruhe lassen. Ich kann mich auch sehr gut anderweitig beschäftigen.«

»Mach was du willst. Stell meinetwegen das kalte Wasser wieder an, lass mich hier die ganze Nacht stehen und frieren; wie du möchtest«, erwidere ich resigniert.

»Okay.« Anstatt sich tatsächlich zurückzuziehen, positioniert Sander sich dicht hinter mir und dreht das Wasser nochmals auf. Als uns der nächste Schwall purer Eiseskälte trifft, zuckt er nicht einmal darunter zusammen, sondern stellt in Seelenruhe den Temperaturregler höher; Stück für Stück, bis das Wasser lauwarm ist – und für mich und meinen durchgefrorenen Körper fast karibische Temperaturen annimmt.

Meine Aufmerksamkeit bleibt dagegen an der Tatsache haften, dass Sander kein bisschen auf die Kälte des Wasserstrahls reagiert hat: »Auf diese Art wurdest du gefoltert, oder?«, frage ich leise. Ich lasse den Kopf noch immer hängen und wende mich ihm nicht zu. *Er* ist immerhin derjenige, der körperliche Nähe sucht, indem er sich an mich drängt.

»Ja.« Mehr sagt er nicht.

»Und was treibt dich dazu, andere damit zu quälen?«

»Das Wissen, dass man es durchstehen kann.«

»Du willst also, dass ich die Erkenntnis erlange, es aushalten zu können, wenn du mich mit eiskaltem Wasser abduschst?«

»Nein. Ich will, dass du mich hasst.«

Perplex schaue ich auf und starre gegen die weißglänzenden Fliesen. »Warum?«

»Weil ich es nicht anders verdient habe.«

»Wer sagt das?«

»Ich.«

»Hasst du mich etwa auch?«

Er stößt ein spöttisches Schnauben aus. »Ich habe gelernt, nur noch jene Personen zu hassen, die das aus mir gemacht haben, woraus ich jetzt bestehe. Alles andere geht mir am Arsch vorbei.«

»Ich bin dir also doch egal.« Obwohl ich mir im Grunde sicher bin, dass es nicht stimmt, werfe ich diese Feststellung in den Raum. Vorhin hat er noch behauptet, dass ihm nicht egal ist, was in meinem Kopf vorgeht. Das zeugt davon, dass *ich* ihm nicht egal bin.

»Im gewissen Sinne arbeite ich darauf hin.«

»Im gewissen Sinne?« Langsam, mit jedem weiteren Atemzug, der die Lebensgeister in meinen Körper zurückkehren und mich spüren lässt, wie ich endlich auftaue, drehe ich meinen Kopf in Sanders Richtung.

Noch immer drängt er sich an mich, die Hände auf meinen Schenkeln platziert, als würde er nur darauf warten, dass ich ein bestimmtes Wort sage, damit er loslegen kann. »Wenn du mir komplett egal wärst, würde ich dich nicht ficken wollen.«

»Und weil ich dir nicht egal bin, sorgst du dafür, dass ich dich hasse.«

»Ja. Ich will, dass du mich hasst und dir alles egal ist. Bis du eines Tages jemanden triffst, den du genauso behandelst wie ich dich.«

»Bin ich dir denn bis dahin egal?«

»Weiß ich nicht.« Seine Stimme wird langsam zu einem düsteren Knurren. Offensichtlich passt es ihm nicht, dass ich hierüber reden will.

»Die Frauen, die vor mir hier waren, sind sie dir egal?«

»Ja.«

»Bist du ihnen egal?«

»Nein. Sie hassen mich. Aber sie haben eine großzügige Entschädigung bekommen und ich kümmere mich um sie, wenn irgendetwas ist.«

Ich blinzele verblüfft. »Sie kommen zu dir, obwohl sie dich hassen?«

»Du wirst es verstehen, wenn es so weit ist.«

»Okay. Dann werde ich dir also eines Tages egal sein.« Diesen Satz auszusprechen tut mir weh. Es lässt mein Herz schwer gegen meinen Brustkorb schlagen, als würde es durch eine bestimmte Art von Kummer eingeengt und abgebremst werden.

»Möglich.«

Ich nicke betrübt und lasse den Kopf wieder hängen. Warm prasselt das Wasser auf meinen Nacken, und obwohl ich mich so elend fühle, dass mir auch irgendwie das Atmen Schwierigkeiten bereitet, genieße ich das Gefühl. »Diejenigen, die dir das angetan haben ... was ist mit ihnen passiert?«

»Ich habe sie umgelegt.«

Es überrascht mich nicht. »Hast du keine Angst, dass einer von ... *uns* dich irgendwann umlegt?«

Erneut gibt er ein geringschätziges Schnauben von sich. »Ich bilde meine Beute ja nicht zu Killermaschinen aus, so wie es mit mir gemacht wurde. Nur zu ... etwas anderem.« Er seufzt, greift nach vorn und dreht den Temperaturregler wieder ein Stück hinauf. »Außerdem wollen sie mich nicht umbringen. Sie hassen mich, ja. Aber sie wollen mir auch gefallen. Das hassen sie noch viel mehr. Deswegen hassen sie sich selbst. Weil sie mir verfallen sind.«

Angespannt beiße ich die Zähne zusammen. Sander hat mich bereits so weit, dass ein grenzdebiler Teil von mir ihm unbedingt gefallen will. Besser gesagt, war das sogar meine Ausgangsposition. Ich habe dieses Bedürfnis von Anfang an gehabt. Keine Ahnung, ob mich das von seiner bisherigen *Beute* unterscheidet, aber ich werde ihn sicherlich nicht danach fragen. Das Einzige, was ich in diesem Moment allein für mich entscheide, ist, dass ich es mir und ihm so schwer wie möglich machen will, ihn zu hassen – oder eben diese merkwürdige Art von Verachtung ihm gegenüber zu empfinden, die er von mir einfordert.

Ich weiß, was er gemeint hat. Seine bisherigen Opfer hassen ihn dafür, dass sie ihm noch immer verfallen sind. Damit kann ich leben. Jedoch könnte ich nicht mit dem Wissen leben, dass ich ihm egal bin. Selbst wenn seine Definition von *egal* sehr speziell zu sein scheint. Er sagt, dass er sich um die vergangenen Opfer kümmert – und er hat ihnen eine Entschädigung gezahlt. Im Prinzip widerspricht das seiner Aussage, dass sie ihm am Arsch vorbeigehen.

»Bin ich dir denn gegenwärtig egal?«

»Nein.« Er lehnt sich an mir vorbei und greift nach dem Duschgel. Mit der anderen Hand dreht er das Wasser ab.

»Weil ... du mich willst?«

»Weil mein Schwanz dich will. *Ich* will dich nur als mein nächstes Kunstwerk.«

»Okay.«

An dem Geräusch der Tube erkenne ich, dass er sich etwas Shampoo auf die Handfläche gibt. Er scheint es zu verreiben. Doch anstatt sich selbst einzuschäumen, beginnt er bei mir und streicht mit beiden Händen über mein Haar, um das wohlriechende Gel zu verteilen.

Automatisch lege ich den Kopf in den Nacken und schließe die Augen. Er geht wirklich gründlich vor: Mit kreisenden Bewegungen massiert er den Schaum in meine Haare, darauf bedacht, dass auch jeder Zentimeter meiner Kopfhaut etwas abbekommt.

Es fühlt sich gut an. Viel zu gut. Nach der Aktion mit dem Eiswasser ist es wie eine Entschuldigung von ihm, dass er mir das angetan hat. Allerdings gebe ich keinen Laut von mir, der ihm mein Wohlgefallen zeigen könnte. Ich vermittle ihm den Eindruck, dass ich es lediglich über mich ergehen lasse. Vielleicht tue ich es auch, weil er von mir erwartet, dass ich nicht anders reagiere. Das ist zumindest mein Verdacht: Sobald ich ihm signalisiere, wie sehr ich es genieße, wie er das Shampoo in mein Haar einmassiert, wird er sofort aufhören.

»Gut?«, raunt er auf einmal und küsst sanft meine Schulter.

Ich zögere. »Du hörst damit auf, wenn ich es bejahe, oder?«

»Kann schon sein.«

»Dann finde ich es zum Kotzen.«

Mit einem Ruck zieht er an meinen Haaren. »Hat dir niemand beigebracht, dass du nicht lügen sollst?«

»Komme ich sonst in die Hölle?«

»Japp.«

»Na klasse. Dann komme ich dich mal besuchen.«

»Ich weiß nicht, ob sie dich in den innersten Höllenkreis vorlassen würden.«

»Mach dir darüber keine Gedanken. Wenn ich den Leuten da versichere, dass ich nur zu dir will, um mich von dir in den Arsch ficken zu lassen, machen sie bestimmt eine Ausnahme.«

Prompt beißt er mich nur ein paar Zentimeter von der Stelle entfernt, die bereits mehrmals Bekanntschaft mit seinen Zähnen machen durfte. »Das kann gut sein.« Seine Hände wandern meine Schultern und Arme entlang. Für einen kurzen Moment erhoffe ich mir, dass er den Kabelbinder lösen will, aber er schäumt mich nur ein. Seine Hände gleiten zurück, arbeiten sich meine Seiten bis zu meiner Hüfte hinunter; meinen Bauch hinauf und umfassen schließlich meine Brüste, was ich mit einem leisen Seufzen quittiere. Während seine Daumen meine Nippel streicheln, presst er seine Erektion mit jedem Atemzug fester gegen meinen Hintern, weshalb ich inzwischen krampfhaft den Impuls unterdrücke, mich an ihm zu reiben. Den Gefallen tue ich ihm nicht.

Schon vor ein paar Minuten habe ich seine Härte bemerkt; das heißt, er ist bereits mit einer Erektion ins Bad gekommen, doch erst jetzt wird mir klar, dass es nur noch eine Frage der Zeit ist, dass er in mich eindringt.

Wie auf Kommando wandert eine Hand über meinen Bauch und schiebt sich forsch zwischen meine Schenkel. Sie gleitet nach hinten, zwischen meine Pobacken, und reibt behutsam meinen Anus. »Bist du bereit für mich?«

Ich nicke. Ich wüsste nicht, was es bringen sollte, das Ganze hinauszuzögern.

Sanders Hand wandert unter meinen Schenkel und hebt ihn an, sodass ich meinen Fuß auf der Stufe abstellen muss. Sie kehrt zurück, zwischen meine Schenkel, und umfasst meine Scham. Mit der anderen Hand dreht Sander das Wasser wieder auf, streicht mir zärtlich durchs Haar, über meinen Leib, meine Brüste und kneift sanft in meine Nippel. Seine Zähne knabbern an meiner Haut; an meiner Schulter, meinem Hals, an der empfindlichen Stelle unter meinem Ohr.

Schließlich rutscht die Hand von meiner Scham zu meinem Becken und drückt es nach hinten. Sander bringt sich hinter mir in Position, seine pralle Spitze streicht über meine Pofalte. Auf Anhieb stelle ich mich auf die Zehenspitzen, damit er besseren Zugang zu mir hat. Gemächlich gleitet sein Schwanz zwischen meine Schamlippen, nimmt meine Erregung auf und versenkt sich in meinen Eingang, der mehr als bereit für ihn ist. Mit einem tiefen Stöhnen dringt er in mich ein, benetzt seinen Schwanz mit meiner Nässe und ich erwische mich dabei, wie ich seinen Stoß pariere, weil es sich einfach viel zu gut anfühlt. Unnachgiebig drängt Sander sich bis zum Anschlag in mich, woraufhin ich fassungslos aufschreie und seine Zähne mich fest in die Haut unter meinem Ohr zwicken. »Wenn du brav bist, ficke ich nachher noch einmal deine Pussy und spritze direkt in dich rein, okay?«

»Ja.« Die Vorstellung, dass er diese verheißungsvollen Worte in die Tat umsetzt, macht mich schon wieder so scharf, dass die Tatsache, dass ich wegen der kalten Dusche eigentlich richtig wütend auf ihn sein sollte, wie eine Seifenblase zerplatzt. Ihn zur Rede zu stellen wäre ohnehin bescheuert gewesen, weil ich ihm ja indirekt erlaubt habe, mich schlecht zu behandeln.

Noch einmal rammt er sich tief in mich und stöhnt dabei laut auf. »Fuck, ich könnte jetzt schon in dir kommen, Payton«, knurrt er und entzieht sich mir sofort. Seine Spitze gleitet ein wenig zurück und drückt gegen meinen Anus. »Du hast Glück, dass ich so geil auf dich bin, sodass es nur ein kurzes, heftiges Vergnügen wird.« Er stößt die Worte zwischen zusammengepressten Zähnen hervor.

»Dann zeig mir jetzt, wie sehr du es willst!« So weit, wie es mir möglich ist, strecke ich mich ihm entgegen, um ihm zu signalisieren, dass es mir egal ist, in welches Loch er mich fickt. Hauptsache er tut es endlich.

Ohne zu zögern drückt er sich in mich hinein. Unbarmherzig, aber langsam. Wie immer rebelliert mein Anus gegen die unsanfte Behandlung; vor allem da Sander kein Gleitgel, sondern nur meine eigene Erregung benutzt, und weil ich seine Größe nicht gewöhnt bin. »Verdammt, P. Entspann dich.« Seine Stimme ist so dunkel und kratzig, dass sich die kleinen Haare auf meinen Armen aufstellen, doch gleichzeitig rieselt ein sanftes Prickeln über meine Wirbelsäule.

Keuchend atme ich gegen den scharfen Schmerz an, den Sanders Schaft in mir verursacht, und schaffe es tatsächlich, mich einigermaßen zu entspannen, als er mich immer tiefer aufspießt – so unnachgiebig und hart, dass mir mit jedem Atemzug ein Wimmern entweicht.

Sander legt beide Hände auf meiner Hüfte ab, zieht sich aus mir zurück und drückt sich wieder in mich. Das geht ein paarmal so, bis sich sein Schwanz vollständig in mir befindet und er sein Tempo beschleunigt. Gleichzeitig packt er mit der linken Hand meinen Hinterkopf und drängt meine Stirn gegen die Fliesen, sodass sich meine Hände, die ja nach wie vor an der Stange fixiert sind, hinter meinem Kopf befinden und meine Schultergelenke schmerzhaft überdehnt werden. Sofort will ich Sander darauf hinweisen, dass er kurz davor ist, mir die Arme auszukugeln, als ich jedoch den Mund öffne, spritzt eine Ladung Wasser hinein. Ich verschlucke mich und huste, was Sander zwar zu registrieren scheint, allerdings fickt er mich ungerührt weiter. Dafür wandert seine andere Hand zu meinem Venushügel. Zwei Finger zerteilen meine Schamlippen und massieren meine Klit punktgenau im Rhythmus zu seinen Stößen.

»Verdammt, ja!« Meine Stimme ist kratzig vom

Husten und wieder gelangt etwas Wasser in meinen Mund, das ich wie eine Verdurstende hinunterschlucke, während ich schaudernd die Augen schließe, um Sanders Präsenz in und an mir zu genießen. Sein Schwanz in mir fühlt sich nach wie vor wie ein grober Eindringling an, doch das ist es, was ich will und was ich brauche. Seine Stöße werden immer fester, sein raues Stöhnen unbeherrschter und seine Zähne beißen immer drängender zu. Sanders Finger reiben meine Klit und dringen von vorn in mich ein; sie ficken mich genauso hart wie sein Schwanz es von hinten tut, sie krümmen sich und stimulieren meinen G-Punkt.

»Oh Gott, Sander!«, rufe ich laut, spucke das Wasser, das in meinen Mund gelangt, wieder aus, strecke mich ihm flehentlich entgegen, pariere seine Stöße, bis er einen dröhnenden Schrei von sich gibt, meinen Kopf grob an den Haaren zurückreißt und seinen Mund auf meinen presst.

»Du bist verdammt perfekt, Payton.«

ELF

SNYPER

Wie gestern liegst du auf dem Bauch, deine Arme umschlingen das Kissen, auf dem du den Kopf gebettet hast und du hast ein Bein angewinkelt.

Doch heute bist du nackt. Und du bist wach.

Ich hocke zu deinen Füßen und es wäre mir ein Leichtes, dich zu ficken. Du präsentierst mir schamlos deine Pussy und ich glaube, du willst, dass ich meinen Schwanz in dich ramme. Weil ich es dir vorhin angeboten habe.

Jetzt wartest du gierig darauf, weil du willst, dass ich in dir komme.

Keine Ahnung, ob die kleine Miss nymphomane Anwandlungen hat oder warum es sie so scharfmacht, wenn ich in ihr abspritze. Ich frage mich, ob es wirklich nur die Tatsache ist, *dass* jemand in ihr kommt, oder ob *ich* es bin, der in ihr kommt. Entweder möchte sie mehr oder weniger unbewusst, dass ich sie mit meinem Samen als mein Eigentum markiere – eine animalische Option, die mir sehr gut gefällt –, oder dieses Verhalten steht mit einem unterschwelligen Kinderwunsch und der Tatsache, dass es unvernünftig wäre, jetzt ein Kind in die Welt zu setzen, in Verbindung. Also reizt sie entweder das Animalische oder das *Verbotene*, wie es scheint.

Süß. Dass gerade etwas, das gar nicht verboten ist, sie möglicherweise so anmacht. Wenn die kleine Miss ein Kind will, soll sie sich doch eines machen lassen. Nur nicht von mir.

Deshalb werde ich sie nicht ficken. Schon allein, weil sie es will, werde ich es nicht tun. Dummerweise habe ich ihr diesbezüglich zu viel Hoffnung gemacht, da ich sie nach der Nummer in der Dusche dazu aufgefordert habe, sich nicht wieder einzukleiden, sondern sich nackt aufs Bett zu legen. Andererseits habe ich mir eine lockere Jogginghose übergezogen, was sie eigentlich ausreichend darauf hinweisen sollte, dass ich *nicht* vorhabe, sie zu ficken.

Ich beuge mich über sie, den Stift in der Hand, und ziehe den ersten Strich. Die kleine Miss zuckt unter der Berührung zusammen. »Was ist? Das ist nur ein Edding.«

»Ich weiß, ich habe mich bloß ein bisschen erschrocken.«

Seufzend schnappe ich mir einen Zipfel der Bettdecke und zerre sie ihr über den Arsch. »Du gehst ja bereits jetzt vom Schlimmsten aus.«

»Ist es nicht das, was du von mir erwartest?«

»Exakt.«

»Und warum seufzt du dann so theatralisch?«

»Weil du denkst, dass du mich ändern kannst.«

»Tue ich gar nicht. Wie kommst du überhaupt darauf?«

»Weil ihr Frauen alle gleich seid.«

»Na herzlichen Dank. Das war jetzt mal gar nicht chauvinistisch von dir.«

»Habe ich jemals behauptet, kein Chauvinist zu sein?«

»Nein. Genauso wenig wie ich davon ausgegangen bin, dich ändern zu können. Weil ihr Männer nämlich alle gleich seid.« Sie dreht mir ihr Gesicht zu und grinst mich teuflisch an. »Vielleicht freue ich mich ja bloß über die kostenlosen Tattoos.«

»Das reicht.« Ich packe sie an der Schulter und werfe sie herum.

»Was ist?« Bestürzt reißt sie die Augen auf.

Ich wüsste gerne, welche Horrorvorstellung ihr gegenwärtig vorschwebt, denn ich würde sie mit Freude in die Tat umsetzen ... wenn ich bei ihr nicht irgendwie ... blockiert wäre. Es bleibt zu hoffen, dass es daran liegt, weil ich ein bestimmtes Bild von ihr vor meinem geistigen Auge habe und bevor ich diesen Gedanken nicht umgesetzt habe, widersetze ich mich dem Drang, die kleine Miss zu zerstören, damit dieses Bild nicht auch ruiniert wird.

»Ich werde dir jetzt die Brustwarzen piercen.«

»Du wirst *was?!*« Es kommt Bewegung in die kleine Miss: Sie tritt nach mir, strampelt die Decke weg und rutscht zum Kopfende des Bettes, bis sie sich in eine aufrecht sitzende Position gebracht hat und sich eilig die Brüste bedeckt. »Einen Scheiß wirst du!«

Nun bin ich derjenige, der dreckig grinst. »Versuch mich doch davon abzuhalten.« Ich gleite von der Matratze und trete zur Tür.

»Hast du überhaupt das richtige Zeug dafür da?«

Ich drehe mich zu ihr um, immer noch das

Grinsen im Gesicht. »Wieso? Stört es dich etwa, wenn ich dich mit einer meiner Spritzen steche?«

»Du …!«

Ich bin gespannt, was du tust. Wenn du dich nicht wenigstens anziehst und vorgibst, gehen zu wollen, werde ich andere Saiten aufziehen.

Du musst dich wehren.

Du machst es mir zu leicht, P.

Das Piercen ist keine meiner bevorzugten Foltertechniken, schon allein deswegen, weil es unter den Schatten irgendwie dazu verkommen ist, dass ich bei ihnen den Hobbypiercer mime. Das Gleiche gilt natürlich für die Tattoos, allerdings habe ich da wenigstens noch eine gewisse künstlerische Freiheit.

Mich macht es rasend, dass es dich nicht stört, P.

Du bist nicht einmal ansatzweise an die Decke gegangen, obwohl ich dich vergangene Nacht ruhiggestellt und ohne dein Einverständnis dein dämliches Rosentattoo ausgebessert habe.

Deswegen musst du jetzt leiden.

Ich hole das verdammte Besteck aus dem Schrank und höre auf einmal das leise Quietschen der Klinke.

»Ich will das nicht, Sander.«

Sofort drehe ich mich zu der kleinen Miss herum. Sie hat sich eines meiner Shirts aus dem Schrank geholt. »Danach fragt niemand.« Natürlich. Ihre Sachen liegen auch hier im Wohnzimmer.

»Ich finde das hässlich.«

»Wie gesagt: Danach fragt keiner. Und wenn du die Stäbe wieder rausnimmst, wiederhole ich das Nachstechen so oft, bis du ein Einsehen hast.«

Ihre Augen füllen sich mit Tränen. »Bitte ... ich tue auch alles, was du von mir verlangst.«

»Stell dich nicht so an.«

»Das ist Verstümmelung. Und du hast gesagt, dass du das *nicht* machst.«

Entnervt schaue ich zur Decke. »Wir reden hier von Piercings und nicht davon, dass ich dir einen deiner Finger abtrennen will.«

»Ich mag das aber nicht.«

»Pech für dich. Und wenn du jetzt noch weiter diskutierst, bohre ich dir auch gleich einen Stab in deine Klit.«

Die kleine Miss schnappt bestürzt nach Luft. »Ich ... ich habe dir doch schon erlaubt, mich zu tätowieren, warum reicht dir das nicht?«

Langsam platzt mir echt der Kragen. Herrlich. So hätte es von Anfang an sein müssen. Augenblicklich verringere ich den Abstand zwischen uns und packe sie an der Kehle. »Wann habe ich dir vermittelt, dass wir hier bei *Wünsch dir was* sind? Habe ich in irgendeiner Weise mit dir kommuniziert, dass das alles hier nur Spaß ist?«

Wieder schnappt die kleine Miss nach Luft, aber nicht, weil sie bestürzt ist, sondern vor allem, weil ich ihr die Luft abdrücke. Panisch reißt sie die Augen auf und schüttelt den Kopf.

Mein Griff wird noch fester, sodass sie ihren Kopf

gar nicht mehr bewegen kann, und ich schiebe sie unsanft vor mir her, bis sie mit dem Rücken gegen die Schlafzimmertür prallt. »Dein Missfallen ist meine Vorliebe, Payton. Kapier das endlich. Du magst keine Piercings? Fein. Ich werde dich damit zutackern. Du willst Tattoos? Dann bekommst du keins.«

Wie ein Fisch kurz vor dem Erstickungstod öffnet sie den Mund und klappt ihn wieder zu. Ich lasse sie los, was dazu führt, dass sie beinahe in sich zusammenfällt. Doch schon im nächsten Moment baut sie sich vor mir auf und ihre goldenen Augen fixieren mich unerschrocken. »Dann gehe ich jetzt.«

»Wann habe ich dir das erlaubt?« Es wird immer besser. Sie beginnt sich zu sträuben.

Das ist es, was ich an dir vermisst habe, Payton. Deine Neigung, dich gegen mich aufzulehnen.

Je mehr du gegen mich ankämpfst, desto mehr will ich dich.

Wenn du dich gegen mich wehrst, werde ich dich ruhigstellen und dich dazu zwingen, mir zu gehorchen.

»Du erlaubst es mir nicht. Aber ich werde es trotzdem tun.«

Ich gebe ein gehässiges Lachen von mir. »Und wie willst du das anstellen?«

»Ich habe die Kameras entdeckt.«

»So. Hast du das.«

»Sie sind klein, aber ich weiß, wonach ich suchen muss. Solche Kameras hängen auch bei mir im Klassenzimmer.« Ihr Blick verankert sich erneut mit meinem und ich kann ein herablassendes Schmunzeln nicht mehr unterdrücken.

»Herzallerliebst, wie du versuchst, mich nieder zu starren, P. Vielleicht zeigt das bei einigen deiner Schüler eine Wirkung, aber bei mir sicher nicht.« Obwohl es mich schon ein wenig dazu verlockt, sie direkt gegen diese Tür zu pressen und gnadenlos zu ficken, nur um ihr zu zeigen, wer von uns beiden das Sagen hat.

»Wenn du mich dazu zwingst hierzubleiben, Sander, wird jemand kommen und mir helfen, oder?« Sie geht einfach nicht auf meine Aussage ein, sondern redet nach wie vor von Adlers Webcams.

Was hat sie nur mit ... Ich erstarre. »Mit *jemand* meinst du Chase, richtig?«

»Genau. Ich glaube, er wird mir helfen, sobald er merkt, dass du mich *wirklich* zu etwas zwingst.« Bedächtig drückt sie sich von der Tür ab, schiebt sich an mir vorbei und geht mit langsamen Schritten zu ihrem Kleidungsstapel, der noch immer dort auf dem Boden liegt, wo sie ihn hinterlassen hat.

»Habt ihr euch abgesprochen?«, frage ich misstrauisch.

Sie hebt ihren Slip auf. »Und wenn?«

Sie blufft. Das kann gar nicht sein. Andererseits würde das erklären, weshalb sie die ganze Zeit so ruhig geblieben ist.

Du willst spielen, habe ich recht?

Du willst wissen, wie weit ich gehe, um dich hierzubehalten. Du willst wissen, wie viel mir an dir liegt.

. . .

»Gut. Geh. Aber dann will ich dich hier nicht mehr sehen. Nie wieder. Du hast zwei Wochen, um deinen verfickten Job in dieser Schule zu kündigen und dir was anderes zu suchen. In zwei Wochen verlässt du NJ.«

Gerade hat sie sich in ihren BH gezwängt, doch nun starrt sie mich viel zu gelassen an. »Es muss so nicht laufen, Sander. Das weißt du.«

Ich gebe ein spöttisches Schnauben von mir. »Das Gleiche könnte ich dir sagen. Du hast es einfach nicht kapiert. Es läuft genau so ab, wie ich es dir heute verdeutlicht habe. Nicht anders. Wenn du ein romantisches Date willst, such dir einen anderen dafür. Du hättest dich an Chase ranschmeißen sollen, statt an mich.«

Sie steigt in ihre Jeans. »Ich habe mich nicht an dich rangeschmissen. Das weißt du genauso gut wie ich.«

Ich mache einen Schritt auf sie zu, doch als sie vor mir zurückweicht, verharre ich in der Bewegung. »Du bist heute Abend hierhergekommen. Keine Ahnung, was du dir erhofft hast; was du dir eingebildet hast, was passieren wird. Dass ich dich nun gehen lasse, ist mehr, als du eigentlich von mir erwarten kannst. Sozusagen meine Botschaft an dich, dass mir etwas an dir liegt. Mehr als an denjenigen vor dir. Und *deswegen* handele ich jetzt gegen meine Prinzipien. Deswegen musst du gehen.«

Das ist mehr, als ich hätte sagen sollen.

An deinem Blick erkenne ich, dass es dich verletzt.

Wenn ich dazu fähig wäre, dich zu lieben, würde ich alles dafür tun, damit du bleibst, P.

Doch allein die Tatsache, dass du mir unter die Haut gehst, ist Beweis genug, dass du dich weit von mir wegbegeben musst.

Denn sonst werde ich dich holen kommen und Gott weiß, was ich mit dir anstelle, damit ich sichergehen kann, dass du nur mir gehörst.

ZWÖLF

PAYTON

Drei verdammte Wochen, San.

Drei Wochen ist es her, dass du mich weggeschickt hast.

Und bis heute weiß ich nicht, wie das passieren konnte.

Als du gesagt hast, dass du meine Nippel piercen willst, hat sich irgendein Schalter in meinem Kopf umgelegt und ich habe dir die Dramaqueen gegeben, auf die du so lange gewartet hast.

Ich wollte dich doch nur testen.

Denn du bist nicht der Albtraum, den du in dir siehst. Den andere in dir sehen und sehen sollen.

Nicht für mich.

Zwischen uns ist irgendetwas geschehen.

Vielleicht glaubst du mir nicht und vielleicht willst du es nicht, aber ich denke, dass wir zusammengehören.

Gott, ich bin wirklich beispielhaft gestört. Sanders Wahnsinn muss irgendwie auf mich abgefärbt haben.

Mir sind nicht die Möglichkeiten gegeben, die er hat, um sich durchzusetzen. Ich besitze keine Waffen, ich verfüge nicht über seine Körperkraft und kann mich schon gar nicht selbstverteidigen – wahrscheinlich etwas, das ich so schnell wie möglich lernen sollte, wenn ich vorhabe, gegen ihn und den Rest von New Juarez zu bestehen.

Dafür besitze ich jedoch meine weiblichen Reize und ein gewisses Maß an Verschlagenheit, die ich von meiner Mutter geerbt habe. Immerhin ist sie die Königin der Hinterfotzigkeit.

Ich bin vorbereitet, San.

Seit einer Woche warte ich nun darauf, dass du mir die Hölle heißmachst, weil ich weder meinen Job gekündigt noch die Stadt verlassen habe.

»Miss Bowman.«

Mit einer hochgezogenen Augenbraue schaue ich von meinem Lehrerpult auf, an dem ich gerade die Diktate der vergangenen Schulstunde überfliege. »Pablo.«

»Ich soll Ihnen von meinem Dad ausrichten, dass Sie ... sich nicht an die Absprache halten.«

»Interessant.« Während ich nun beide Augenbrauen hochziehe, schließe ich das aktuelle Heft und beginne in dem Stapel nach Pablos Diktat zu suchen. So unauffällig wie möglich beiße ich die Zähne zusammen, weil mein Herz auf Pablos Worte hin einen kräftigen Satz gemacht hat. Vor Aufregung, aber definitiv auch vor Unbehagen. »Dann soll dein Dad herkommen und mir persönlich erklären, von welcher

Absprache die Rede ist. Ich habe nämlich keine mit ihm getroffen.«

Keine Ahnung, was *Pablos Dad* tun wird, um mich dazu zu bringen, doch noch die Stadt zu verlassen. Aber ich bezweifle stark, dass er mich verschleppen und zum dritten Mal versuchen wird, mich in sein Quartier zu sperren. Er hat bereits zweimal bewiesen, dass er es nicht über sich bringt, mich festzuhalten.

Pablos Wangen werden knallrot und seine dunklen Brauen ziehen sich zusammen. So schaut er immer drein, wenn ihm etwas nicht in den Kram passt.

Ich liebe es, Sanders Sohn zu provozieren. Zwar steht seine dämliche Mutter dann jedes Mal auf der Matte und droht mir mit Pablos Vater, aber seit genau drei Wochen interessiert es mich kein Stück mehr, was die Frau für Probleme hat. Sie weiß nicht, dass es nichts bringt, mir mit Sander zu drohen. Ihr Sohn weiß es erst recht nicht. Der Principal ist ohnehin froh, wenn die Lehrer sich selbst mit ihren Schülern und deren aufgeblasenen Eltern auseinandersetzen, damit er in Ruhe seine zwei Flaschen Gin am Tag leeren kann. Deswegen weiß mein Boss mich erst recht zu schätzen und würde mich nicht wegen der Beschwerden einer einflusslosen Mutter, deren Daseinsberechtigung und ausschweifender Lifestyle ausschließlich von den Alimenten ihres Exmanns abhängig sind, rauswerfen. Vielleicht würde er mich feuern, wenn Sander ihm droht, ja. Bisher ist das jedoch nicht passiert.

»Mein Dad wird Sie umbringen, Miss Bowman«, murrt der verzogene kleine Troll. Er hat eine ähnlich raue Stimme wie sein Dad, aber der ständige Trotz und die Selbstgefälligkeit, die ihm innewohnen, lassen seine Stimme bei weitem nicht so anziehend wirken wie die von Sander. Allerdings hat er längst die ungefähre Körpergröße seines Dads erreicht, lehnt sich jetzt bedrohlich über mein Pult und stützt sich mit beiden Händen auf dem zerkratzten Holz ab.

Mein Herz klopft nervös gegen meinen Brustkorb, doch ich habe mich gut unter Kontrolle. Pablo ist nicht der einzige verzogene Bursche an dieser Schule und grundsätzlich lernt man als Lehrerin, die gefühlt gerade einmal halb so groß ist wie die Jungen in der Oberstufe, ziemlich hoch zu pokern.

Ich sollte echt ein paar Selbstverteidigungskurse machen.

Angesäuert spitze ich die Lippen und lasse meinen Blick provozierend langsam über die dahingeschmierten Worte in Pablos Schulheft schweifen. »Das hier sieht wieder einmal nicht sehr vielversprechend aus. Bestenfalls ein *D*, Pablo. Du solltest wirklich die Schreibübungen machen, von denen ich dir erzählt habe. Oder lies wenigstens ein paar Bücher.«

»Was soll ich denn mit Büchern?«

»Lesen.«

Pablo gibt ein spöttisches Schnauben von sich, das er sich mit Sicherheit von seinem Vater abgeguckt hat. Sein schwarzes, lockiges Haar fällt ihm in die Stirn, als er sich noch weiter zu mir hinunterbeugt. Obwohl sich unsere Nasenspitzen fast berühren, weiche ich kein Stück zurück und frage mich stattdessen, ob er dieses Haar von seinem Dad geerbt hat. Seine Mutter färbt ihres, das so unnatürlich glatt wie eine frisch asphaltierte Straße ist, strohblond. Von daher lässt sich nicht genau sagen, von wem Pablo die dunklen

Locken hat. »Ich habe eine Neuigkeit für Sie, Miss Bowman: Es interessiert mich einen Scheiß, ob ich meinen Abschluss nächstes Jahr bekomme oder nicht. Mein Dad ist steinreich und die rechte Hand von Vaughn Adler. Er wird dafür sorgen, dass ich demnächst bei den wichtigsten Männern mit am Tisch sitze.«

»Und wie kommst du auf so einen Mist?«, höre ich auf einmal diese unverkennbare raue Stimme an der Klassenzimmertür, woraufhin sich mein Herz vor Aufregung fast überschlägt. Mit schweren Schritten kommt Sander auf Pablo und mich zu. Seine charakteristischen schweren Schritte, die ich schon vernommen habe, als er den Flur hinaufmarschiert kam; doch ich habe nicht gewagt, sie wirklich ihm zuzuordnen. »Du bist genauso wie deine verdammte Mutter. Bildest dir ein, dass dir alles zusteht, weil du dich selbst für das Zentrum des Universums hältst und deswegen meinst, es sei dein beschissenes Geburtsrecht.«

Seitdem ich Sanders Stimme gehört habe, haftet mein Blick auf seiner einschüchternden Erscheinung und lässt sich auch nicht mehr abwenden. Er trägt eine schwarze tiefsitzende Jeans, einen schwarzen Rollkragenpullover und außerdem eine Fliegersonnenbrille.

Die Klassenräume sind zwar klimatisiert, aber warum, zum Teufel, trägst du einen verdammten Rollkragenpullover, San? Draußen sind verfluchte 30 Grad!

. . .

Er stellt sich hinter seinen Sohn und verschränkt die Arme vor der Brust. Keine Ahnung, ob er mich oder Pablo ansieht, welcher sich nun mit blankem Horror im Gesicht zu seinem Vater herumdreht und wohl am liebsten rückwärts über das Lehrerpult klettern würde, um möglichst weit vor ihm zurückzuweichen.

Es ist das erste Mal, dass ich sehe, wie jemand auf dich reagiert, der wirklich Angst vor dir hat, San.

Ich scheine jetzt erst zu begreifen, wie du wirklich auf andere wirkst – welche Seite andere von dir kennengelernt haben, wegen der sie wie automatisiert vor dir zurückweichen wollen.

Jetzt erst begreife ich, dass irgendetwas zwischen uns fremd für dich ist.

Entweder bist du mir gegenüber nicht so oder … ich bin es, die dich mit anderen Augen sieht.

Ich habe keine Angst vor dir. Die hatte ich nie.

Du machst mir Angst, ja. Aber ich fühle mich nach wie vor zu dir hingezogen.

Und dieses Gefühl überwiegt.

»Ich … ich habe ihr nur deine Botschaft übermittelt, Dad.«

»Ich habe mit keinem Wort gesagt, dass ich sie umlegen werde, *Sohn.*«

Das letzte Wort zischt wie ein Peitschenknall durch die Luft und Pablo fährt darunter zusammen. Seine rechte Hand rutscht von dem polierten Holz ab und fegt dabei den Porzellanbecher, in dem ich meine Kugelschreibersammlung aufbewahre, vom Tisch. Es folgt eine Millisekunde der absoluten Stille, dann zerschellt der Becher mit einem ohrenbetäubenden Scheppern auf dem polierten Linoleum und die Kugelschreiber verteilen sich klackernd im Klassenraum.

»Heb das auf«, brummt Sander leise und ich kann beim besten Willen nicht beurteilen, ob er mich oder Pablo meint, der sich unter der Aufforderung nicht rührt.

Natürlich nicht. Er ist es nicht gewöhnt, etwas aufzuheben, was er heruntergeworfen hat. Womöglich musste er das sein gesamtes Leben nicht tun. Er kann mit diesem Befehl schlichtweg nichts anfangen.

»Ist schon gut, ich mache das«, murmele ich und stehe auf, weil ich keinen Bock auf Diskussionen habe – ich wette, am Ende bin ich ohnehin diejenige, die alles aufsammeln darf.

»Nein.« Abrupt bleibe ich stehen und senke mechanisch den Kopf.

Es ist verdammte drei Wochen her, dass du mich ermahnt hast, dich nicht anzusehen und nur etwas zu sagen, wenn du mich dazu aufforderst.

Nun ist dieser Befehl präsenter denn je. Du hast ihn nicht einmal ausgesprochen, trotzdem habe ich das starke Bedürfnis, dir zu gehorchen.

»Pablo. Jetzt.«

Der Junge wirft seinem Vater einen hasserfüllten Blick zu. »Du zwingst mich dazu, vor dieser Schlampe in die Knie zu gehen? Sie ist diejenige, die eine Abmachung mit dir gebrochen hat und ich bin dein verfickter Sohn!«

»Da hast du recht. Du bist *mein verfickter Sohn* und wirst gefälligst tun, was ich dir sage. Wenn ich dir also sage, dass du deinen Dreck selbst wegmachen sollst, dann wirst du das auch.« Sanders Stimme ist ein angepisstes Grollen und sogar ich werde langsam nervös, obwohl ich auf meine eigene trotzige Art durchaus nachvollziehen kann, weshalb Pablo sich gegen seinen Vater auflehnt. Nur hat er eine ganz andere Ausgangsposition als ich.

»Das sage ich Mom!«, keift er mit dem mauligen Unterton eines Kleinkindes, rauscht an seinem Vater vorbei und spurtet aus dem Klassenzimmer.

Sander gibt ein entnervtes Stöhnen von sich, wirbelt herum und macht Anstalten, seinen Sohn zu verfolgen. »Warum habe ich in letzter Zeit ständig das Gefühl, dass mich kein Arsch mehr ernst nimmt?!«

»Warte!« Sander hat bereits die Tür erreicht, doch auf meine Bitte hin bleibt er wie vom Donner gerührt stehen.

Vielleicht bilde ich es mir ein, aber ich habe das Gefühl, dass diese Verbindung auf Gegenseitigkeit beruht.

Ich habe den Drang, deine Befehle zu befolgen, und du hast das Bedürfnis, auf meine Wünsche einzugehen.

Er dreht sich nicht zu mir um. Sander ist einfach nur stehengeblieben und wirkt auf mich, als wüsste er selbst nicht genau, warum er es tut. Dementsprechend verärgert ist er jetzt: »Was ist?«

»Er ist siebzehn, Sander. Natürlich tut er nicht, was du ihm sagst.«

»Sagt die Lehrerin, die gerade einmal sechs Jahre älter ist als er.«

Sieh an, du hast dich offenbar über mich informiert. Und das, obwohl du mich aus New Juarez verjagen wolltest.

Was hast du noch über mich in Erfahrung gebracht?

Dass ich meinen Ex – samt meiner Mutter – aus dem Loft geworfen habe und jetzt wieder dort wohne?

Dass ich überlegt habe, mich piercen zu lassen, nur um dich auf meine abgedrehte Art zu provozieren?

Oder vielleicht, dass ich überlegt habe, meine Haare dunkel zu färben, um herauszufinden, ob du mich auch damit magst?

»Ja. Ich bin erst dreiundzwanzig. Ich kann mich also sehr gut daran erinnern, wie es ist, wenn man sich einbildet, bereits erwachsen zu sein und sich von niemandem mehr etwas vorschreiben lassen will.«

Endlich wendet Sander sich mir zu und macht wieder einen Schritt in den Klassenraum hinein. »Mir gibt es eher zu denken, dass ich eine Frau gefickt habe, die kaum älter als mein eigener Sohn ist.«

»Na ja. Sechs Jahre sind nicht von der Hand zu weisen.«

Er schließt die Tür hinter sich, verriegelt sie und dreht das Lamellenrollo vor der quadratischen Fensteröffnung, sodass uns niemand beobachten kann. »Du warst fast noch ein Kleinkind, als ich Vater geworden bin. Das halte ich durchaus für erwähnenswert.«

»Und wie alt warst du? Du musst doch selbst ein halbes Kind gewesen sein.«

Mit seinen dramatischen schweren Schritten kommt er auf mich zu. »Zwanzig. Und schwer verliebt in eine verführerische Tänzerin, die sechs Jahre älter war als ich.«

Nach dem heutigen Tag werde ich dich wohl immer an deinen Schritten erkennen können.

Vielleicht ist das gar nicht so verkehrt. Dann bleiben mir im Notfall wenigstens ein paar Sekunden zur Flucht.

Mir bleibt gar nichts anderes übrig, als seine Andeutung geradewegs zu ignorieren, dass ich theoretisch in das Beuteschema seines Sohnes fallen könnte, wäre dieser nur einen Hauch reifer und ich keine pflichtbewusste Lehrerin. Das ist albern. Es wirkt, als würde Sander sich von seinem eigenen Sohn bedroht fühlen. Meinetwegen? Meiner gestörten Gehirnhälfte erscheint das viel zu schön, um wahr zu sein.

»Siebenunddreißig also.« Inzwischen habe ich mich um den Schreibtisch herumbewegt, bücke mich und beginne nun doch damit, die Scherben aufzusammeln.

Sanders Stiefelspitzen erscheinen in meinem Sichtfeld. »Lass mich das mit den Scherben machen. Es war mein Sohn, der den Becher runtergeworfen hat.«

»Wieso?« Ich schaue nicht auf, greife nach dem

Mülleimer unter meinem Pult und ziehe ihn zu mir. »Falls ich mich schneide? Daran müsstest du dich doch eigentlich erfreuen.« Ein Schmunzeln huscht über mein Gesicht. »Außerdem werden sich deine Gelenke bei dir bedanken.«

Es dauert nur einen Augenblick, da hockt er schon vor mir und packt mich mit Daumen und Zeigefinger an den Kieferknochen. »Ich bin nicht hier, um mit dir herumzualbern, kleine Miss.« Der Druck seiner Finger verstärkt sich, dann steht er plötzlich auf und zieht mich mit sich.

»Auuuaaa!« Automatisch prügele ich auf seinen Arm ein, obwohl ich weiß, dass es ihn nur wütend machen wird – womit ich unerfreulicherweise recht behalte: Er gibt mir eine Ohrfeige, die sich gewaschen hat. Mein Kopf fliegt regelrecht zur Seite und mir wird von der Wucht des Schlages derart schwindelig, dass ich den Halt auf meinen Pumps verliere und gegen das Pult krache.

Ich brauche eine Sekunde, um mich zu sammeln, während ich mich mit einer Hand abstütze, den Kopf gesenkt und die andere Hand an die rechte Wange halte. Mein Haar hängt mir ins Gesicht, worüber ich froh bin, denn so kann Sander nicht erkennen, dass ich unwillkürlich mit den Tränen kämpfe, obwohl meiner defekten Gehirnhälfte eigentlich gar nicht danach ist.

Du hast nicht einmal mit der rechten Hand zugeschlagen. Es war deine linke Hand, damit du nicht zu viel Kraft hineinsteckst, du Feigling.

Ich weiß nicht, ob du es bewusst gemacht hast, aber es ändert nichts daran, dass es scheiße wehtut, San.

Ich schätze, ich habe es nicht besser verdient, oder?

»Ich habe dir zwei Wochen gegeben, P. Heute sind es genau drei. Ich habe dir eine verschissene Gnadenfrist erteilt und was ist? Du hockst noch immer hier in deinem verfickten Klassenzimmer und legst dich mit meinem Sohn an.«

Erst jetzt bemerke ich, dass meine Unterlippe durch den Schlag aufgeplatzt ist. Dunkles Blut tropft auf eine der schwarzen Schleifen, die die Spitze meiner Pumps verzieren. Außerdem halte ich noch immer Scherben in der Hand, die ich nun langsam öffne.

Ich könnte versuchen, dich mit einer dieser Scherben anzugreifen, um dein bereits verunstaltetes Gesicht mit einer frischen Narbe zu verzieren.

Eine Narbe, die dich immer an mich und nicht an diejenigen erinnern wird, die dich zu einer Bestie gemacht haben.

Eine Narbe, die dir zeigt, dass ich mir nicht alles von dir gefallen lasse.

Es ist zwecklos. Die Scherbe würde niemals auch nur in die Nähe deines Gesichts gelangen.

Doch im Gegenzug dafür, dass ich es überhaupt gewagt habe, wäre deine Vergeltung gnadenlos.

. . .

Die Scherben rieseln klirrend zu Boden, während sich ein scharfes Brennen an meiner Handinnenfläche bemerkbar macht. Ich glaube, ich habe meine Hand bis eben zur Faust geballt, dementsprechend werden sich ein paar der Scherben in meine Haut geschnitten haben.

Das wirst du bereuen, San.

Ein faustgroßer brennender Klumpen aus ungezügelter Wut wächst in Sekundenschnelle in meinem Magen heran, möchte sich durch meine Eingeweide fressen und aus mir herausbrechen, damit er alles um mich herum zerstören kann und nichts als Asche übrigbleibt. Die Payton, die ich in den vergangenen Wochen war, bin ich nicht. Ich bin eine der wenigen starken Frauen auf dieser Welt, die vor nichts und niemandem im Staub kriecht. Auch nicht vor Sander, dem der durchgeknallte Teil von mir auf Gedeih und Verderb gefallen will.

Erst recht lasse ich mich nicht ungestraft von ihm schlagen. Das bekommt er zurück.

Nur nicht jetzt. Nicht heute.

Er würde jeden Wutanfall meinerseits im Keim ersticken, da ich mich nicht gegen ihn zur Wehr setzen kann. Sander wartet nur darauf, dass ich auf ihn losgehe – damit er einen Grund hat, seinen eigenen Zorn an mir auszulassen. Das würde in absoluter Zerstörung enden und ich wäre nicht diejenige, die aus dieser Zerstörung als Siegerin hervorgehen würde.

Er wartet auf die Gelegenheit, mir endlich zeigen zu können, welche Bestie *wirklich* in ihm steckt. Bisher war ich eine Ausnahme seiner Regel. Bisher konnte er es nicht übers Herz bringen, mir endgültig zu schaden. Doch wenn ich jetzt das tue, womit er rechnet – nämlich mich zu wehren –, wird er mich fertigmachen.

Ich bin hier, um ihn zu provozieren, ja. Der Tanz hat längst begonnen, spätestens, als ich mich dazu entschieden habe, in New Juarez zu bleiben und *nicht* zu gehorchen.

Indem er mich geschlagen hat, versucht er, mich in eben jene Ecke zu drängen, in der er mich haben will. Er will, dass ich die Kontrolle verliere, damit er mich zerfetzen kann.

Diese Tanzschritte richten sich allerdings nach meinen Regeln. Solange ich die Kontrolle behalte, kann Sander bloß *reagieren* und nicht *bestimmen*.

Er rechnet also nicht damit, dass ich ruhig bleibe. Dass ich mich nicht gegen ihn zur Wehr setze.

Ich werde dich weiterhin aus der Reserve locken und werde überprüfen, wie weit ich gehen kann.

Eines Tages werde ich mich gegen dich zur Wehr setzen, San.

Doch nach meinen Regeln.

Dann, wenn du am wenigsten damit rechnest, werde ich dich fertigmachen.

Gelassen fahre ich mir mit der Zungenspitze über die Unterlippe. »Was schickst du deinen Sohn überhaupt zu mir, wenn du zwei Sekunden später selbst auftauchst?« Ich hebe meinen Kopf nicht an. Nach wie vor klammere ich mich am Pult fest. Meine Haare hängen mir ebenfalls nach wie vor im Gesicht. Erneut lecke ich mir über die Unterlippe, damit nicht noch mehr Blut auf meinen Pumps landet. Unwillkürlich will ich das Gesicht verziehen, als sich der metallische Geschmack auf meiner Zunge verteilt, doch ich kann mich im letzten Moment zusammenreißen.

»Pablo sollte dir das bereits vergangene Woche mitteilen. Anscheinend hatte er aber keinen Bock dazu.«

»Dann such dir das nächste Mal einen anderen Boten.«

Ein schwerer Schritt kommt auf mich zu und augenblicklich gräbt sich Sanders Hand in mein Haar, die meinen Hinterkopf grob zurückreißt. »Ich schätze, du brauchst eh keinen Boten, der dir sagt, was du verkehrt gemacht hast. Es interessiert dich sowieso nicht.« Er beugt sich zu mir herunter und zwingt mich, mein leicht verzerrtes Spiegelbild in seinen schwarzen Brillengläsern zu betrachten.

Ich erkenne keine Angst in meinen Augen, San.

Ich bin nervös, ja. Meine Frisur ist zerstört und meine Unterlippe scheint angeschwollen zu sein, doch ich habe keine Angst vor dir.

Habe ich nicht.

»Denkst du, ich habe vergessen, dass du mir die zweiwöchige Frist erteilt hast? Ich leide vielleicht an einer besonderen Art von Begriffsstutzigkeit, die sich – aus einem mir unerfindlichen Grund – nach der Anerkennung eines gewissen Arschlochs sehnt, aber nicht an Demenz.«

Bei meinen Worten zuckt er nicht einmal mit der Wimper. »Warum bist du dann noch immer hier?«

»Weil du mir nicht vorzuschreiben hast, wann ich meinen Job kündigen und die Stadt verlassen soll.«

Abrupt lässt er mich los und schubst mich dabei nach hinten, wodurch ich erneut fast den Halt verliere. »Du willst echt, dass ich dir aufs Dach steige.« Es ist eine schlichte Feststellung, die er mit seiner rauen, dunklen Stimme ausspricht, sodass sie schon beinahe verheißungsvoll klingt.

»Du weißt, was ich will, Sander«, bemerke ich das für mich Offensichtliche, bevor ich richtig darüber nachdenke.

Er verschränkt die Arme im Rücken und lehnt sich zu mir. »Du bist krank, kleine Miss. Krank und naiv. Eine gefährliche Kombination. Das, was du dir vorstellst, kann ich dir nicht bieten. Ich verstehe nicht, warum du gerade mich für diesen Scheiß ausgesucht hast, schließlich bin ich nicht einmal ein freier Mann. Ich gehöre Vaughn Adler. Mein beschissenes Leben gehört ihm. Wenn er mir befehlen würde, dich umzulegen, würde ich es tun. Sogar dann, wenn du längst meinen Ring an deinem Finger hättest, ich dir ewige Treue geschworen hätte und du mein Kind in dir tragen würdest. Wenn ich mich dazu gezwungen sähe, zwischen dir und Adler zu wählen, würde ich mich, ohne zu zögern, für ihn entscheiden.«

Für einen Moment starre ich ihn an – doch dann lasse ich den Blick sinken und betrachte meine Hand.

Die Verletzungen durch die Scherben sind unerheblich.

Eines Tages werde ich zurückschlagen, San.

Mach dich darauf gefasst. Ich merke mir jede erdenkliche Verletzung, die du mir zufügst.

Eines Tages bin ich diejenige, die dich vermöbelt.

»Ich würde niemals von dir verlangen, zwischen mir und deinem Boss zu wählen. Das Einzige, was ich möchte, ist, dass du mir sagst, dass du etwas für mich übrighast.«

Sander gibt ein leises Knurren von sich. »Das ist zu viel verlangt.«

Ich schaue wieder auf. »Solange das zu viel verlangt ist, werde ich nicht gehen, Sander. Du kannst mich meiden und ich werde dich in Ruhe lassen. Aber du wirst immer die Möglichkeit haben, zu mir zu kommen.«

»Du hast es nicht begriffen, P. Wir können nicht zusammen sein, wenn du ... weiterhin *du* bist. Du hast keine Angst vor mir, verachtest mich nicht und willst nicht so weit wie möglich vor mir fliehen. Das passt nicht mit dem zusammen, was ich brauche.«

»Vielleicht redest du dir ja nur ein, was du brauchst. Genauso wie ich dir nicht erklären kann, was mich so konsequent zu dir hinzieht, kannst du mir nicht erklären, was du wirklich brauchst.« Ich mache eine Pause, in der ich mir übers Kinn wische, weil mir nach wie vor etwas Blut darüber rinnt. »Du hast mich zweimal gehenlassen, Sander. Hättest du davor gedacht, dass du es könntest? Dass du es je tun *würdest?*«

»Das hatte vielmehr damit zu tun, dass ich nicht mit dir zurechtgekommen bin.«

»Na klar.«

Hastig greift er nach seiner Brille und wirft sie achtlos auf das Lehrerpult. »Wir erreichen langsam den Punkt, an dem ich Lust bekomme, dich umzulegen, Payton. Ich glaube, mir würde es wirklich in den Kram passen, wenn ich wüsste, dass du keine Möglichkeit mehr hast, mir weiterhin auf den Sack zu gehen.«

»Aha?« Ein Lächeln huscht über meine malträtierten Lippen und ich schlüpfe aus meinen Pumps. Ich habe keinen Schimmer, was meine defekte Gehirnhälfte schon wieder mit mir anstellt, aber ich bin mir auf einmal ziemlich sicher, dass Sander diese Drohung nicht ernst meint. »Mich umlegen oder mich ... ficken?« Mir ist es egal, dass ich in Nylonstrümpfen auf Porzellanscherben trete, während ich den Rücken zum Pult drehe und mich mit den Händen an die Kante klammere. Ich weiche Sanders Blick nicht mehr aus. Das werde ich nie wieder tun. Zumindest erhoffe ich mir, es nicht mehr tun zu müssen.

Wie in Zeitlupe folgt er meiner Bewegung. Seine Miene ist zu Eis erstarrt, doch die Gewitterwolken in seinen Augen wogen in Aufruhr. »Ich bin nicht hier, um dich zu ficken, P. Ich bin hier, um dich an den Haaren aus New Juarez herauszuzerren.«

»Und wohin? Zum Verscharren in die Wüste?« Ich nehme die Hände von der Tischkante und lasse sie lasziv über mein Becken bis zum Bund meiner Jeans streichen. Betont langsam öffne ich den Knopf.

»Was treibst du da, Payton?!« Sanders Stimme klingt alarmiert und für einen Augenblick ist seine Miene von Fassungslosigkeit gezeichnet, bevor sie wieder zu Eis erstarren kann.

Ich dachte, ich wäre bereits vollkommen durchgedreht und es könnte nicht schlimmer kommen.

Oh, wie habe ich mich geirrt. Es geht noch schlimmer: Alles, woran ich in dieser Sekunde denken kann, ist nicht Sander verführen zu wollen. Nein, ich begebe mich gerade auf ein Level, das aus reiner Provokation besteht. Kompletter Irrsinn also. »Du weißt, dass es nur zu deinem Vorteil ist, wenn du mich jetzt fickst.« Ich ziehe den Reißverschluss auf und nicke in Richtung einer der Kameras unter der Decke, als Sander mich mit einem Stirnrunzeln bedenkt und ratlos den Kopf schüttelt. »Dann verliere ich definitiv meinen Job.«

»Ich glaube, es reicht schon, dass du hier stehst und deine Hose öffnest, kleine Miss«, zischt er leise. »Und das gegenüber dem Vater von einem deiner Schüler. Das nennt sich sexuelle Belästigung.«

»Mag sein.« Er hat recht. Aber seit dieser bedeutungstragenden Nacht vor drei Wochen, als ich Justin mit meiner Mutter im Bett erwischt habe und ... mit einem der Schatten des international bekannten Drogenbarons Vaughn Adler geschlafen habe, ist mein Leben ohnehin nicht mehr das, was es einmal war. Nichts ist mehr so, wie es sein sollte.

Trotz alledem lächele ich dich an.

Deine Entscheidung wird meine Zukunft bestimmen.

Wenn du mich jetzt abweist, werde ich freiwillig gehen und du wirst mich nicht wiedersehen.

Wenn du mich jetzt fickst, San, werde ich bleiben und jeden verdammten Tag darauf warten, dass du zu mir kommst.

Ich schiebe die Jeans über meine Hüfte, sodass mein fast durchsichtiger Slip zum Vorschein kommt. Seit einer Woche trage ich jeden Tag aufreizende Unterwäsche. Für den Moment, in dem Sander mich aufsuchen würde.

»Das kann verdammt nochmal nicht dein Ernst sein, P.«

»Warum nicht?«

»Ich werde dich sicherlich *nicht* in diesem drecksbeschissenen Klassenzimmer ficken, während dein elender Boss uns aller Wahrscheinlichkeit nach beobachtet.« Er stellt sich vor mich und stützt seine Hände rechts und links von mir am Pult hab. So verdeckt er mich komplett vor neugierigen Blicken. »Es reicht mir schon, dass Adler und Chase mich niemals aus den Augen lassen.«

»Du wolltest sagen, dass du mich *gar nicht mehr* ficken wirst«, korrigiere ich ihn mit einem tadelnden Tonfall.

Weißt du, woran das liegt, San?

Ich glaube, wir sind uns inzwischen ebenbürtig.

Im Grunde willst du mir genauso gefallen, wie ich dir gefallen will, und deswegen bist du nett zu mir.

Zumindest netter als zu anderen. Du kannst mir gar nicht wehtun. Du versuchst es, aber du schaffst es nicht.

»Exakt«, knurrt er leise und sein Gesicht nähert sich meinem.

»Warum sagst du es dann nicht?«

Er löst eine Hand von der Tischkante und legt sie auf meiner ab, die noch immer an meinem Becken verharrt, doch einen Moment später rutscht sie unter den Stoff meiner Jeans, bis zu meinem Hintern. Sander berührt nicht meine Haut, allerdings kann ich seine Wärme durch den dünnen Stoff meines Slips spüren, als gäbe es nichts, was zwischen uns liegt.

»Weil ich dir nicht widerstehen kann, Payton.«

»Okay.« Ich platziere meine Hand auf seiner Brust und schiebe ihn sanft von mir. Er weicht sofort zurück.

Das ist es.

Ich weiß, dass du kurz davor warst, mich zu küssen. Ich weiß, dass du mich gefickt hättest.

Wenn ich wie meine Mutter wäre, hätte ich es durchgezogen.

Aber ich bin nicht wie diese Frau.

»Weißt du jetzt, was ich meine, Sander?«, murmele ich, während ich meine Hose wieder hochziehe und zuknöpfe. »Du könntest mich gar nicht aus der Stadt zerren.«

Er antwortet nicht. Stattdessen nimmt er mein Gesicht in beide Hände und küsst mich. Hart und fordernd.

Ich umfasse seine Unterarme und habe eigentlich vor, seine Hände von meinem Gesicht zu ziehen und ihn dazu aufzufordern, das sein zu lassen, aber mein verräterischer Körper gehorcht mir nicht mehr.

Sander schiebt mich zurück, bis die Kante des Pults sich stechend in meinen Rücken drückt und seine Erektion sich in meinen Bauch bohrt. Er löst die Hände von meinem Gesicht, platziert sie unter meinen Schenkeln und hebt mich auf das Pult. Sogleich spreizt er meine Beine, drängt sich mit rhythmischen Bewegungen gegen meine Mitte und gibt ein raues Stöhnen von sich. Dabei hört er nicht einen Atemzug lang auf, mich zu küssen.

Ich seufze gegen seine Lippen, schlinge meine Arme um seinen Hals, ziehe ihn tiefer zu mir herunter und lasse meinen Mund von seiner Zunge plündern. Und dann, als ich glaube, dass es nur noch eine Sekunde dauert, bis er mir die Hose vom Leib reißt, löst er sich von mir und weicht einen Schritt zurück. »Du gehörst verdammt nochmal mir, Payton.«

Ich nicke und schaue ihm in die Augen. »Natürlich tue ich das.«

DREIZEHN

SNYPER

Da ist so vieles, was du nicht verstehst, Payton.

Vielleicht hast du einen besonderen Draht zu mir.

Vielleicht gehörst du zu den wenigen Menschen, die keine Angst vor mir haben, weil du eine der wenigen Personen bist, der ich niemals etwas Schlimmes antun könnte.

Vielleicht bist du sogar die eine unter vielen, die dazu bereit ist, den Rest ihres Lebens mit mir zu verbringen.

Aber indem du mich in dein Leben gelassen hast, hast du gleichzeitig der Bestie aus deinen schlimmsten Albträumen Tür und Tor geöffnet.

Diese Bestie kennt keine Gnade.

Du denkst, ich brauche es, dir wehzutun. Das ist es jedoch nicht.

Was ich will, ist, dass du nicht mehr ohne mich atmen kannst. Ich will, dass du mir so sehr verfällst, dass du dich selbst nicht mehr wiedererkennst.

Ich will, dass sich dein Verstand von deinem Verlangen spaltet und du mich dafür hasst, dass ich diese Macht über dich habe.

Weil ich mit dir machen kann, was ich will.

Ich will, dass du so wirst wie ich.
Absolut zerstört, aber auch unzerstörbar.

Die kleine Miss liegt vor mir auf dem Bett und schlummert vor sich hin.

Sie wollte von mir gefickt werden, doch ich habe mich geweigert. Dabei könnte ich wie ein verdammtes Tier über sie herfallen, weil ich sie seit über drei Wochen nicht spüren durfte. Jeden beschissenen Tag habe ich mir irgendeine dämliche Schlampe zum Ficken gesucht, weil ich nicht aufhören konnte, an sie zu denken, und pausenlos mit einer elenden Latte herumgerannt bin.

In den kurzen Minuten, in denen ich gefickt habe, konnte ich wenigstens abschalten und mir vorstellen, dass sie es ist. Doch sobald es vorbei war und ich in die Realität zurückgekehrt bin, war es umso schlimmer.

Die Tatsache, dass ich die kleine Miss hätte ficken sollen und es nicht getan habe.

Die Tatsache, dass ich nicht sie, sondern eine andere gefickt habe.

Ich bin dir keine Rechenschaft schuldig, P. Wir sind kein Paar. Ich habe dich nicht betrogen. Ich habe nicht fremdgefickt.

Und trotzdem ist da dieses Gefühl, dass ich dir untreu war. Dieser bleischwere Brocken in meinem Magen, der mir weismachen will, dass ich dir gegenüber ein schlechtes Gewissen haben sollte.

Weil ich an die Decke gehen würde, wenn ich wüsste, dass du es genauso handhabst wie ich.

Seit Stunden hocke ich über sie gebeugt, fixiere ihre Hüfte rechts und links zwischen meinen Knien, und zeichne dieses verdammte Blumenmuster auf ihre Haut. Ihre gesamte linke Rückenhälfte ist mittlerweile damit bedeckt.

Ich habe keine Ahnung, was mich dazu treibt, diese verfickten Blumen zu malen. Ich schätze, ihr Rosentattoo hat einen schlechten Einfluss auf mich. Fehlt wohl nicht mehr viel, bis ich ihr Hundewelpen und Katzenbabys eintätowieren will.

Nein. Ich werde etwas viel Besseres auf ihre Haut bannen. Eine gottverdammte Viper, deren Anblick die kleine Miss immer an die Bestie in mir erinnern soll, sobald sie sich im Spiegel betrachtet. Eine Schlange, die in der verfickten Blumenwiese lauert und geduldig auf den Augenblick wartet, an dem sie ein Leben zerstören kann.

Lucifer, der Engel des Lichts, verbarg die Dunkelheit in sich so lange, bis der Tag kam, an dem er sie in ihrer Erbarmungslosigkeit entfesselte und die Welt entfachte – genau so wird diese Blumenwiese die Viper in sich verbergen.

Vielleicht wirst du eines Tages deine eigene Bestie entfesseln, P.

Vielleicht werden wir beide eines Tages die Welt entfachen.

. . .

Ich seufze und stecke den Deckel zurück auf den Stift.

Die kleine Miss gibt ein leises Murren von sich. »Nicht aufhören.«

»Du bist bescheuert.«

Sie bewegt sich kein bisschen, nur ihre Augenlider zucken. »Wieso?«

»Weil du es genießt, wie ich mit einem stinkenden Edding auf deinem Rücken herumschmiere.« Hin und wieder haben sich sogar die kleinen Härchen auf ihren Armen aufgestellt.

Sie trägt noch immer die Jeans von vorhin, Bluse und Top hat sie allerdings ausgezogen. Den BH habe ich kurzerhand geöffnet, als dieser meiner Blumenwiese, die ich ja unbedingt aus meinem Kopf auf ihre Haut projizieren wollte, im Weg war.

»Weil *du* es bist, der das tut.«

»Du spinnst.«

»Wieso? Ich mag es, wenn du mir deine Aufmerksamkeit schenkst.« Sie lächelt selig, zumindest soweit ihre verletzte Unterlippe es ihr ermöglicht, und hält die Augen nach wie vor geschlossen. Natürlich ist sie müde. Es ist drei Uhr nachts.

Ich lehne mich vor und küsse ihre Schulter. »Verdammt, ich bin definitiv zu nett zu dir. Ich verhätschele dich und habe keine Ahnung, wieso. Vor allem weiß ich nicht, wie ich das abstellen soll.«

Sie lächelt noch immer. »Vielleicht *willst* du es ja gar nicht abstellen.«

»Was weiß ich?! Ich habe mich nicht mehr unter Kontrolle. Ich meine, ich habe vorhin den Principal bedroht, damit du deinen Job behalten kannst. Eigentlich wollte ich mit meinem Erscheinen in deiner Schule das Gegenteil bezwecken.«

Gemächlich dreht sie sich auf den Rücken. Dabei verrutscht ihr BH und präsentiert mir eine perfekte Sicht auf ihre aufgestellten Knospen. Als sie sich auch noch genüsslich streckt, wird mein Schwanz augenblicklich so hart, dass er schmerzhaft gegen den Reißverschluss meiner Jeans drückt. »Zum Glück ist heute Freitag, sonst müsste ich dir jetzt vorwerfen, dass du zwar meinen Job gerettet hast, ich den morgigen Tag jedoch aufgrund von akutem Schlafmangel nicht überstehen werde.« Wie zum Beweis hält sie sich ihren Handrücken vor den Mund, um ein heftiges Gähnen zu verdecken.

Verdammt, P. Das machst du mit Absicht. Du provozierst mich.

Du willst so dringend meinen Schwanz in dir spüren, doch ich kann und werde dir diesen Gefallen nicht tun, weil ich mich erst einmal testen lassen muss, bevor ich dich ohne Schutz ficke.

Ich beuge mich zu der kleinen Miss hinunter und lasse meine Unterlippe über die Stelle gleiten, an der ihr Mund noch immer etwas verkrustet ist. »Hör auf damit«, fordere ich sie mit einem bedrohlichen Knurren dazu auf, mich nicht noch mehr zu provozieren.

»Womit denn?«, erkundigt sie sich scheinbar verblüfft. Ihre langen Wimpern flattern wie die beschissenen Flügel eines Schmetterlings.

»Ich werde dich nicht ficken. Und wenn du weiterhin versuchst, mich dazu zu kriegen, werde ich dir sagen, warum ich es nicht tue. Der Grund wird dir nicht gefallen.«

Wie erwartet erstarrt sie zu einer verdammt hübschen Marmorfigur und ihre Augen werden ausdruckslos. Ich kann ihr richtig ansehen, wie sie sich emotional von mir distanziert.

Endlich.

Sie setzt sich auf, richtet dabei ihren BH und verschließt ihn im Rücken. »Wir haben uns drei verfluchte Wochen nicht gesehen und du hattest nichts Besseres zu tun, als andere Frauen zu vögeln?« Ihre goldenen Augen schießen wütende Blitze auf mich ab.

»Ja, irgendwie war nicht viel zu tun.« Aus irgendeinem Grund muss ich mir ein Schmunzeln verkneifen.

»Ach. Nur weil du Langeweile hattest, meinst du, dass ich Verständnis dafür habe, wenn du deinen Schwanz nicht in der Hose behalten kannst, ja?!«

»Möglich.«

Während sie mich weiterhin giftig anstiert, tastet sie nach ihrem Oberteil, das links von ihr auf der Matratze liegt. Ich erwische es vor ihr und reiche es ihr.

»Wie viele?« Energisch zieht sie sich das Shirt über den Kopf.

»Keine Ahnung. Ich habe nicht gezählt. Zehn oder so. Vielleicht auch fünfzehn. Jedenfalls war ich gut beschäftigt.«

»Fünfzehn ... verschiedene Frauen?!« Entgeistert reißt sie die Augen auf. »Wo hast du die denn ausgegraben?!«

»Nicht im El Paso. Die meisten zumindest.«

»Hast du sie ohne Kondom gevögelt?«

»Einige von ihnen, ja.«

»Warum?«

»Weil ich zugedröhnt war.«

»Mehr als sonst, oder was?« Sie verschränkt die Arme vor der Brust. »Du warst schließlich derjenige, der mir einen Vortrag darüber gehalten hat, dass ich mir keinen Kopf darum zu machen brauche, da du ... verantwortungsbewusst genug bist und mit Kondom verhütest, wenn du es für angebracht hältst.«

»Ja.«

»Was *ja?!*«, äfft sie mich erzürnt nach.

»Ich *war* ziemlich zugedröhnt und ja, ich habe dir diesen Vortrag gehalten. Hätte ich vielleicht nicht tun sollen.«

»*Du ...!*« Sie schnappt nach Luft und springt auf einmal wie ein verdammter Kastenteufel aus dem Bett. »Willst du mir damit etwa sagen, dass ich mich besser testen lassen sollte?!«

Ich beobachte sie dabei, wie sie neben ihrem Bett auf- und abmarschiert. »Nein. Als wir gefickt haben, war ich sauber, P.«

Abrupt bleibt sie stehen und bedenkt mich mit einem brennenden Blick. »Und jetzt bist du es nicht mehr, oder was?«

»Womöglich.«

Mit einem verächtlichen Schnauben macht sie zwei Schritte auf ihren Nachtschrank zu, reißt mit Nachdruck eine der Schubladen auf, fördert eine Schachtel mit Kondomen zutage und bewirft mich damit. Zumindest versucht sie es, doch der Karton fliegt etwa einen halben Meter an mir vorbei und knallt weit hinter mir gegen die Wand. »Bitte sehr. Die habe ich ursprünglich für das Arschficken mit Justin gekauft. Mag sein, dass er sie auch für den Sex mit meiner Mutter verwendet hat. Kann ich dir allerdings nicht so genau sagen.« Wieder gibt sie dieses Schnauben von sich, umrundet das Bett, hebt die Packung auf und drückt sie nun eindringlich neben mich auf die Matratze. »Wenn es also das ist, was dich davon abhält, mich zu ficken, habe ich das Problem hiermit aus der Welt geschafft.«

»Payton ...« Meine Stimme hat sich in ein warnendes Knurren verwandelt.

»Was?!« Sie stellt sich ans Bettende und schält sich aus ihrer engen Jeans. »Warum kannst du mich nicht einfach vögeln? Du konntest es doch auch bei den anderen! Wieso geht das jetzt bei mir nicht?«

Ich starre sie nieder. Jedenfalls versuche ich es. Allerdings hat sie sich selbst derart in Rage gebracht, dass sie meinen drohenden Blick schlicht ignoriert. »Ich werde es nicht tun. Allein deshalb, weil du es so dringend von mir verlangst. Das ist gegen meine Prinzipien.«

»Dass ich auf deine dreckigen Prinzipien scheiße, sollte dir eigentlich inzwischen klar sein, oder?« Sie macht Anstalten, sich ihren ohnehin schon durchscheinenden Slip herunterzureißen, aber da schnelle ich vor, packe sie am Unterarm und ziehe sie mit einem kräftigen Ruck auf die Matratze. Gegen meine Kraft kommt sie nicht an, weshalb sie mit einem leisen Ächzen auf mir landet; zumindest mit ihrem Oberkörper, ihre Beine ragen über das Bett hinaus.

Sofort stützt sie sich auf und schenkt mir ein weiteres wütendes Augenfunkeln. »Autsch!« Das Wort klingt wie eine verächtliche Beleidigung mir gegenüber und sie spuckt es mir förmlich entgegen.

Doch ich finde es so niedlich, wie sie sich auf diese

Weise über meine Behandlung beschwert, ja, mich sogar damit beschimpft, dass ich nicht anders kann, als zu lachen. »Oh Mann, Payton.«

»Was?!«

Ich grabe meine Finger in ihr Haar und küsse sie sanft auf den Mund. »Ich werde dich nicht mit den Arschfick-Kondomen vögeln, die du für dich und deinen Ex gekauft hast.«

»Und wenn du mich damit in den Arsch fickst und dir dabei vorstellst, wie wir Justin und meine Mutter zwingen, uns zuzusehen? Du darfst es auch hart ...«

»Auch das nicht!«, fahre ich wütend dazwischen.

»Ich will dich aber ... spüren!«, quengelt sie und hört sich dabei an wie eine pubertierende Göre.

»Ich bin nicht hier, um dich zu ficken, sondern um eine verdammte Blumenwiese auf deinen Rücken zu tätowieren; möglichst bevor du die Eddingtinte wieder abgespült hast. Ich habe ja schon allein für das Vorzeichnen Stunden gebraucht.«

»Eine Blumenwiese?« Die kleine Miss lacht erheitert auf. »Ehrlich?«

»Nein. Das war gelogen. Eigentlich sind es abgetrennte Gliedmaßen, die ich dir aufgemalt habe.«

Ohne ein weiteres Wort lehnt sie sich vor und küsst mich. Anscheinend hat sie vollkommen vergessen, dass sie eben noch wütend auf mich war, weil ich in den vergangenen drei Wochen mindestens ein Dutzend Frauen gevögelt habe.

Zögerlich erwidere ich ihren Kuss und lasse schließlich zu, dass sie sich mit gespreizten Beinen auf mich setzt. Zielgerichtet platziert sie sich auf meinem harten Schwanz, der mit einem begeisterten Zucken auf ihre Pussy reagiert, die sich so begierig gegen ihn drückt. Ich gebe ein unwilliges Brummen von mir, doch die kleine Miss umfasst mit beiden Händen meinen Hinterkopf und schiebt ihre Zunge zwischen meine Zähne, die sich das nur zu gern gefallen lassen.

Ihr entkommt ein leises Stöhnen, das so verheißungsvoll klingt, dass ich nicht anders kann, als ihren süßen, aber unverschämten Mund in Besitz zu nehmen.

Doch kaum mache ich Anstalten, die Führung zu übernehmen, bricht sie den Kuss ab. Ihre feuchten Lippen streichen über meine vernarbte Wange. Es fühlt sich eigenartig an, weil ich aufgrund der einstmaligen Verletzungen dort fast nichts wahrnehmen kann. Die Nervenenden wurden vollkommen zerstört, als man mir mit Glasscherben Schnitte gesetzt und Löcher gebohrt hat, die so tief waren, dass die Scherben in meiner Mundhöhle wieder heraustraten. Wochenlang wurden diese Wunden mit Säure benetzt, sodass sie nicht verheilen konnten.

»Was wurde dir nur angetan?«, haucht die kleine Miss auf meine Haut und küsst sanft meine Schläfe.

Erneut lasse ich ein unwilliges Brummen ertönen, welches dieses Mal jedoch schon weitaus weniger überzeugend klingt.

»Du bist mir etwas schuldig«, flüstert sie. »Mindestens fünfzehn Erklärungen.«

Ich weiche ihr aus, als sie nochmals ihre Lippen über meine Wange streichen lassen will. »Wann haben wir das denn besprochen?«

»Haben wir nicht.« Sie lehnt ihre Stirn gegen meine. »Ich weiß, dass wir kein Paar sind. Du kannst so viel herumvögeln, wie du es für notwendig hältst. Du musst auch nicht mit den Drogen aufhören, wenn ich dich darum bitte. Das bedeutet jedoch nicht, dass es nicht wehtut, Sander.« Sie lässt ihre Nase über meinen Kieferknochen streichen und lehnt sich zurück, bevor ich überhaupt auf die Idee kommen kann, ihr erneut auszuweichen. »Was würdest du sagen, wenn ich wieder mit Justin vögeln würde oder ... mit Chase?«

»*Wieder mit Chase?!*« Ein Stacheldrahtknäuel von der Größe meiner Faust droht sich fest um meine Eingeweide zu wickeln und immer weiter zusammenziehen. Obwohl ich mir hundertprozentig darüber im Klaren bin, dass Chase sie nicht angerührt hat – und es auch nicht wagen würde –, kann ich die irrationale Wut, die in mir hochkocht, nicht unterdrücken. Augenblicklich läuft ein pornographischer Streifen mit Chase und Payton in den Hauptrollen vor meinem geistigen Auge ab, den ich beim besten Willen nicht abstellen kann.

Sie gibt ein humorloses Lachen von sich. »Manchmal hörst du auch nur das, was du hören willst, oder?«

»Ich will sicher nicht hören, dass du mit Chase fickst.«

»Dann weißt du ja, wie sich das anfühlt.«

»Falsch. Mit Chase zu ficken kommt ungefähr dem gleich, als würde ich deine Mutter vögeln.«

Plötzlich senkt sie den Kopf und betrachtet eingehend meinen Pullover. Vielleicht sucht sie nach einem Fussel, den sie entfernen kann, oder womöglich sieht sie eine passende Antwort in den Fäden meiner Kleidung geschrieben stehen. »Ich könnte es nicht aushalten, wenn du mir das antun würdest.«

»Das werde ich nicht tun. Ich werde mir höchstens vorstellen, wie ich deinen Ex abknalle.«

Sie sieht wieder auf. »Warum denn überhaupt?«

»Weil er ein Wichser ist.«

»Warum ist er ein Wichser?«

»Weil er deine Mutter fickt.«

»Und was ist dann meine Mutter?«

»Die ist mir egal.«

»Aha.«

»Was?«

»Es würde dich also stören, wenn ich wieder mit Justin vögeln würde?«

Ich starre sie an. »Wieso solltest du so dumm sein?«

»Vielleicht habe ich ja an ihm gehangen?«

Ich rolle mit den Augen. »Weitaus weniger als an mir.«

»Woher willst du wissen, dass ich an dir hänge?«

»Das ist ja wohl mehr als offensichtlich.« Ich versuche, sie von mir zu schieben.

»Geht es noch arroganter?«

»Sicher.« Die kleine Miss plumpst neben mir auf die Matratze, während ich mich zum Nachtschrank lehne, um nach der schwarzen Tinte und dem Tätowierbesteck zu greifen. »Leg dich wieder auf den Bauch. Ich habe nicht vor zu verschwinden, bevor das hier fertig ist.«

Sie funkelt mich erneut an, befolgt aber meinen Befehl. »Vögelst du mich denn, wenn du fertig bist?«

»Wie gesagt: Nicht mit diesen Kondomen.«

Dafür straft sie mich mit einem entnervten Seufzen. »Wir sind extra den Umweg beim El Paso langgefahren, damit du deinen Tätowierkram holen kannst, und dann *vergisst* du, Kondome einzupacken?«

»Ich habe sie nicht vergessen, sondern mich bewusst dazu entschieden, dich nicht zu ficken, solange ich nicht weiß, ob ich sauber bin.« Im nächsten Moment angele ich nach der Nachttischlampe und richte sie so aus, dass der Lichtstrahl genau auf Paytons Schulterblatt scheint.

»Ich muss dich bestimmt nicht darauf hinweisen, dass es bis zu sechs Monate dauern kann, bis man hundertprozentig sicher ist, ob man sich nun HIV zugezogen hat oder nicht.«

»Dann ist es halt so.«

»Du willst jetzt ganze sechs Monate auf Sex verzichten?«

»Das habe ich nicht gesagt.«

»Ach so. Sechs Monate auf Sex mit *mir.*«

»Exakt.«

»Wieso?«

Ich gebe ein entnervtes Stöhnen von mir und richte mich auf, obwohl ich gerade anfangen wollte. »Kondome können reißen, P.«

»Ja, eben. Dann wirst du also nie wieder mit mir ficken.«

»Wie kommst du darauf?«

»*Kondome können reißen*«, äfft sie mich nach. »Wenn du irgendeine vögelst und das Kondom dabei reißt, fangen die besagten sechs Monate wieder bei null an.«

»So ist es.«

»Ja.«

»Dann lass mich endlich in Ruhe mit dem Scheiß.« Ich beuge mich wieder zu ihr hinunter.

»Ich werde nicht so lange auf dich warten, Sander.«

Erstaunt halte ich inne. »Wieso nicht?« Ich könnte mir selbst dafür in den Arsch beißen, dass ich sie das frage.

»Wieso sollte ich?«

Ja. Wieso solltest du auf mich warten, P?

VIERZEHN

PAYTON

Drei Monate zwingst du mir jetzt diese quasiplatonische Freundschaft auf, Sander.

Du weigerst dich echt, mich zu vögeln.

Dabei weiß ich, dass du mit anderen vögelst.

Es macht mich wahnsinnig.

Wie oft sitze ich in meinem Apartment und verzehre mich nach dir, während du unbekümmert herumfickst?!

Heute ist Sandertag. Das bedeutet, heute ist Freitag. Pünktlich um zwanzig Uhr wird er hier aufkreuzen und sein Tätowierbesteck mitbringen.

Die *Blumenwiese*, wie er sie nennt, erstreckt sich inzwischen über meine linke Rückenhälfte, reicht bis zur Flanke und führt an meiner linken Seite entlang, bis zu meinem Hüftknochen hinunter. Die Blumenwiese ist umwerfend.

Sander beherrscht diese Art von Kunst wirklich bis zur Perfektion. Die Blüten und Blätter sind derart detailliert ausgearbeitet, dass sie beinahe wie eine Fotografie wirken, die er auf meine Haut gebannt hat.

Einzelne Blumen hat er farbig unterlegt – zumeist in goldgelb – andere hat er wiederum in Grau- und Blaustufen belassen.

Ich würde dieses Tattoo abgöttisch lieben, wäre die Blumenwiese nicht von einer gruseligen Schlange gekapert worden, die sich in den Schatten der Blüten verbirgt. Ihren reptilienartigen Augen haben die Farbe von Gewitterwolken und ... na ja. Unabhängig davon, was ich für Sander empfinde – und er möglicherweise für mich –, glaube ich, dass dieses Schlangentattoo seine Art ist, mir beizubringen, dass er fortan ein Teil meines Lebens sein wird. Auf ewig. Selbst wenn sich unsere Wege eines Tages trennen sollten, wird er immer ein Teil von *mir* sein. Weil er mich verändert hat.

Vielleicht soll die Schlange mich auch daran erinnern, dass Schönheit und Perfektion oftmals Fassade sind und die Bestie in den Schatten nur darauf wartet, mich zu packen. Vielleicht soll die Schlange mir bedeuten, dass meine innere Bestie von Sander geweckt wurde und nun für immer unter meiner Haut lauern wird. Vielleicht konnte Sander auch bloß nicht dazu stehen, dass er mir eine romantische Blumenwiese auf die Haut tätowieren wollte, und empfand deshalb den Drang, ihre Makellosigkeit mit der Präsenz der Schlange zu ruinieren.

Die letzte Theorie spricht für die Tatsache, dass er mir nicht zu nahekommen will. Mir keine Hoffnungen zu machen. Als er das Tattoo bis zum Hüftknochen vollendet hatte, sparte er absichtlich meinen Unterbauch aus und machte stattdessen am kleinen Zeh meines rechten Fußes weiter. Seitdem windet sich die

Blumenwiese – und der Schlangenschwanz – rankenartig mein Bein hinauf.

Ich habe meine eigenen Theorien zu diesem Tattoo – und ich bin neugierig. Aber ich stelle ihm keine Fragen. Allgemein reden wir kaum miteinander. Es ist, als wären wir tatsächlich zu so etwas wie ... ich weiß nicht. Manchmal fühlt es sich fast wie eine Geschäftsbeziehung an. Dabei küssen wir uns zur Begrüßung auf den Mund, wenn Sandertag ist. Außerdem hat er einen Schlüssel zu meinem Apartment – keine Ahnung, woher er sich den beschafft hat; beschwert habe ich mich trotzdem nicht.

Manchmal überkommt es uns. Dann fühlen wir uns wie magisch voneinander angezogen und fangen an herumzumachen. Die Momente, an denen mich die leise Hoffnung erfüllt, dass Sander sich genauso nach meinen Berührungen verzehrt wie ich. Doch sobald unsere Küsse gierig werden und unsere Hände beginnen, einander zu entkleiden, blockt er ab.

Vielleicht fühlt sich so eine Ehe an.

Man ist sich in gewisser Weise vertraut, aber irgendwie hat man den Bezug – oder die Hingabe – zueinander verloren.

Wir sind uns vertraut, Sander.

Du würdest es abstreiten, ich weiß jedoch, dass es so ist.

In meiner Gegenwart bist du ruhig geworden. Fast schon entspannt. Du drohst mir nicht mehr und rastest auch nicht mehr aus.

Du kommst hierher, in mein Apartment, küsst mich zur Begrüßung, tätowierst mich und dann gehst du wieder.

Zwischendurch gibst du vor, das Klo zu benutzen, aber

ich bin nicht dumm und weiß natürlich, dass du dir irgendwelche Drogen reinpfeifst.

Die Zeitpunkte, nachdem du dich zugedröhnt hast, sind die Momente, in denen du etwas weicher auf mich reagierst. Häufig kommst du von selbst auf mich zu und ... suchst nach Nähe.

Aber dann blockst du auch genauso schnell wieder ab.

Im schwarzen Tanktop und Slip liege ich auf dem Bauch in meinem Bett und blättere mich durch die aktuelle Schullektüre in Pablos Klasse, als sich der Schlüssel im Schloss dreht.

Nur kurz schaue ich über die Schulter und wende mich dann wieder dem Buch zu. »Hey. Wie war's in Austin? Hat Chase sich zum Affen gemacht? Auf die Braut gekotzt, oder so?«

Okay, ich habe gesagt, wir reden kaum miteinander, aber das hier gehört zu unserem üblichen Smalltalk. Meistens antwortet Sander ohnehin nicht adäquat oder er beschwert sich darüber, dass ich mich so häufig nach Chase erkundige.

Deswegen kann ich es nicht lassen und erkundige mich erst recht nach ihm.

Er gibt ein mürrisches Brummen von sich, kommt mit schweren Schritten auf mich zu, legt seine Hand sanft auf meinem Rücken ab, beugt sich zu mir hinunter und gibt mir einen Kuss. »Frag nicht immer nach Chase.«

Er nimmt mir das Buch aus der Hand und betrachtet stirnrunzelnd den Einband. »*Lord of the Flies* wird immer noch im Unterricht gelesen?«

»Wieso nicht? Die Botschaft zwischen den Zeilen

verliert niemals an Aktualität.« Ich drehe mich auf den Rücken und strecke die Beine von mir, während ich Sander dabei beobachte, wie er seine Bikerjacke abstreift und danach sogar aus den Stiefeln schlüpft. »Wow.«

»Was ist?« Fast schon alarmiert schaut er auf.

»Du ziehst deine Stiefel aus? Willst du etwa einziehen?« Ich deute auf seine Füße. »Die Socken bitte gleich mit. Wie ich dich kenne, haben deine Füße seit vierundzwanzig Stunden kein Tageslicht gesehen und wenn ich ehrlich bin, muss ich das – sowie den Geruch – nicht in meiner Nähe haben.«

Ein Schmunzeln huscht über seine Miene. Nur für eine Millisekunde, aber ich habe es nicht übersehen. »Ich bin absolut im Arsch und werde mich heute nicht mehr in den Süden bewegen.«

»Du meinst das El Paso?«

»Was sollte ich denn sonst mit *Süden* meinen?« Er wühlt in seiner schwarzen Reisetasche herum und fördert das Tätowierbesteck zutage.

»Keine Ahnung. Ich bin nicht von hier, von daher bin ich mit dem NJ-Slang nicht ganz so vertraut wie du.« Als er zu mir kommt und sich auf die Matratze kniet, mache ich ihm freigiebig Platz. »Du musst das heute nicht machen. Wir können auch einen Film gucken, oder so.«

Er zieht eine mürrische Miene. »Du kannst gerne einen Film gucken, aber ich mache den Scheiß heute fertig.«

Nervös beiße ich mir auf die Unterlippe. Endlich kommt der Part des Tattoos, den Sander bewusst ausgespart hat. Die Teile, die links bis zu meinem Hüftknochen reichen und rechts bis zum Oberschenkel, werden heute miteinander verbunden und ich bin mir ziemlich sicher, dass ich dafür meinen Slip ein Stück hinunterziehen muss.

Und was kommt dann, San?

Wirst du mich nicht mehr besuchen? War's das mit uns – falls es jemals ein Uns gegeben hat?

»Muss Pablo das Buch lesen?«, fragt Sander in die plötzlich entstandene Stille hinein.

»Wenn er so etwas wie Ehrgeiz besäße, müsste er es längst *gelesen haben*, soweit ich jedoch weiß, hat er sich nicht einmal ein Exemplar davon zugelegt.«

Er gibt ein erschöpftes Stöhnen von sich. »Wieso frage ich eigentlich?«

»Weil du ein Vater bist und offenbar die Hoffnung noch immer nicht aufgegeben hast, dass aus deinem Sohn etwas werden könnte.« Ich ziehe mein Top bis zum Bauchnabel hoch. Die Frage, wie Sander seine Vorstellung von der weiteren Vorgehensweise letztendlich äußern wird, schwirrt mir bereits seit einiger Zeit im Kopf herum.

»Keine Chance. Er hat die Arroganz seiner Mutter und meinen schlechten Charakter geerbt.« Mit den Zähnen zieht er die Kappe vom Edding und spuckt sie auf die Matratze.

»Du hast keinen schlechten Charakter, Sander. Du bist nur ...«

»Krank.«

»Ja.«

»Schön, dass du es auch endlich mal einsiehst.«

Neugierig stütze ich mich auf den Ellenbogen ab und beobachte, was Sander da treibt: Mit seinem Zeigefinger schiebt er meinen Slip ein Stück hinunter und setzt mit dem blauen Stift dort an, wo er vor ein paar Wochen aufgehört hat. »Ich brauche das nicht einzusehen. Es ist offensichtlich, dass du 'ne Klatsche hast. Aber gerade deshalb ist es doch gut, dass wir uns damit arrangieren konnten.«

Ruckartig sieht er auf und schenkt mir seinen typisch angepissten Blick. »Wir haben uns nur arrangiert, weil du ebenfalls 'ne Klatsche hast und obendrein auch noch extrem anhänglich bist.«

»Was dir ja zu gefallen scheint. Sonst wärst du schließlich nicht hier und würdest dich darüber beschweren.«

»Zieh den Slip aus«, knurrt er als Antwort.

»Dein Ernst?«

»Ja. Ich habe keinen Bock, ständig an dem Bund herumzupfen zu müssen. Außerdem weiß ich längst, wie deine Pussy aussieht.«

Ohne zu zögern hebe ich mein Becken an, schiebe den dünnen Stoff hinunter und befreie mich davon, indem ich das Höschen wegstrampele, bis es auf den Boden fällt.

Mit grimmiger Miene beugt Sander sich wieder über meinen Unterleib und zeichnet ungerührt weiter. »Die Feier war anstrengend. Demon hat für Stress gesorgt, am Ende noch ihren Willen bekommen und Ballast mit nach NJ gebracht.«

Über Sanders plötzliche Plauderstimmung kann ich nur verblüfft die Stirn runzeln. »Ballast in Form von ...?«

»Das geht dich nichts an.«

»Super. Danke für dein Vertrauen.« Eingeschnappt versuche ich, Sanders Miene zu lesen, weil ich mir keinen Reim darauf bilden kann, warum er mich erst neugierig macht, nur um mir anschließend über den Mund zu fahren und mich aus seinem *Privatleben* auszuschließen. »Weshalb lenkst du das Gespräch überhaupt auf das Thema, wenn es mich eigentlich gar nichts angeht?«

»Weil es mich ankotzt. Nur wegen Demons Starrköpfigkeit wird es demnächst richtig Ärger geben. Adler hat in letzter Zeit schon genug Probleme am Hals und jetzt meint seine verfickte Cousine auch noch, Salz in die Wunde streuen zu müssen. Zu allem Überfluss hat Adler mir strikt verboten, ihr deswegen den Kopf zu waschen. Ich kapier's nicht.«

»Er wird sicher seine Gründe haben«, merke ich schulterzuckend an, da ich absolut nicht weiß, was ich sonst dazu sagen soll.

»Natürlich hat er die. Demon ist für ihn wie eine kleine Schwester und sobald es um sie geht, fällt er gerne einmal taktisch unkluge Entscheidungen. In letzter Zeit hat sie es sich – zu meinem Leidwesen – zur Gewohnheit gemacht, auf seiner verdammten Nase herumzutanzen.«

»Hast du denn nicht versucht, Adler deine Sicht der Dinge zu erläutern?« Obwohl ich merke, dass ihn dieses Thema sehr beschäftigt und er augenscheinlich jemanden braucht, um es abzuhandeln, beiße ich mir auf die Unterlippe, weil der Stift gleich meinen Venushügel erreichen wird. Sander scheint zwar darum bemüht zu sein, sich nicht allzu dicht über mich zu beugen, allerdings ist er meinem Unterleib ungewohnt nah – das schürt meine Sehnsucht nach ihm nur noch mehr.

»Natürlich«, brummt er einen Moment später. »Wie gesagt, es bringt nichts.« Mit gesenktem Kopf funkelt er mich an. »Außerdem ist das alles nicht für deine Ohren bestimmt.«

»Du hast doch damit angefangen«, gebe ich patzig zurück und schaue seufzend zur Decke. »Du musst dringend einmal überdenken, was du willst und was nicht, Sander. Wenn du nicht möchtest, dass ich gewisse Dinge erfahre, solltest du sie auch nicht vor mir ausplaudern, sodass ich nur noch eins und eins zusammenzählen muss, um mir das Ergebnis zusammenzureimen, welches du ursprünglich vor mir verheimlichen wolltest.«

»*Du* wolltest wissen, wie es in Austin war, und ich habe lediglich deine Frage beantwortet.«

»Schon, aber ich habe nicht damit gerechnet, dass du mir darauf antworten würdest.«

Einen Atemzug lang funkelt er mich von neuem an. »Ich werde in den nächsten Wochen keine Zeit mehr für dich haben. Das El Paso muss mit allen Mitteln geschützt werden, da bleibt kein Raum für Ausflüge.« Er senkt den Blick.

»Okay.« Wie sehr ich mir in meiner Naivität doch erhoffe, dass er mich darum bittet, mit zu ihm zu kommen, doch ich warte vergeblich. Es macht auch keinen Sinn. Wir sind nur ... wenn ich wenigstens wüsste, was wir sind. Jedenfalls kein Liebespaar, würde ich sagen.

»Sobald ich hiermit fertig bin, war's das, Payton. Endgültig.«

Ich merke richtig, wie mein Herz für einen Moment aussetzt, nur um dann verlangsamt und etwas aus dem Takt weiterzuschlagen. »Ja, ist gut«, murmele ich.

»Ich mag bei dir versagt haben, aber das ändert nichts an der Tatsache, dass ich es brauche. Also muss ich es mir bei anderen holen.«

Ein hysterisches Lachen will sich aus meiner Kehle befreien, doch ich schaffe es gerade noch, das zu unterbinden. »Wo hast du denn bitte versagt, Sander? Du hast nur Menschlichkeit bewiesen, indem du meinen Willen respektiert hast.«

Verärgert schaut er wieder zu mir auf. »In meinen Augen habe ich versagt, und es macht mich rasend, dass ich es nicht schaffe, dir die Dinge anzutun, die ich dir gerne antun würde.«

Ich seufze. »Schaffst du es nicht oder ist es vielleicht einfach so, dass ich anders auf dich reagiere, als du es gewohnt bist?«

Es ist so lächerlich, dass wir noch immer um die Tatsache herumreden, San.

Mittlerweile ist es mehr als offensichtlich, dass ich den Verstand verloren und mich in dich verliebt habe.

Und es ist offensichtlich, dass ich dich nicht kaltlasse. Vielleicht bist du nicht dazu imstande, mich zu lieben, aber du begehrst mich.

Daraus könnte man etwas machen – wenn wir normal wären. Wir könnten etwas versuchen.

Ich könnte versuchen, für dich da zu sein und dich … zurückzuhalten – oder was immer ich mit der Bestie in dir anstellen soll.

Aber du lässt es nicht zu.

Und ich wage es nicht, den Schritt zu machen, der dich in die Enge treiben würde.

Du denkst, du hast mich nicht verdient und ich denke, ich habe es nicht verdient, glücklich zu sein.

Also werden sich unsere Wege trennen, und es wird so sein, als hätten wir uns nie kennengelernt.

»Ich hasse dich«, flüstere ich leise und lächele, als Sander mich irritiert anstarrt.

»Was soll das denn jetzt?«

»Das ist es doch, was du von deiner *Beute* hören musst, oder nicht?«

Er neigt den Kopf zur Seite, den Edding in der Luft haltend. »Du willst gefickt werden, oder?«

»Wie kommst du darauf? Diese Hoffnung habe ich längst aufgegeben, vor allem, weil ich gar nicht wissen möchte, mit welchem Flittchen du heute schon gevögelt hast.«

»Heute habe ich mit niemandem gevögelt. Dazu hatte ich noch gar keine Zeit.«

»So ein Pech.« Ich lasse mich zurück ins Kopfkissen fallen und starre an die Decke. »Diese Woche hat ein neuer Mathelehrer bei mir in der Schule angefangen. Ungefähr in meinem Alter. Der ist eigentlich ganz süß. Ein bisschen verpeilt vielleicht, aber süß.«

»Frag ihn doch, ob er mit dir ausgeht. Freitags hast du ja ab sofort wieder Zeit.«

»Ja. War auch mein Gedanke.« Ich verschränke die Arme hinter dem Kopf und muss ein Schmunzeln unterdrücken, weil ich regelrecht spüren kann, wie angepisst Sander ist.

. . .

Die gesamten drei Monate habe ich mich von niemandem anrühren lassen, San.

Das weißt du.

So wolltest du es.

Du reagierst ja sogar auf den Pizzalieferanten eifersüchtig, wenn der versucht, mit mir zu flirten.

Ob das fair ist?

Kein Stück.

Doch so habe ich es mir ausgesucht. Ich gehöre dir, weißt du noch?

Diesen Satz hast du einmalig von dir gegeben, doch danach haben wir ihn totgeschwiegen, weil du eigentlich nicht dazu bereit warst, es dir einzugestehen.

Ich warte auf dich, Sander.

Damals habe ich zwar das Gegenteil behauptet, aber ich werde immer auf dich warten.

Eines Tages wirst du zu mir kommen.

Selbst wenn es Jahre dauert.

Selbst wenn es erst im nächsten Leben soweit sein sollte.

»Er ist keine Konkurrenz für mich«, knurrt er plötzlich. Sander hat längst damit aufgehört, die Blumenwiese auf meinem Venushügel zu platzieren, und als ich aufschaue, wirkt es so, als sei er die fleischgewordene Viper aus meinem Tattoo, die mich mit starrem Blick fixiert. Bereit, mich mit ihrem Gift zum Schweigen zu bringen, sobald ich etwas Falsches von mir gebe.

»Das habe ich auch nicht gesagt. Aber du hast gerade mit mir Schluss gemacht. Also bin ich doch wieder frei, oder nicht?«

Er weiß, dass ich ihn provozieren will. Sein Blick wird immer düsterer. In diesem Moment ist es offensichtlich, dass Sander derjenige ist, der mich verachtet und nicht umgekehrt. »Wie soll ich mit dir Schluss machen, wenn wir nie zusammen waren, Payton?«

»Also war ich immer frei? Die ganze Zeit? Das hat sich irgendwie anders angefühlt.«

Wieder gibt er ein drohendes Knurren von sich. »Ich habe nicht gesagt, dass du frei bist.«

»Du gibst mich nicht frei? Du willst mich nicht mehr wiedersehen, gibst mich aber auch nicht frei?«

Das Gewitter tobt unheilverkündend in seinen Augen, als er mich ein weiteres Mal anfunkelt – und sich plötzlich über mich beugt, um über meine Scham zu lecken. »Fühlt sich das nach Freiheit an?«

Ich keuche leise auf. »Nein, das fühlt sich nach einem gebrochenen Versprechen an. Du hast gesagt, du machst das nicht, solange ich nicht das Deepthroating ... außerdem glaube ich nicht, dass es sehr gesund ist, wenn du die Eddingtinte schluckst.«

Er funkelt mich noch immer an. »Ich habe ein langjähriges Drogenproblem, Payton. Meinst du wirklich, die Tinte bringt das Fass zum Überlaufen? Inzwischen solltest du herausgefunden haben, dass ich, seitdem ich dich das erste Mal gefickt habe, langsam selbst nicht mehr weiß, was ich tun werde und was nicht.«

Oh Gott. Er ... hat er das gerade echt gesagt? »Ich hasse dich wirklich«, flüstere ich, während mein Herzschlag sich auf einmal verdreifacht.

»Schön zu hören.« Wieder beugt er sich zu mir hinunter und spreizt währenddessen meine Beine, was ich mit einem überraschten Keuchen geschehen lasse. Das scheint ihn noch mehr anzuspornen, denn im nächsten Moment leckt er mit einem tiefen Stöhnen über meine Schamlippen und versenkt seine Zunge in mir.

»Verdammt!«, japse ich und strecke ihm willig mein Becken entgegen, als sein Daumen über meine Klit reibt. Nochmals leckt er über meine Mitte und beißt auf einmal in meine empfindlichen Labien. Keuchend halte ich mich an ihm fest, öffne mich für ihn und stöhne mit ihm.

Mit einem Mal ist er über mir. Seine Lippen streichen behutsam über mein Gesicht, seine Hände gleiten unter mein Oberteil und reißen es mir über den Kopf. Meine eigenen Hände verselbständigen sich und knöpfen hastig seine Hose auf, schieben sie mitsamt seinen Shorts hinunter. Ich halte nicht inne, sondern ziehe ihm direkt das Shirt aus, während Sander meinen BH öffnet. Nach so langer Zeit gibt es für uns beide kein Halten mehr.

Vollkommen nackt legt er sich auf mich und mir wird klar, dass ich ihn noch nie betrachten durfte. Nicht so. Als wir geduscht haben, war er hinter mir und hat mir auch danach nicht die Gelegenheit geboten, ihn genau in Augenschein zu nehmen. Sein Körper ist wirklich über und über mit Tätowierungen übersät. Die meisten bestehen aus einfarbig grauen, gestaltlosen Mustern, die in ihrer Beschaffenheit keinen Sinn zu ergeben scheinen, aber dennoch geschmackvoll wirken. Nur in Höhe seines Herzens prangt eine Art Familienwappen, das mir bereits aufgefallen ist, als ich ihn das erste Mal mit nacktem Oberkörper gesehen habe – und bis heute bin ich nie dazu gekommen, mich nach seiner Bedeutung zu erkundigen. Auch jetzt nicht. Dafür will ich ihn zu sehr.

Ich dachte immer, dass ich es nicht mag, wenn jegliche Art von Körperkunst so ... *übertrieben* wird, doch zu Sander gehört es einfach dazu. Ich schätze, diese Tätowierungen sind seine Art, mit seiner Vergangenheit fertig zu werden. Seine Art, sich selbst zu verletzen, um die Schmerzen seiner Erinnerungen zu überlagern. Seine Art, die Narben, die ihm zugefügt wurden, zu verdecken. Seine Art, sich einen Schutzpanzer über seine bloße Haut zu ziehen.

Keine Ahnung, ob meine Vermutungen stimmen; eventuell werde ich es auch niemals herausfinden. Aber es ist mir egal. Sander liegt nackt auf mir, er will mich und ich will ihn. Er lässt mich ihn endlich betrachten und ich finde verdammt heiß, was ich sehe. Es ist Sander und ich habe mein Herz an ihn verloren.

Schwer atmend stützt er sich über mir ab und lässt das Gewitter in seinen Augen toben. »Ich hasse dich auch, P.«

FÜNFZEHN

PAYTON

Ein Lächeln zaubert sich auf mein Gesicht, ich lege meine Hände an seine Wangen und ziehe ihn zu mir hinunter. »Du lügst.«

Er gibt ein spöttisches Schnauben von sich. »Wieso sollte ich?«

»Wenn du mich hassen würdest, hättest du nicht vor, das hier zu beenden.«

Er küsst mich. So sanft, dass mein Herz einen Salto macht. »Glaubst du mir jetzt?«

»Nein.«

»Dann gib mir die Kondome, mit denen dein Ex dich in den Arsch ficken sollte. Gleich werde ich dir beweisen, wie sehr ich dich hasse.«

Diesmal bin ich diejenige, die ein spöttisches Schnauben von sich gibt, doch ich strecke mich kommentarlos Richtung Nachttischschublade und öffne sie. Sander kommt mir zuvor und holt die Packung mit den Kondomen selbst hervor.

Augenblicklich richtet er sich auf und rollt sich ein Gummi über seinen prallen Schwanz. Noch während er sich zwischen meinen gespreizten Beinen positioniert, verankert sich sein verheißungsvoller Blick mit meinem und er dringt gemächlich in mich ein. »Fuck. In dieser Stellung habe ich es das letzte Mal mit zwanzig gemacht.« Mit einem leisen Seufzen pariere ich seinen Stoß. »Verdammt, Payton, was tust du mir an?!« Schnaufend schiebt er seine Hand unter meinen Hintern und hebt mein Becken an, damit ich ihn noch tiefer in mir aufnehmen kann, während er sich mit der anderen Hand über mir abstützt und seinem Schwanz dabei zusieht, wie er sich immer wieder in mir versenkt. »Du wirst diesen Mathe-Nerd nicht daten«, knurrt er, sieht zu mir auf und rammt sich mit einem weiteren rauen Stöhnen in mich.

»Warum nicht?« Er fühlt sich so gut in mir an, dass ich eigentlich gerade gar keine Lust habe, mir über einen anderen Mann Gedanken zu machen.

»Weil du mir gehörst. Ich bin der Einzige, der dich ficken darf.«

»Vergiss es.«

Sofort hält Sander inne – was irgendwie zu erwarten war. »Was?«

Ich benötige einen Moment, um das Verlangen, das in mir tobt, abzuschütteln. Doch letztendlich stütze ich mich auf und begegne seinem stürmenden Blick. »Du kannst mich gerne unterwerfen und beherrschen, Sander, aber dann will ich im Gegenzug die Einzige sein, bei der du es tust. Damit meine ich, dass du außer mir niemanden sonst vögelst.«

Er entzieht sich mir. »Du weißt, dass das nicht geht.«

Kopfschüttelnd klappe ich die Beine zusammen und setze mich auf. »Nein, das weiß ich eben nicht, denn du hast es nie versucht. Du gehst einfach davon aus, dass du irgendwann wieder den Drang haben wirst, jemanden auszusuchen und zu misshandeln. Weil du das bei mir nicht geschafft hast, denkst du jetzt, ich bin irgendwie ... defekt und dass du mich zwar ficken darfst, sobald dir danach ist, du dir das, was du aber eigentlich brauchst, woanders holen musst.«

»So ist es.«

»Du kannst mich nicht haben, wenn ich dich nicht haben kann, Sander.«

Einen Atemzug lang mustert er mich eingehend, während der Gewittersturm in seinen Augen nach wie vor nicht zu toben aufhört. »Du kannst mich haben. Meinetwegen darfst du mich auch besitzen, Payton. Aber du kannst mir eben nicht alles geben.«

Ich merke, wie sich ein Kloß in meinem Hals manifestiert. »Du wolltest, dass ich dich hasse und du wolltest, dass ich so werde wie du. Ich wollte das ebenfalls.«

»Nein. Das willst du nicht, P. Ich will nicht, dass du es willst.«

»Ich möchte aber ein Teil von dir sein.«

Er gibt ein tiefes Seufzen von sich, beugt sich über mich und küsst mich so verlangend, dass mir die Luft wegbleibt. »Das bist du längst«, raunt er mir schließlich auf den Mund. »Du gehörst zu mir und genau deswegen kann ich dich nicht zerstören. Es gibt nur wenige Menschen in meinen Leben, die ich beschützen muss, und du bist einer von ihnen.«

Obwohl er mir im Grunde gerade klarmacht, dass ich ihn niemals nur für mich haben werde, muss ich lächeln. »Lass es uns wenigstens versuchen. Ich kann einfach nicht dabei zusehen, wie du dich selbst und andere zerstörst. Du darfst mich misshandeln, Sander. Dazu hast du meine offizielle Erlaubnis – und das weißt du auch. Bitte. Versprich mir, dass du es wenigstens versuchst.«

Sein ernster Blick lastet schwer auf mir. »Payton ...« In diesem Moment klopft es an der Wohnungstür. »Hast du Essen bestellt?« Seiner unschuldigen Frage zum Trotz verhärten sich seine Gesichtszüge. Er dreht mir den Rücken zu, steht auf und drückt die Schultern durch, als wollte er mich regelrecht vor der gefährlichen Wohnungstür beschützen.

»Nein.« Da ich eher verwirrt als misstrauisch bin, schlüpfe ich ebenfalls aus dem Bett und ziehe mir in Windeseile meine Jeans und das Top über. Erneut klopft es und ich rolle mit den Augen. »Moment!« Dem Rascheln von Stoff nach zu urteilen, kleidet Sander sich jetzt ebenfalls an. Gelassen schaue ich über meine Schulter und warte, bis er seine Jeans zugeknöpft hat, dann lege ich die Hand auf die Klinke und spähe durch den Spion. »Oh Mann.« Ich gebe ein entnervtes Stöhnen von mir.

»Was ist? Wer ist das?«, zischt er alarmiert, doch ich drücke bereits die Klinke herunter.

»Was wollt ihr? Ich habe dein Höschen unter der Couch gefunden, Mom. Ich habe es weggeworfen. Kauf dir ein Neues.«

Vor mir stehen meine Mutter und Justin; eng umschlungen wie ein frischverliebtes Paar. Während Justin meinem Blick schuldbewusst ausweicht, strahlt meine Mutter mich an: »Möchtest du uns nicht hineinbitten, Süße? Wer hat dich eigentlich so schlecht erzogen?« Sie gibt ein erheitertes Lachen von sich und will an mir vorbeitreten, doch ich versperre ihr den Weg.

»Nein, ich bitte dich *nicht* hinein. Schon allein, weil ich Besuch und deshalb keine Zeit für ... was auch immer habe.«

»So?« Verwirrt lugt sie an mir vorbei und scheint Sander auch direkt zu entdecken, denn sie wackelt vielsagend mit den Augenbrauen und verzieht ihre schmalen Lippen zu einem lüsternen Schmunzeln. »Payton, mein Schatz. Willst du deiner Mutter dieses *Prachtexemplar* von einem Mann etwa vorenthalten?«

Nochmals sehe ich mich gezwungen, ihr den Weg zu versperren. »Ganze tolle Wortwahl, Mutter. Und ja, ich habe durchaus vor, ihn dir vorzuenthalten. Ich weiß ja jetzt schon, was in deinem Kopf vorgeht.«

Perplex runzelt Justin die Stirn und staunt meine Mom halbwegs entrüstet an. Er scheint sich tatsächlich eingebildet zu haben, dass sie ihn für ihre große Liebe hält. Allerdings legt er daraufhin seinen Arm um ihre Schulter, zieht sie besitzergreifend an sich und schenkt mir einen tadelnden Blick. »Wir sind hier, Payton, um dir eine tolle Neuigkeit zu überbringen und um dich um etwas zu bitten. Nun ja, um zwei Dinge zu bitten.« Seine freie Hand legt sich zärtlich auf den Unterbauch meiner Mutter und mir schwant sofort Übles, als sie mit einem seligen Lächeln ihre eigene Hand auf Justins ablegt. »Aber vorerst solltest du wenigstens den Schneid besitzen, meiner *Verlobten* ein Glas Wasser und eine Sitzgelegenheit anzubieten.« Sein Tonfall ist – genau wie sein Blick – streng und ich werde das Gefühl nicht los, dass er sich mehr als einmal mit dem Gedanken beschäftigt hat, sich vor mir als mein Stiefvater aufzuführen, und es gar nicht abwarten konnte, bis dieser Moment eintrifft.

Hinter mir höre ich drei schwere Schritte und ein mürrisches Brummen. Doch ich mache eine wedelnde Handbewegung in Sanders Richtung, um ihm zu signalisieren, dass ich mit dieser Situation sehr gut allein zurechtkomme und er sich da gefälligst rauszuhalten hat. »Einen Scheiß werde ich, Justin!«, kläre ich ihn mit einem spöttischen Schnauben auf und wende mich meiner Mutter zu, ohne ihn zu Wort kommen zu lassen. »Du hast dich echt von dem Idioten schwängern lassen, ja?«

»Payton, mein Engel, ich bin Anfang vierzig. Wenn nicht jetzt, wann dann?«

Ich ignoriere ihre absolut schwachsinnige Aussage. »Ach, und nun zeigst du auch noch den Nerv, hier aufzukreuzen und zu glauben, dass ich dich vor lauter Freude in die Arme schließe und dir alles verzeihe, was du mir im Laufe meines Lebens angetan hast?!«

»Nun ja ... ich dachte, dass wir uns jetzt, wo ein unschuldiges Leben im Spiel ist, wieder vertragen könnten und du dich für die harten Worte entschuldigst, die du mir neulich an den Kopf geworfen hast und ...«

»Vertragen? *Ich* soll mich bei *dir* entschuldigen? Das Einzige, worum es mir leidtut, ist das arme Kind, das dich als Mutter ertragen muss.«

Vor lauter Bestürzung klappt meiner Mutter die Kinnlade auf und Justin, der natürlich nichts Besseres im Sinn hat, als sie in Schutz zu nehmen, baut sich wie ein wahnwitziger Kampfhahn vor mir auf: »Wir sind hier, weil wir so blauäugig waren zu denken, dass du ein guter Mensch bist, Payton. Wir wollten dich darum bitten, Taufpatin zu werden, und an dein Mitleid appellieren, da du uns ja einfach aus dem Loft geworfen hast. Es ist wesentlich größer als die Wohnung deiner Mutter, und da wir ja bald zu dritt sind ... Aber ich sehe, du bist wie immer viel zu egoistisch, um an andere zu denken!«

Entgeistert fasse ich mir an die Stirn und schüttele gleichzeitig den Kopf. »Ich fasse es nicht. Du ...«

Ich komme nicht dazu, meine Meinung kundzutun, weil ich plötzlich schwere Schritte hinter mir höre, einfach beiseitegeschoben werde und einen dunklen Schatten an mir vorbeirauschen sehe: »Ruf schon einmal den Rettungsdienst«, knurrt Sander, packt Justin unvermittelt an der Kehle und schiebt ihn wie eine Lokomotive auf Speed vor sich her, bis er ihn mit Wucht gegen die gegenüberliegende Wand schmettert.

»Sander, nicht!«, brülle ich, doch es ist zwecklos.

Ich werde wohl niemals Justins weit aufgerissene Augen und den spitzen Entsetzensschrei meiner Mutter vergessen, als Sander seinen Kopf wieder und wieder gegen die bröckelnde Backsteinwand donnert. So lange, bis ein blutiger Abdruck an den Steinen haftet, mein Ex die Augen verdreht und schließlich wie eine leblose Puppe an Sanders ausgestrecktem Arm baumelt. Blut läuft ihm aus Nase und Mund und ich hoffe, dass es davon kommt, weil Sanders Griff zu fest war, sodass Justin sich auf die Wangen gebissen hat ... und es keine Gehirnmasse ist, die da aus seiner Nase tropft ...

Ach du Kacke. Hat Sander etwa meinen Ex umgebracht? Einfach so, weil ... Justin mich beleidigt hat?

Endlich, nach einer gefühlten Ewigkeit, lässt Sander ihn los. Justin plumpst bewegungslos zu Boden und bleibt mit seltsam verdrehten Gliedmaßen dort kauern, den Kopf haltlos nach vorn geneigt, als wäre er eingeschlafen. Gerade will ich einen Schritt auf Sander zumachen, um ihn von meinem Ex zurückzuziehen, den er noch immer mit geballten Fäusten und schnaufendem Atem belauert, da kommt Bewegung in Justins Leib: Wie in Zeitlupe kippt er nach vorn und knallt mit dem Gesicht voran auf die Fliesen.

Meine Mutter kreischt wie am Spieß. Entsetzt hat sie die Hände vors Gesicht geschlagen und wagt es wohl nicht, zu Justin zu treten, weil Sander ihr den Weg versperrt.

Ich bin wie zu Eis erstarrt. Ich höre meine Mutter neben mir plärren, so laut, dass meine Ohren klingeln, doch irgendwie ist es so, als wäre das alles um mich herum nur wie ein unwirklicher Film, der ohne mein Zutun abläuft.

Ich weiß, was ich zu tun habe.

Ich weiß, was ich zu dir sagen muss, um dir – und vor allem mir selbst – zu beweisen, dass ich ein guter, rechtschaffener Mensch bin.

San. Ich muss dich zum Teufel jagen, meine Mutter in die Arme schließen und ihr tröstende Worte zuflüstern.

Anschließend muss ich den Rettungsdienst anrufen und um Gottes willen darauf hoffen, dass Justin überlebt hat und keinen bleibenden Schaden behält.

Eigentlich sollte ich die Polizei rufen und dich anzeigen.

Ich muss es tun, obwohl ich genau weiß, dass es nichts

bringt, einen von Vaughn Adlers Schatten des Mordes – oder zumindest der schweren Körperverletzung – zu bezichtigen.

Ich sollte erschüttert sein.

Ich sollte Angst vor dir bekommen, San.

Ich sollte dich dafür verachten, was du da eben getan hast, obwohl du es für mich getan hast. Weil Justin zwar ein Arschloch ist, aber selbst er hat das nicht verdient. Nicht einmal meine Mutter, die ein Kind von ihm erwartet, hat das verdient.

Doch alles, was ich fühle, ist tiefe Befriedigung.

Mir ist bewusst, dass es falsch ist, so zu empfinden.

Ich fühle mich befriedigt, weil Justin mich gedemütigt hat und du ihn in meinem Namen dafür bestraft hast.

Deswegen bin ich erschüttert.

Mit steinerner Miene starre ich auf den blutigen Hinterkopf meines Exfreundes und bin erschüttert, weil ein riesiger Teil von mir wirklich glaubt, dass Justin es verdient hat; weil er sich mit den falschen Leuten angelegt hat.

Weil du, San, für mich die Bestie in dir entfesselt hast. Weil du es nicht ertragen kannst, wenn jemand mich demütigt.

Oh Gott. Ich bin ein Albtraum.

»Sander«, hauche ich und merke, dass ich am ganzen Leib zittere. »Was hast du getan?«

Meine Mutter kreischt noch immer herum und fällt in diesem Moment neben mir auf die Knie. Ihr Gesicht ist tränenüberströmt und ihr Make-up hat sich wie ein zerlaufendes Ölgemälde auf ihren Wangen verteilt. Sie schreit so laut, dass ich meine eigenen Worte nicht verstanden habe, und trotzdem dreht Sander sich zu mir herum, kommt auf mich zu und greift nach meinen Handgelenken – erst jetzt bemerke ich, dass ich wie eine Besessene an meinen Nägeln knabbere.

»Ich habe dir gesagt, dass ich ihn kaltmache«, knurrt er leise und hebt mich hoch.

Wie automatisiert schlinge ich die Beine um seine Hüfte und die Arme um seinen Hals. Eng schmiege ich mich an ihn und lege mein Kinn auf seiner Schulter ab, während mein Blick abwechselnd von meiner durchgedrehten Mutter zu Justins leblosen Leib wandert.

Erst als wir den Treppenabsatz erreichen, wird mir klar, dass er mich nicht zurück in meine Wohnung trägt, sondern vorhat, das Gebäude zu verlassen. »Wo willst du hin?«, frage ich wie ein dummes Kleinkind, während ich den Blick auf meine noch offenstehende Wohnungstür gerichtet habe, bis Sander schließlich um die Ecke biegt und die nächsten Stufen nach unten nimmt.

»Wir müssen hier weg. Und du solltest hier vorerst auch nicht mehr aufkreuzen.«

Er schafft es tatsächlich, mich, ohne unter meinem Gewicht zu ächzen, aus dem Gebäude zu bugsieren und zu einem schwarzen SUV zu tragen. Sander ist sogar kräftig genug, mich mit nur einer Hand an meinem Hintern an sich zu fixieren und die Beifahrertür zu öffnen. Er beugt sich hinein und lädt mich behutsam auf dem Sitz ab. Doch anstatt sich so schnell wie möglich auf die Fahrerseite zu begeben, nimmt er mein Gesicht in beide Hände und sieht mich mit dem tobenden Gewittersturm in seinen Augen an: »Ich weiß, was du denkst. Du darfst mich gerne beschimpfen und dafür hassen – und damit meine ich wirklich hassen. Aber ich muss dich jetzt in Sicherheit wissen. Die meisten der Polizisten hier in NJ sind korrupt, und nicht wenige haben ein Problem mit Adler. Ich kann es nicht riskieren, dass deine hinterfotzige Mutter womöglich gegen dich aussagt und irgendwer es ausnutzt, dich während der Untersuchungshaft *verschwinden* zu lassen, nur um Adler eins auszuwischen.«

»Ist gut«, murmele ich, obwohl ich noch immer viel zu erschüttert bin, um Sanders Worte adäquat zu verarbeiten.

Er lächelt knapp und streicht mit der Hand über mein Haar. »Es tut mir leid, kleine Miss. Das bin ich. Du hast mich soeben live und in Farbe gesehen.«

»Ich weiß. Es ist okay.«

Eigentlich hätte es mich Überwindung kosten sollen, diese Worte zu ihm zu sagen. Eine geistig gesunde, clevere Frau hätte das vielleicht nur zu ihm gesagt, um sich selbst in Sicherheit zu wiegen. Weil sie sich darüber im Klaren ist, dass Sander drauf und dran ist, sie zu entführen, damit es niemanden gibt, der gegen ihn aussagen kann – denn meine Mutter weiß ja nicht, wer er ist.

Eine geistig gesunde, clevere Frau würde sich gerade vor Angst in die Hosen machen, sich aber zur Räson rufen und – soweit es ihr möglich ist – versuchen, ruhig zu bleiben. Sie würde sich im Kopf einen Fluchtplan zurechtlegen und sich fragen, wie sie, zur Hölle nochmal, mit so einer Albtraumgestalt wie Sander schlafen konnte. Zudem würde sie es sich zur Lebensaufgabe machen, ihn in den Knast zu bringen und für den Rest seines bedauerlichen Lebens dafür büßen zu lassen, was er anderen Menschen angetan hat.

Doch ich bin nicht geistig gesund und besonders clever scheine ich auch nicht zu sein. Ich meine die Worte genau so, wie ich sie zu Sander sage: Es ist okay für mich, dass er Justin den Schädel eingeschlagen hat. Mehr als okay. Ich denke, dass Sander einen verdrehten Gerechtigkeitssinn hat und offensichtlich eine genauso verdrehte Vorstellung von richtig und falsch. Er neigt zu brutalen Ausbrüchen und findet Gefallen daran, anderen Menschen wehzutun; vielleicht sogar daran, anderen Menschen das Leben zu nehmen. Dabei unterscheidet er nicht zwischen schuldig und unschuldig. Im Prinzip könnte er alles und jeden abknallen, der ihm ins Visier gerät.

Er hat kein Gewissen – und es ist okay für mich.

»Wirklich?« Er hält inne, seine Hand noch immer in meinem Haar.

»Ja«, hauche ich, strecke mich ihm entgegen, lege meinerseits eine Hand an seinen Hinterkopf und küsse ihn sanft auf den Mund. »Bring mich weg von hier.«

Er richtet sich auf, die Verwirrung steht ihm deutlich ins Gesicht geschrieben. Doch schließlich zieht er sein Handy aus der Gesäßtasche und wählt die Notrufnummer: »Ich brauche einen Rettungswagen in die Honeyblossom Street 2307. Dort wurde ein Mann brutal auf dem Hausflur zusammengeschlagen. Eine Frau steht daneben, wahrscheinlich seine Mutter, und hat offenbar einen Nervenzusammenbruch. Vielleicht sollten Sie auch gleich einen zweiten Wagen hinzuschicken, der sie in eine psychiatrische Einrichtung bringt.« Während Sander diese Worte in sein Handy spricht, verweilt er vor meiner geöffneten Autotür und lässt mich nicht eine Sekunde aus den Augen – und als er merkt, dass ich bei seiner Äußerung tatsächlich mit einem Schmunzeln kämpfe, erwidert er es mit einem teuflischen Grinsen.

Er legt auf, beugt sich nochmals zu mir in den Wagen und lehnt seine Stirn an meine. »Du überraschst mich, Payton.«

»Und du verängstigst mich, Sander.«

»Tue ich nicht. Das ist ja das Problem an dem Ganzen.« Er zieht sich zurück, schlägt die Tür zu, umrundet den Wagen und steigt auf der Fahrerseite ein. Unverzüglich schenkt er mir einen tadelnden Blick. »Du begibst dich auf die dunkle Seite, kleine Miss. Und sobald du erst einmal dort angekommen bist, gibt es kein Zurück mehr.«

»Im Gegensatz zu dir weiß ich wenigstens, dass es nicht richtig war, was du da getan hast«, antworte ich mit einem gereizten Unterton in der Stimme. Mir ist klar, dass ich mich auf einen Pfad begeben habe, der meinen moralischen Kompass ziemlich rotieren lässt.

»Nein. *Noch* glaubst du zu wissen, was richtig ist. Verbringe ein paar Monate mit mir, begleite mich auf meine Ausflüge, beobachte mich bei dem, was ich tue und lass dich danach von mir ficken. Ich verwette meinen Arsch darauf, dass du früher oder später den Unterschied zwischen richtig und falsch nicht mehr erkennen kannst.«

»Die Wette nehme ich an«, murmele ich und schaue nach vorn aus der Windschutzscheibe.

. . .

Du denkst, dass du derjenige bist, der mich auf seine Seite zieht.

Doch ich bin diejenige, die dir einen Rettungsring zuwirft, um dich aus den Untiefen deiner düsteren Seele zu ziehen, Sander.

SECHZEHN

SNYPER

Vor sieben Wochen habe ich dich aus deiner Wohnung geholt.

Du trugst keine Unterwäsche, keine Socken und keine Schuhe.

Alles, was du besessen hast, waren dein Oberteil und deine Jeans.

Du hast dich von mir in mein Leben tragen lassen, ohne irgendwelches Misstrauen.

Die Dunkelheit ist über dir zusammengeschlagen, was dazu geführt hat, dass du dich an mich geklammert und dich mir anvertraut hast.

Und ich habe es verkackt.

Heute ist der Tag, an dem du mich aufgegeben hast, Payton.

Ich habe dir versprochen, mit den Drogen aufzuhören.

Ich habe mich in eine beschissene Klinik einweisen lassen, um einen Entzug zu machen.

Ich habe dir versprochen, nur dich zu ficken.

Und schon in der Klinik habe ich dieses Versprechen gebrochen.

Gerade einmal zweiundsiebzig Stunden war ich clean,

doch dann habe ich mir wieder einen Schuss gesetzt und die verdammte Krankenschwester gefickt.

Danach habe ich einfach so weitergemacht und es ganze sechs Wochen lang geschafft, meine Widerwärtigkeit vor dir zu verbergen.

Ich wollte dich nicht verlieren. Aber ich konnte weder vor noch zurück.

Gestern Abend hast du es herausgefunden. Du hast mich mit einer der verfickten Tänzerinnen im Kühlraum erwischt.

Was, zur Hölle, hattest du im Kühlraum zu suchen, Payton?

Du hast am Türrahmen gelehnt und mir wer weiß wie lange beim Ficken zugesehen. Und als ich dem Mädchen deinen Namen ins Ohr gestöhnt habe, sagtest du schlicht ›Ich bin aber hier, Sander.‹

Du hast dich umgedreht und bist gegangen.

Du bist in dein beschissenes Loft zurückgekehrt und hast die gesamte Nacht nicht auf meine Anrufe reagiert.

Scheiße, Payton.

Ich liege auf meinem verdammten Bett und bin dabei, mich mit Chase' scheißteurem Rum, den er mir vergangenes Jahr zum Geburtstag geschenkt hat, gnadenlos abzuschießen. Keine Ahnung, wie er das Datum herausgefunden hat und keine Ahnung, woher er wusste, dass ich eine Schwäche für Rum habe. Der Typ ist ein verfickter Freak.

Zuletzt bin ich dazu übergegangen, Paytons elende Mailbox im Minutentakt anzurufen, nur um jedes Mal wieder aufzulegen, nachdem ihre weiche Stimme gesagt hat, dass sie derzeit nicht erreichbar ist – ›*... und erst recht nicht für dich, Sander!*‹

Mittlerweile bin ich wohl zu dicht, um mein Handy zu bedienen. Vielleicht bin ich auch zu müde. Ich habe keinen Plan, wann ich das letzte Mal gepennt habe.

Der Vibrationsalarm meines Handys lässt mich aufschrecken. Ich habe das Gefühl, vor einem Sekundenbruchteil die Augen geschlossen zu haben, doch die verdammte Morgensonne, die durch das Fenster brüllt, bringt mich dazu, mir fluchend die Hand vors Gesicht zu halten.

Blinzelnd schnappe ich mir das Handy und starre aufs Display, während meine Augen gefühlte Ewigkeiten brauchen, um sich auf die vielen bunten Symbole zu fokussieren und herauszufinden, was, zum Teufel, jedes Einzelne von ihnen zu bedeuten hat. Mir fällt auf, dass das dämliche Teil noch immer vibriert, und im nächsten Moment registriert mein verkatertes Gehirn, dass Adler versucht, mich zu erreichen.

Perplex visiere ich das Uhrensymbol auf dem Bildschirm an und stelle fest, dass es gerade einmal fünf Uhr morgens ist. Der Wichser hat doch nicht mehr alle Latten am Zaun. »*Was?!*« Meine Stimme ist noch kratziger als sonst, wodurch ich mich nun endgültig wie ein abgefuckter Säufer anhöre.

»Neunhundert. Austin. Die Arschlöcher sind fällig.«

»Geht klar.« Ich will auflegen, doch dann bemerke ich, dass Adler irgendeinen weiteren Befehl knurrt. »Was?«

»Chase ist mit Demon unterwegs. Gib den beiden

Bescheid, dass sie eine Doppelschicht einlegen müssen.«

Ich rolle mit den Augen. »Japp.«

»Hast du dich wieder zugedröhnt, Sny?«

»Japp. Nur diesmal mit Rum.«

»Sieh zu, dass du bis neun halbwegs klar im Kopf bist.«

»Jawohl.«

Adler legt auf. Er ist hundertprozentig darüber im Bilde, dass Payton weg ist. Doch Mitleid brauche ich von ihm nicht zu erwarten. Er weiß, dass ich ihr wochenlang etwas vorgemacht habe, und hat mir mehrmals gesagt, dass ich meinen Scheiß geregelt bekommen soll, bevor ich das Beste, was mir in meinem beschissenen Leben passieren konnte, wieder vergraule.

Nun habe ich das Beste, was mir in meinem beschissenen Leben passieren konnte, vergrault und ich merke erst jetzt, dass ich es verkackt habe. *Fuck!*

Ächzend lasse ich mich ins Kissen zurückfallen, das Handy nach wie vor in der Hand. Wie automatisiert schaue ich auf das grelle Display und registriere verwundert das aufgeploppte Nachrichtensymbol, von dem ich hätte schwören können, dass es mich eben noch nicht so hämisch angelacht hat.

Was willst du noch, Sander?

Sie hat mir verdammt nochmal geschrieben und ich checke das erst jetzt? Ich muss ein echt ignorantes Arschloch sein; sie hat mir die Nachricht vor fast zwei Stunden geschickt und ich habe es schlicht verschlafen.

Ich könnte so richtig abkotzen.

Reden.

Ich schätze, dass sie nicht sofort antworten wird, von daher suche ich – schon allein, um Zeit totzuschlagen – in den Kontakten nach Chase' verfickter Nummer. Es geht mir enorm gegen den Strich, dass ich, wenn ich eigentlich mit P telefonieren will, auch noch dazu gezwungen bin, mit dem kleinen Flachwichser zu sprechen, der einen viel zu guten Draht zu *meiner Freundin* entwickelt hat.

»Guten Morgen, lieber Sny! Hast du gut geschlafen, mein Junge?«, schmettert seine übermäßig gutgelaunte Stimme in mein Ohr und ich entferne das Telefon eine Handbreit von meinem Kopf.

»Schnauze. Du weißt doch am besten von allen, dass ich nicht geschlafen habe, du Lappen.«

Chase lacht, als wäre es überaus amüsant für ihn zu wissen, dass Payton mir den Laufpass erteilt hat. *»Was gibt's?«*

»Ist Demon schon zurück?«

»Nope. Sie ist noch nicht durch.«

»Um neunhundert geht's nach Austin. Adler hat entschieden, dass die Arschlöcher dort endlich dran glauben müssen.«

»Fuck, ich habe geahnt, dass es früher oder später passieren wird.« Irgendetwas stimmt nicht. Ich werde das Gefühl nicht los, dass Chase ... zurückhaltend reagiert. Jemand ist bei ihm – und es ist nicht Demon, die, so wie es aussieht, mal wieder den Monstern in sich nachgibt.

Was soll's. Kann mir auch egal sein. »Wo ist das Problem? Nachdem wir monatelang die Füße stillgehalten haben, passiert jetzt endlich mal was. Ich dachte schon, Adler hat den Arsch offen, oder sowas. Es ist nur noch eine Frage der Zeit, bis die Drecksäcke uns hier die Bude einrennen und NJ als Staatseigentum deklarieren.«

»Ich weiß, Alter. Musst dich abreagieren, was?« Sein Tonfall ist nach wie vor unbekümmert, allerdings ist seine Botschaft im Subtext nicht zu überhören: *Wenn du wen zum Reden brauchst, bin ich für dich da, Bro.*

Dafür könnte ich ihm den Arsch aufreißen. »Natürlich muss ich mich *abreagieren.* Es ist ewig her, dass Adler mich jemanden abknallen lassen hat. Ich sag ja: Der hat den Arsch offen.« Absichtlich verpacke ich meine Aussage in ein drohendes Knurren, welches Chase meine eigene, ganz spezielle Botschaft im Subtext übermitteln soll: *Fick dich, du Pisser. Vergiss nicht, dass ich dein Vorgesetzter bin; also wage es, zum Teufel nochmal, nicht, mich auf Payton anzusprechen!*

»Darum geht es nicht. Ich bin mir halt nicht sicher, ob das der richtige Zeitpunkt ist, in die Offensive zu gehen.« Japp. Doppeldeutig kann er. Allerdings fehlt mir gerade echt der Nerv dafür, auf seine Wortspielereien einzugehen.

Mit einem erschöpften Stöhnen reibe ich mir die Augen. »Ist mir scheißegal. Ich wünsche dir jedenfalls viel Spaß dabei, Demon beizubringen, dass der Jet nach Austin gerade aufgetankt wird.«

»Ja, hervorragend. Die wird sich freuen, dass es gleich weitergeht. Herzlichen Dank auch. Sie hat mich eh schon auf ihrer Blacklist stehen.«

»Das ist ein Scherz, oder? Du glaubst doch nicht ernsthaft, dass ich der Richtige dafür bin, ihr das schonend auf dem Silbertablett zu servieren. Du weißt, wie es das letzte Mal ausgeartet ist, als wir beide gleichzeitig schlechte Laune hatten und es keinen Puffer zwischen uns gab. Außerdem soll sie sich verdammt nochmal nicht so anstellen.«

Ich kann förmlich hören, wie Chase mit den Augen rollt. *»Glaubst du, ich habe Angst vor ihr? Ich habe lediglich keinen Bock auf Stress. Sie hat die letzten Nächte kaum gepennt und du weißt, wie sie drauf ist, wenn man sie nach ihren Kapriolen nicht in Ruhe lässt.«*

»Kapriolen? Echt jetzt? Die Frau ist eine verfluchte Serienmörderin, die so gut wie außer Kontrolle ist, und du nennst Adlers verzweifelte Versuche, ihre Eskapaden in gesteuerte Killerkommandos umzusetzen, *Kapriolen?!*« Wieder reibe ich mir seufzend die Augen. »Chase, wenn du das Gefühl hast, dass sie ausrastet, sobald du ihr beibringst, dass sie nach ihrer *Kapriole* keinen Dornröschenschlaf abhalten darf, sag ihr, dass sie Adler anrufen soll. Der wird ihr schon klarmachen, was Sache ist.«

»Das klingt doch nach einem Deal. Vielleicht ist sie sogar milde gestimmt, wenn ich ihr verspreche, dass sie den Senator höchstpersönlich kaltmachen darf.«

Mit gerunzelter Stirn höre ich ihm zu. Chase hat definitiv einen Zuhörer, sonst würde er normal mit mir sprechen und nicht so herumzicken. »Reiß dich mal zusammen, Alter«, fahre ich ihn an und mache fast einen Satz, als in diesem Augenblick mein Handy vibriert. »Und sieh zu, dass ihr um neun wieder hier seid. Wenn Demon im Blutrausch ist, und am Ende noch einen ganzen Stadtteil in die Luft jagen will, solltest du zusehen, dass du sie mit irgendwas ruhigstellst. Dann kann sie halt nicht mit nach Austin. Pech für sie.«

»Zum Glück ist hier weit und breit nur das Ruby's Pas-

sion. Sofern sie bloß das wegsprengt, ist es kein allzu großer Verlust.«

»Aha.« Ein Schmunzeln huscht über meine angespannte Miene. »Ist Heaven wieder dabei?«

»Na klar.«

»Dann pass auf, dass Demon auch wirklich ihren Auftrag erledigt und nicht wild herumfickt.«

»Sie ist nicht du, Sny.«

»Weiß ich.« Ich lege auf und starre aufs Display.

Payton hat geantwortet.

Nein.

Sie will also nicht *reden*. Ich hasse es, zu texten – und das weiß sie. Sie will mich quälen. Was ich durchaus verdient habe.

Halte dich von den Fenstern fern.

Ächzend drehe ich mich auf den Rücken und lege das Smartphone auf meiner Brust ab. Wenn Payton mir das nächste Mal schreibt, werde ich es hoffentlich merken.

Ich habe keine Ahnung, wie ich das wiedergutmachen soll, P. Die zwei Versprechen, mit deren Einhalten ich dir hätte zeigen können, wie viel du mir bedeutest, habe ich gebrochen.

Es gibt nichts mehr, was ich dir anbieten kann.

Ich habe dich verloren.

SIEBZEHN

PAYTON

Du hast echt Nerven, Sander.

Ich habe dir mein verdammtes Herz geschenkt, du zermalmst es unter deinen beschissenen Kampfstiefeln und hast nichts Besseres zu tun, als mich dazu aufzufordern, mich von den Fenstern fernzuhalten.

Du hast mich sage und schreibe dreiundzwanzigmal angerufen, nur um ... meine Mailbox vollzuatmen und vollzubrummen!

Du wolltest lediglich telefonieren, um mir mitzuteilen, dass ... verfluchtes Arschloch!

Mir ist klar, dass diejenigen, die das RA-Kartell stürzen wollen, durch deine Attacke auf Justin nun auch mich auf dem Schirm haben. Sie wissen, dass ich dem berühmten Snyper etwas ... bedeute. Ich bin ein Druckmittel. Eine Schwachstelle des Kartells.

Du hast behauptet, ich sei einer der wenigen Menschen, die du beschützen willst. Dadurch sah sich auch Adler in der Verantwortung, mich schützen zu müssen.

Zumindest dachte ich das.

Keine Ahnung, wie es jetzt ist. Vielleicht bin ich ab sofort zum Abschuss freigegeben und nur noch du hast Interesse daran, dass ich unversehrt bleibe. Weil du ein schlechtes Gewissen hast.

Nein. Du hast kein Gewissen. Du meinst lediglich, dass du es mir schuldig bist, mich zu warnen. Mich dazu anzuweisen, mich von den Fenstern fernzuhalten.

Ist es überhaupt möglich, dass die korrupten Cops und alle anderen Mistkerle nach sieben verdammten Wochen, in denen ich nun als vermisst gelte, noch immer mein Loft observieren?

Irgendwo wage ich es zu bezweifeln.

Doch weißt du was, Sander? Das ist mir scheißegal.

Ich weiß nicht, wohin ich gehen soll. Meine Mutter hat mit ihrer Schwangerschaft und damit zu tun, Justin in der Reha zu besuchen, die du ihm gnädigerweise bezahlst.

Ich gebe ein lautes Stöhnen von mir, werfe mich in mein Kissen zurück, halte mir das Handy vor die Nase und starre auf die Worte, die Sander mir geschrieben hat. Das kann echt nicht wahr sein!

Dein Ernst?!

Ich könnte ihm so viel schreiben: Ihn beschimpfen, ihn fragen, ob er es mit Absicht gemacht hat und ihm mitteilen, dass er es mir schlicht hätte sagen können, wenn er mich loswerden will. Möglicherweise war ich zu verblendet, um zu realisieren, dass er gar keinen Bock mehr auf mich hat.

Wenigstens war ich nicht zu verblendet, um zu merken, dass der Entzug für'n Arsch war. Womöglich ist er nie clean gewesen. Wochenlang habe ich darauf gewartet, dass Sander mir gesteht, dass er die Drogen noch immer nimmt.

Ich war gar nicht enttäuscht oder wütend deswegen. Natürlich habe ich nicht erwartet, dass es beim ersten Mal klappt. Du hast den Dreck jahrelang in dich reingepumpt.

Diejenigen, die dich gefoltert haben, haben dich angefixt, und als sie fertig mit dir waren, brauchtest du das Heroin, um deine seelischen Schmerzen zu betäuben.

Um zu funktionieren und wachzubleiben, hast du mit dem Kokain angefangen.

Und natürlich senken die Drogen deine Hemmschwelle. Wahrscheinlich hast du deshalb mit anderen gevögelt, weil ich gerade nicht zur Stelle war – oder warum auch immer.

Als Sander in der Klinik war, hat Adler dafür gesorgt, dass ich aus der Schusslinie gerate, und mich auf der Familienranch im Norden untergebracht.

Nach Sanders Klinikaufenthalt konnten wir uns aus verschiedenen Gründen nicht täglich sehen. Womöglich hat er sich deswegen andere zum Vögeln gesucht.

Der Schatten namens Noyce, auch bekannt als Schatten-Türsteher, beehrte mich hin und wieder mit seinem Besuch und hat versucht, mir ein paar Kampfsportarten beizubringen. Hat allerdings nicht besonders gut geklappt. Ich habe für so etwas wohl kein Talent – obwohl ich ja stets das Ziel vor Augen hatte, Sander eines Tages einmal verprügeln zu können.

Dieser Drang ist jetzt ausgeprägter denn je.

Ich glaube, Noyce hält sich für eine Art Ninja oder

so. Er hat es jedenfalls ziemlich drauf, sich unbemerkt von hinten anzuschleichen und mir dann zu erklären, auf wie viele hundert Arten er mich hätte umbringen können.

Als ich ihn darauf hingewiesen habe, dass ich lediglich Sander verprügeln möchte, um ihm zu zeigen, dass ich mir nicht alles von ihm gefallen lasse, hat Noyce mich ausgelacht und gesagt, dass ich besser mal unangekündigt im El Paso auftauchen sollte – schon allein, um mir selbst zu beweisen, dass meine Worte keine heiße Luft sind.

Ich ging davon aus, dass er mich bloß mit der Nase auf Sanders Drogenkonsum stoßen wollte, aber er hat wohl etwas anderes gemeint.

Er hat definitiv etwas anderes gemeint.

Eigentlich wollte ich zu deinem Quartier, San.

Aber die Kühlraumtür war nur angelehnt, und aus irgendeinem Grund hat es mich neugierig gemacht.

Der Anblick, wie er diese Schlampe von hinten nimmt, hat sich in meine Netzhaut eingebrannt. Sander hat sie genauso gevögelt, wie er mich von hinten vögelt. Er hat genauso laut und rau gestöhnt und die verfickte Tänzerin hat ihm ihren Arsch genauso entgegengestreckt, wie ich es immer tue.

Mit verschränkten Armen habe ich mich an den Türrahmen gelehnt und den beiden eine Weile lang zugeschaut. Ich weiß selbst nicht, warum ich das gemacht habe. Das muss eine Art Selbstzerstörungstrieb gewesen sein, der mich dazu verleitet hat.

Es hat so verdammt wehgetan.

Ich schätze, das war der Beweis, dass ich es nicht verdient habe, glücklich zu sein.

Ich habe dich nicht verdient.

Ich wüsste nur zu gerne, woher dieser Drang, mich selbst zu bestrafen, kommt.

Er war schon immer da, doch es gibt eigentlich keinen Grund dafür.

Vielleicht die fehlende Mutterliebe. Vielleicht ist es auch einfach irgendein Defekt.

Dieser Drang hat mich, glaube ich, anfangs in deine Arme getrieben.

Ich wollte, dass du mir wehtust.

Ich wollte, dass du mich zerstörst.

Wie an Strippen habe ich mich von dir angezogen gefühlt, weil ich instinktiv wusste, dass du mir nicht guttun würdest.

Die ganze Zeit über konnte ich es mir nicht erklären – und jetzt hat mich die Erkenntnis wie ein Güterzug überrollt.

Ich habe mich in dich verliebt, weil unsere Beziehung von Anfang an zum Scheitern verurteilt war.

In dir habe ich jemanden gefunden, dem es genauso geht wie mir.

Du verstehst diesen Drang, dich selbst zu sabotieren und dir ständig einzureden, dass du nichts wert bist.

Während ich dir und dieser Tänzerin beim Vögeln zugesehen habe, war es, als habe dieser Teil von mir endlich rechtbekommen.

Als du in ihr gekommen bist, hast du meinen Namen gestöhnt und ihr in die Schulter gebissen.

Dafür hasse ich dich von ganzem Herzen, Sander.

Ich konnte gar nicht anders, als diese beschissene Situation zu kommentieren. Mir ist nur leider nichts Besseres eingefallen, als ihn darauf hinzuweisen, dass ich hinter ihm stehe und nicht diejenige bin, die er gerade gefickt hat. Es wäre ohnehin nur eine Frage der Zeit gewesen, bis er mich bemerkt hätte.

Seinen Blick, als er mich dort hat stehen sehen, werde ich niemals vergessen.

Er schien vielmehr wütend auf mich, als auf sich selbst zu sein – von einem schlechten Gewissen ganz zu schweigen.

In dem Moment gab es nichts mehr zu sagen, fand ich.

Ich hätte zur Ranch zurückfahren können. Doch da ich mit Sander gebrochen habe, wird das wohl die gesamte *Familie* betreffen.

Vielleicht ist es an der Zeit, NJ zu verlassen.

Natürlich ist das mein Ernst. Halte dich von den Fenstern fern und zieh die Gardinen zu. Wenn ich aus Austin zurück bin, bespreche ich mit Adler, wie du weiter vorgehen sollst.

Ich könnte ihn fragen, was er nun schon wieder in Austin zu suchen hat, aber das geht mich nichts mehr an.

Danke, nicht nötig.

Ich bin so furchtbar müde und habe kein Auge zugetan. Eigentlich bin ich wie betäubt, doch mein Körper steht, im Gegensatz dazu, vollkommen unter Strom. Ich konnte nicht einmal weinen. Mittlerweile weiß ich selbst nicht einmal mehr, was ich fühle.

Ich fühle mich betrogen, ja. Verarscht. Enttäuscht.

Nachdem Sander mir die Sache mit den Drogen verheimlicht hat, dachte ich, dass er mir wenigstens treu ist. Wie naiv und dumm das von mir gewesen ist, merke ich selbst. Wenn er die Drogen schon nicht aufgeben will, und es mir dann auch noch ewig verheimlicht, wird er auch das Herumficken nicht aufgeben können. Wie gut er das vor mir verheimlichen konnte, hat sich ja jetzt gezeigt. Weil ich blind und blauäugig gewesen bin. Weil ich es nicht wahrhaben wollte.

Was soll das heißen, Payton? Du willst genauso wenig wie ich, dass Adlers Gegner dich in die Finger kriegen. Die werden nämlich nicht so nett zu dir sein wie ich.

Prompt gebe ich ein geringschätziges Schnauben von mir und spiele mit dem Gedanken, das Handy für ein paar Stunden abzustellen, nur um Sander zu provozieren.

Allerdings liegt es klar auf der Hand, dass ich es nicht aushalten würde. Unser Streitgespräch hat gerade erst begonnen und da sind so viele Sachen, die ich ihm an den Kopf werfen will. Außerdem gibt es befriedigendere Wege, ihn zu provozieren.

Vor allem, weil er offenbar keine Zeit dafür hat, mich hier aufzusuchen, um mir das Gespräch aufzuzwingen, welches ich auf Gedeih und Verderb nicht mit ihm führen möchte. Ich will seine scheißverdammten Ausreden nicht hören; ich brauche sie auch nicht zu hören. Ich bin fertig mit ihm.

Woher willst du bitte wissen, was ich will, Sander? Und deine Definition von ›nett‹ ist übrigens eine andere als meine. Erst recht nach dem gestrigen Abend.

Seufzend lasse ich meinen Kopf wieder ins Kissen sinken. Es tut weh, die Sache auf den Punkt zu bringen.

Ich könnte es endlich gut sein lassen. Allgemein könnte ich es sein lassen, mit ihm zu kommunizieren. Eine beste Freundin würde mir wahrscheinlich dazu raten, tonnenweise Eis in mich hineinzuschaufeln, mir das Rauchen anzugewöhnen, mich zu betrinken, schnulzige Liebesfilme zu gucken und mich richtig auszuweinen. Das oberste Gebot wäre, Sanders Handynummer zu blockieren, mir selbst eine neue Nummer zuzulegen und am besten auch gleich ein neues Handy zu kaufen.

Ja. Der einzige Satz, den ich ihm hätte schreiben dürfen, wäre folgender gewesen: Ich brauche Zeit für mich, bitte respektiere das.

Du antwortest nicht.

Es gibt viele Möglichkeiten, warum du es nicht tust.

Vielleicht weißt du nicht, was du darauf noch schreiben kannst und überlegst jetzt hin und her, wie du deine Antwort formulieren sollst.

Vielleicht bist du eingeschlafen.

Vielleicht bist du gerade auf dem Klo – um dir dein beschissenes Kokain reinzupfeifen.

Vielleicht bist du gerade auf dem Weg nach unten, um ins nächste Auto zu steigen und zu mir zu fahren.

Vielleicht bist du auch gerade auf dem Weg nach unten, um dir ein weiteres Flittchen zum Vögeln zu suchen.

Vielleicht hast du ja sogar schon ein Flittchen neben dir liegen, das du gevögelt hast.

Vielleicht ist dir das alles ziemlich scheißegal und du

schreibst mir nur noch, weil du denkst, dass du es mir schuldig bist.

Erschöpft schließe ich die Augen und drifte endlich in eine Art Dämmermodus ab. Es scheint, als habe mein Körper zuletzt doch noch das Handtuch geworfen und eingesehen, dass es keinen Grund gibt, sich so aufzuregen.

Das Schlimmste ist vorbei. Nun gilt es, nach vorn zu sehen.

Seufzend drehe ich mich auf die Seite und döse endgültig weg.

Aus heiterem Himmel höre ich einen dumpfen Knall, der mir entfernt bekannt vorkommt, den ich aber nicht sofort einordnen kann.

Völlig gerädert öffne ich die Augen und brauche eine Sekunde, um mich zu orientieren. Ich war seit Wochen nicht im Loft, daher ist es so, als wäre hier die Zeit stehengeblieben: Die Unterwäsche, die ich an dem Abend getragen habe, als Sander ursprünglich mit mir Schluss machen wollte und stattdessen Justin den Schädel eingeschlagen hat, liegt noch immer hier herum. Sogar Sanders Tattookram verstaubt unberührt auf meinem Nachtschrank.

Nur seine lederne Sporttasche wurde von irgendwem entfernt. Keine Ahnung, ob es jemand von Adlers Leuten oder die Polizei war.

Kann mir auch egal sein. Viel wichtiger ist, dass ich herausfinden muss, was das für ein Knall war, der mich geweckt hat. Nicht, dass sich irgendwer Zugang zum Loft verschafft hat. Oder war das vielleicht ... ein Schuss?!

Bestürzt richte ich mich im Bett auf und schaue an mir hinunter. Ich scheine nicht zu bluten, und auch sonst wirkt es auf den ersten Blick so, als sei alles in Ordnung: Die Gardinen sind zugezogen und ich kann glücklicherweise nirgendwo ein Einschussloch erkennen. Außerdem ist die Wohnungstür verschlossen und außer mir befindet sich niemand in diesem Raum.

Gerade will ich wie gewöhnlich nach meinem Handy greifen, das normalerweise zum Aufladen auf dem Nachttisch liegt, als mir endlich klar wird, woher mir dieser dumpfe Knall entfernt bekannt vorkam: Das Geräusch, welches ein Smartphone macht, wenn es herunterfällt und auf dem harten Fußboden aufkommt.

Augenblicklich überkommen mich der übliche Bammel und die Bilderflut vor meinem geistigen Auge, wie das Display in tausend Teile zersprungen ist. Nervös lehne ich mich über die Bettkante, kann es allerdings nicht finden.

Es dauert ein paar Sekunden, bis mir wieder einfällt, dass ich das Handy nie auf seinem angestammten Platz auf dem Nachtschrank abgelegt habe, sondern auf der Matratze liegenließ. Sofort werfe ich mich auf die andere Seite des Bettes und entdecke es auf dem Fußboden; direkt neben meinen Socken. Das Display ist zum Glück heilgeblieben. Nur das kleine Lämpchen, welches mir anzeigt, dass ich eine Nachricht gekriegt habe, blinkt vor sich hin.

Es tut mir leid, P.

Mein Herz schlägt hart gegen meinen Brustkorb

und auf einmal habe ich das Gefühl, nicht mehr ausreichend Luft zu bekommen. Es ist, als würde eine eiskalte Faust meine Rippen zusammendrücken und meine Eingeweide schockgefrieren. Meine Hände beginnen zu zittern, während ich wie versteinert aufs Display starre und Sanders Nachricht wieder und wieder lese.

Es tut ihm leid.

Trotzig blinzele ich eine Träne weg und werfe einen Blick auf die Zeitanzeige in der oberen Ecke des Displays. Es ist kurz vor neun, was bedeutet, dass ich tatsächlich ein paar Stunden geschlafen habe.

Vielleicht hat Sander sich wenigstens ein bisschen verrückt gemacht, weil ich nicht geantwortet habe.

Ja, vielleicht.

Du brauchst dich nicht in der Verpflichtung zu sehen, mir Dinge zu schreiben, von denen du denkst, dass ich sie lesen will. Es ist unerheblich. Ich wusste die ganze Zeit über, dass der Entzug nichts gebracht hat. Stattdessen hätte ich wissen müssen, dass du genauso wenig auf dein verdammtes Herumficken verzichten kannst. Womöglich hätte es etwas geändert, wenn Adler mich nicht in den Norden verbannt hätte. Aber das ist inzwischen egal. Mach dir keinen Kopf. Ich suche mir einen Job weit weg von dir und NJ.

Ich denke, das Wichtigste wurde gesagt. Jetzt kann Sander getrost einen Schlussstrich ziehen.

Seufzend lege ich das Handy auf dem Nachtschrank ab und falle zurück in die Kissen. Entweder lasse ich mich jetzt hängen, was zwangsläufig dazu führen wird, den kompletten Tag im Bett zu verbringen, *oder* ich lasse das Ganze nicht an mich heran und powere stattdessen lieber durch: Duschen, Bude putzen und vielleicht sogar die Umzugskartons vom Dachboden holen. Keine Ahnung, wohin es gehen soll, aber hier kann ich nicht bleiben.

Ich habe niemanden. Absolut niemanden.

Ist es möglich, dass mich das Schicksal dafür bestrafen will, weil ich ausgerechnet den Lehrerjob hier in New Juarez angenommen habe?

Zwar habe ich das College nicht als Jahrgangsbeste abgeschlossen, aber trotzdem konnte ich eine Handvoll Jobangebote in weniger gefährlichen Städten ausschlagen. In Städten, die nicht von einem Kartell regiert werden. Das gute Gehalt hatte mich – oder besser gesagt meine Mutter und Justin – überzeugt. Doppelt so viel wie an anderen Schulen, da New Juarez nicht gerade als eine beliebte Wohngegend gehandelt wird.

Gestern habe ich noch das Gegenteil gedacht. Gestern dachte ich, dass das Schicksal Sander und mich zusammengeführt hat.

So kann man sich täuschen.

Bevor ich hierherzog, hatte ich den Eindruck, in einer festen Beziehung zu stecken und in Besitz einer Mutter zu sein, die mit einer narzisstischen Persönlichkeitsstörung zu kämpfen hat, aber zumindest ihrer Tochter gegenüber ziemlich anhänglich zu sein schien. Nun werde ich alles tun, um meiner Mutter und dem dazugehörigen Exfreund aus dem Weg zu gehen.

Justin wird wieder gesund. Das ist gut. Sollen sie doch glücklich werden und den Rest ihres Lebens davon ausgehen, dass mich irgendwer verschleppt und in der Wüste verscharrt hat, oder so.

Eigentlich sind das hier die besten Voraussetzungen, um ganz neu anzufangen. Vielleicht sogar mit einer neuen Identität. Womöglich würde Adler es mir ermöglichen, wenn ich ihn darum bitte. Er wird es mir wohl kaum krummnehmen, dass ich mich so weit weg wie möglich von Sander aufhalten will und zudem auch nicht möchte, dass er erfährt, wo ich bin.

Falls es ihn überhaupt noch interessiert.

Seufzend drehe ich mich zum Nachtschrank und schiele auf mein Handy.

Hat es geblinkt?

Nein, das habe ich mir sicher eingebildet.

Es *hat* geblinkt.

Bevor ich mich dagegen entscheiden kann, nehme ich es und drücke auf den Knopf, damit sich das Display erhellt.

Was soll ich dazu sagen?

Wenn ich könnte, würde ich jetzt am liebsten durch das Display klettern und Sander eine knallen. Diese Nachricht war schlicht und einfach unnötig. Die ganze Aufregung, ob es nun geblinkt hat oder nicht, das wilde Herzklopfen, weil er mir geschrieben hat ... ich führe mich auf wie eine pubertierende Göre, die ihre erste große Liebe verloren hat, praktisch nur noch an ihrem Smartphone klebt und verzweifelt auf Nachrichten von ihrem Ex wartet.

Gar nichts. Schreib gar nicht mehr. Ich habe dir auch nichts mehr zu sagen und will dich nicht mehr sehen.

Ihm diese Worte zu schicken tut mir wahrscheinlich mehr weh als ihm. Ein Teil von mir möchte, dass er mich auf Knien anfleht, ihm zu verzeihen. Ein anderer Teil möchte tatsächlich nichts mehr mit ihm zu tun haben. Und ein dritter Teil möchte sich mit Sander so richtig in die Haare kriegen, damit er völlig ausrastet, herkommt und mich verprügeln will. Aber stattdessen werde ich ihn verprügeln und dann ... keine Ahnung, was dann passiert. Vielleicht ploppt danach eine Zeitmaschine vor mir auf, mit der ich in die Vergangenheit reisen und mein früheres Ich davon abhalten kann, den Job hier in NJ anzunehmen.

Was willst du von mir hören, Payton? Mehr als dir zu sagen, dass es mir leidtut, kann ich nicht. Alles weitere wären dumme Ausreden, warum ich das getan habe. Es ändert allerdings nichts daran, dass ich nicht zulassen werde, dass du dich einfach aus dem Staub machst, ohne mit mir darüber zu reden.

Er besteht auf ein verfluchtes Gespräch. Ein Gespräch, das sowieso zu nichts führen wird. Höchstens dazu, dass ich einknicke und am Ende noch bei ihm bleibe. Doch das kann ich nicht mit meinem Stolz vereinbaren. Ich würde ihm auch niemals vertrauen oder glauben können.

Klar. Ein Gespräch. Worüber denn? Dass du alles kaputt gemacht hast?

Erneut schaue ich auf die Uhr. Es ist neun und ich bin drauf und dran, mich so sehr nach Sanders Nähe zu sehnen, dass es nur ein paar nette Worte von ihm braucht, damit ich mich dazu bereiterkläre, mich mit ihm zu treffen.

Ein Gespräch über uns.

Ich schüttele den Kopf, als könnte Sander das sehen, oder als wäre das genug, um ihm mitzuteilen, dass ich das nicht will. Ein schwerer Kloß bildet sich in meinem Hals, der sich auch nicht mit hartem Schlucken eliminieren lässt.

Verstehst du es nicht?! Es gibt nichts mehr zu sagen. Du hast keine Möglichkeit, das Geschehene in irgendeiner Weise wiedergutzumachen. Du hast mir versprochen, mit den Drogen aufzuhören, außerdem hast du mir versprochen, nicht fremdzuvögeln. Das mit den Drogen hätte mich sogar überrascht, wenn du es tatsächlich geschafft hättest. Allerdings habe ich den Eindruck, dass du es nicht einmal versucht hast. Das hätte ich dir noch verzeihen können, Sander. Das habe ich dir verziehen. Aber das Fremdgehen tut einfach nur weh. Es zeigt, dass ich dir wirklich egal bin und du es nicht für nötig hältst, wenigstens den Versuch zu unternehmen, dich für mich zu verändern.

Erneut versuche ich, den schweren Kloß hinunterzuschlucken, was ich jedoch beim besten Willen nicht schaffe. Tränen lassen meinen Blick verschwimmen und ich beiße fest die Zähne zusammen, damit ich nicht zu schluchzen beginne.

Eigentlich will ich Sander nicht hinterherheulen.

Ich will wütend sein. Vor allem auf mich selbst, weil es abzusehen war. Ich habe mich auf einen kranken, kaputten Typ eingelassen und mir schiere Wunder von ihm erhofft. Stattdessen hat er sich genauso verhalten, wie es zu erwarten war, und nun besitze ich auch noch die Dreistigkeit, ihm dafür Vorwürfe zu machen.

Es ist schlicht das Beste, einen sauberen Cut zu ziehen und darauf zu hoffen, dass sich irgendwo auf dieser Welt ein Mann finden lässt, der nicht so viel Ballast mit sich herumträgt.

Du bist mir nicht egal.

Erneut schüttele ich den Kopf und nun rinnen die dummen Tränen doch über meine Wangen. Da steht der eine Satz schwarz auf weiß geschrieben, dass ich nicht nur irgendeine *Beute* für ihn bin, sondern ... ja. Was bin ich für ihn?

Zwar sagt er es mir nicht zum ersten Mal, aber es ist das erste Mal, dass mich diese Worte zum Weinen bringen, weil sie sich wie ein Liebesgeständnis anfühlen. Ich glaube, im gewissen Sinne ist es das auch. Auf seine eigene verdrehte Weise hat Sander mir gerade mitgeteilt, wie viel ich ihm bedeute. Er musste erst alles zerstören, bevor er sich dazu durchringen konnte, mir zu sagen, was er wirklich fühlt.

Ich will dich nicht mehr sehen. Und lass mich bloß mit den Fenstern in Ruhe. Wenn ich das Bedürfnis habe, die Gardinen aufzuziehen, um nach draußen zu schauen, dann tue ich es auch.

Verärgert wische ich mir die letzten Tränen aus dem Gesicht und beiße mir auf die Unterlippe. Ich habe keine Zeit, um zu trauern und wütend auf mich selbst zu sein, weil ich mich selbst in diese Situation hineinmanövriert habe. Stattdessen muss ich einen Umzug planen und Bewerbungen schreiben. Solange ich keinen neuen Job habe, brauche ich gar nicht erst auszuziehen. Es sei denn, ich habe Lust, auf der Straße zu leben. Als ledige Frau ohne eine wohlhabende Familie im Rücken werde ich ohnehin genug Schwierigkeiten damit haben, eine neue Wohnung zu finden – und wenn ich nicht einmal ein geregeltes Einkommen vorzuweisen habe, brauche ich es gar nicht erst zu versuchen.

Zum Glück hat Sander wie selbstverständlich die

letzten Monatsmieten übernommen – ich weiß gar nicht, wieso genau. Möglicherweise hat er sich erhofft, dass Adler ihm meinetwegen mehr Freiraum geben würde, damit wir hier eines Tages zusammen wohnen können, oder so.

Tja. Das kann er jetzt vergessen.

Wir klären das später.

Mehr kommt nicht.

»Arschloch!« Das macht mich rasend. Ich könnte kotzen, dass Sander immer das verdammte letzte Wort hat.

Werden wir nicht.

Empört schäle ich mich aus dem Bett, laufe zur Küchenzeile, hole ein großes Glas aus dem Schrank und befülle es randvoll mit Wasser. Ohne richtig darüber nachzudenken, versenke ich das Smartphone darin.

Vor ein paar Minuten hatte ich noch Angst, dass das Display Schaden genommen haben könnte, und jetzt liquidiere ich mein Telefon aus freien Stücken. Nur, weil ich Sander beweisen muss, dass er nicht das letzte Wort hat. Vor allem muss ich mir selbst damit beweisen, dass ich es durchaus schaffe, seinen Nachrichten, Anrufen und ihm höchstpersönlich aus dem Weg zu gehen.

Mein Handy ist Schrott. Er wird mich darüber nicht einmal orten können. Fürs Erste werde ich mir gar kein neues Smartphone leisten können. Frühestens, wenn ich einen Job ergattern konnte. Allerdings habe ich keine Ahnung, wie ich Vorstellungsgespräche vereinbaren soll, wenn ich kein Telefon habe. Muss ich wohl alles über E-Mail klären. Nur beherrscht mich gerade der idiotische Drang, auch mein

Notebook in der Badewanne zu versenken, damit Sander mich nicht einmal darüber erreichen kann.

Okay. Ich sollte erst einmal duschen gehen und mich beruhigen – so lange werde ich mein Notebook unter einem Stapel Decken verstauen, damit jemand wie Chase nicht auf die Idee kommt, meine Webcam zu hacken, um herauszufinden, ob es mir gutgeht.

ACHTZEHN

SNYPER

Zur Hölle, Payton!

Ich erreiche dich nicht und drehe deshalb verdammt nochmal am Rad. Du erhältst meine Nachrichten nicht und hörst nicht einmal deine Mailbox ab.

Dein verficktes Handy ist abgeschaltet, und aus irgendeinem Grund schafft Chase es nicht, es zu hacken.

Er sagt, dein Handy sei tot.

Zudem hast du deinen Laptop abgestellt, der sonst den beschissen lieben langen Tag läuft, selbst wenn du ihn nicht brauchst.

Chase behauptet, dein Notebook sei zwar nicht tot, doch sobald er auf deine Webcam zugreift, ist da nur Schwärze. Das heißt, du hast sie entweder zugeklebt oder den Laptop zugeklappt.

»Beruhig dich mal, Alter. Nur weil die scheiß Arschlöcher es fast geschafft haben, uns den Arsch aufzureißen, heißt es noch lange nicht, dass einer von ihnen 'nen verdammten Auftragskiller zu Ginger geschickt hat und sie sich nun in größter Gefahr befindet. Wahrscheinlich hat sie bloß keinen Bock, mit dir zu reden, und den Akku aus ihrem Handy rausgenommen.« Chase nimmt einen Schluck aus seiner Wasserflasche. »Verständlicherweise würde ich meinen.«

Wutschnaubend schlage ich ihm die Flasche aus der Hand, die quer durch den Club fliegt und mit einem geräuschvollen Klatschen auf dem Fußboden landet. »Es reicht jetzt mit deiner verdammten Wassertrinkerei, Chase! Hast du 'nen Tick, oder was?«

»Geht's denn?!« Empört schlägt er mir mit der flachen Hand gegen den Hinterkopf, rutscht vom Hocker und verschwindet hinter der Theke, um ein paar Lappen zu holen. »Zwei Liter Wasser am Tag, Sny. Ich will bloß auf meine Einfuhr kommen, nachdem ich die letzten Tage irgendwie ziemlich durchgesoffen habe. Ich bin, genau wie du, keine zwanzig mehr und habe nicht vor, mit Mitte vierzig an einem Herzinfarkt abzukratzen, wie du es offenbar anstrebst. Oder an einer Überdosis.« Gemächlich schlendert er zu der Stelle, wo die Wasserflasche gelandet ist, und macht sich schweigend daran, den Scheiß wegzuwischen.

Die Tatsache, dass er nicht einmal auf die Idee kommt, mich dazu aufzufordern, das selbst zu beseitigen, obwohl ich derjenige gewesen bin, der die Nerven verloren und die Flasche weggeschossen hat, ist seine Art, mir sein Mitgefühl zu zeigen.

Trotzdem folge ich ihm zu der Stelle und beobachte ihn mit verschränkten Armen bei der Arbeit. »Gib's doch zu. Du hast dir einen Tripper eingefangen und willst dir jetzt die Infektion rausspülen.«

»Das hättest du wohl gerne.« Inzwischen klingt er

ebenfalls ziemlich angefressen. Ich schätze, ich bin ihm heute schon genug auf den Sack gegangen.

»Tut mir leid, Mann.« Mir entweicht ein erschöpftes Seufzen. »Du bist der Einzige von uns, der noch halbwegs richtig im Kopf ist und es irgendwie hinkriegt, selbst in der beschissensten Situation seinen Humor zu bewahren. Deswegen mögen die Mädels dich auch so gern.«

Chase rappelt sich auf und grinst mich schief an. »Die Mädels mögen mich, weil ich heiß bin und auf Kaffeekränzchen stehe.«

»Bist du dir sicher? Dein Kuchentick ist ja schon grenzwertig, aber sobald du erst mal anfängst, über das English Rose Design auf dem Teegeschirr deiner Großmutter zu lamentieren, verdrehe nicht nur ich die Augen.«

»Ja, weil du ein niveauloser Ignorant bist.« Achselzuckend bewegt Chase sich mit den nassen Lappen in der einen und der leeren Wasserflasche in der anderen Hand wieder Richtung Theke. »Außerdem ist es mir einerlei, was du dazu zu vermelden hast.«

»*Einerlei* also.« Ich folge ihm, als wäre ich an ihm festgebunden.

»Ja. Nichtsdestotrotz solltest du aufhören, an mir herumzukritisieren, und stattdessen mal in den Spiegel schauen. Zumindest solange du in Betracht ziehst, die kleine Ginger um jeden Preis zurückzugewinnen.«

»Das weiß ich selbst.«

»Du hast Mist gebaut, Alter. Gigantischen Mist. Sogar ich bin am Ende meines Lateins bei dir angekommen. Ich ... *wir alle* predigen dir seit Jahren, dass die Drogen dich irgendwann so richtig in die Scheiße reiten werden.« Er visiert mich mit ungewohnt ernsten Augen an. »Na ja, was soll ich sagen: Gratulation! Du hast es geschafft, die einzige Person auf diesem Planeten zu vergraulen, die abgedreht genug ist, um dich zu wollen. Insgeheim habe ich ja damit gerechnet, dass du aus Versehen Demon abknallst und Adler dich daraufhin den Wölfen zum Fraß vorwirft, aber gut. In diesem Fall hast du wenigstens eine minimale Chance, es wiedergutzumachen.« Er tritt hinter die Theke und wirft Lappen und Flasche einfach in den Müll. »Ich habe zwar keinen blassen Schimmer, wie du das anstellen sollst, doch versuchen kann man es ja.«

»Es macht mich rasend, dass ich nicht weiß, ob bei ihr alles in Ordnung ist«, bringe ich die Sache auf den Punkt.

»Dann leg dich auf die Lauer.«

»Sie will, dass ich sie in Ruhe lasse.«

»Soll ich zu ihr fahren und mit ihr reden? Belagerst du mich deswegen? Du bist doch sonst nicht so anhänglich.« Er bückt sich und holt eine neue Wasserflasche aus dem Kühlschrank.

Ich gebe ein angepisstes Knurren von mir. »Willst du mich in den Wahnsinn treiben, Chase? Du hast doch heute bestimmt schon fünf Liter getrunken.«

»Halt die Fresse, Sny. Ich kann so viel Wasser trinken, wie ich will. Solltest du auch machen, nachdem du dir immerhin den arschteuren Rum hinter die Binde gekippt hast. Die Flasche stammte aus der Zeit der Freibeuter.«

Augenblicklich reiße ich ihm das Wasser aus der Hand und trinke einen großen Schluck daraus. »In deinen Träumen vielleicht. Rum hält sich nicht so lange – und selbst wenn, wäre die Flasche unbezahlbar gewesen. Das kannst du kleiner Pisser dir gar nicht leisten.«

Chase gibt ein entnervtes Stöhnen von sich und holt sich noch ein Wasser aus dem Kühlschrank. »Sie war trotzdem arschteuer – und kam von Herzen.«

»Du wolltest mich mit dieser Flasche bloß vorführen. Jetzt weiß jeder von Adlers beschissenen Angestellten, wann ich Geburtstag habe, wie alt ich bin und dass ich auf Rum stehe. Hast du eigentlich eine Vorstellung davon, wie viele Tafeln Rum-Trauben-Nuss-Schokolade ich oben herumfliegen habe? Nicht etwa, weil die Leute mich mögen, sondern weil sie mich damit provozieren wollen.«

Chase grinst dreckig und klopft mir auf die Schulter. »Habe ich gern gemacht, mein Junge. Du solltest mal die Rumkugeln meiner Gran probieren. Die sind großartig.«

Unmittelbar fängt er sich einen grimmigen Blick von mir ein. »Wenn du echt meinst, dass ich dich irgendwann mal zu deiner Großmutter begleite, musst du wirklich den Schuss nicht gehört haben.«

»Ach komm schon. Sie redet ständig davon, dass sie endlich *all meine Freunde* kennenlernen möchte. Seitdem ich ihr außerdem erzählt habe, dass du auf Rumkugeln stehst, kann sie es gar nicht abwarten, dir von ihrem geheimen Familienrezept zu berichten.«

»Dann kannst du ihr erst einmal erzählen, dass mir ihre verfickten Rumkugeln *einerlei* sind und ihr abgefucktes Familienrezept mir erst recht am Arsch vorbeigeht.«

»Soll ich auch genau diese Wortwahl verwenden?«

»Ich bitte darum.«

»Alles klar. Passt dir kommender Sonntagnachmittag?«

»Fick dich, Chase.«

»Okay. Ich sag ihr einfach, dass mit dir nicht gut Kirschen essen ist; dann wird sie dich ohnehin nicht in ihrem Haus haben wollen.«

»Besser ist es.« Bestimmt ziehe ich nun schon zum fünfzigsten Mal in fünf Minuten mein Handy aus der Gesäßtasche und starre aufs Display, als würde die bloße Kraft meiner Gedanken ausreichen, um eine Nachricht von Payton darauf erscheinen zu lassen.

»Und du gehst jetzt bitte zum Versöhnungsficken mit Ginger. Das kann ja keiner mitansehen, wie du ihretwegen leidest.«

»Ich leide nicht. Es macht mich nur nervös, dass sie ihre Nachrichten seit heute Morgen nicht mehr gecheckt hat.«

Er gibt ein theatralisches Seufzen von sich. »Es ist vollkommen verständlich, dass du dir nach den heutigen Geschehnissen Sorgen um sie machst. Wenn du ihr ganz gelassen erklärst, was vorgefallen ist und du dich lediglich vergewissern willst, dass es ihr gutgeht, wird sie schon nicht abblocken.« Er fixiert mich mit einem tadelnden Blick. »Und damit meine ich *gelassen*. Kein Ausrasten. Kein Würgen. Keine Ohrfeigen. Keine Betäubungsmittel und kein Verschleppen auf die Adler Ranch gegen ihren Willen.«

»Sie muss aber zur Ranch. Im Loft kann sie nicht bleiben.«

»Natürlich kann sie das nicht. Du darfst bei dem Ganzen jedoch nicht vergessen, dass es nur Adlers paranoide Gedankenfolgen sind, die dich verrückt machen. Es *könnte* sein, dass die falschen Leute von

Payton erfahren haben und nun versuchen, sie in die Finger zu kriegen, um dir und Adler eins auszuwischen. Die Typen haben allerdings auch andere Baustellen, und ich möchte wetten, dass eine von *Snypers* Fickbeziehungen nicht ganz oben auf ihrer Blacklist steht. Etwas anderes ist sie nach außen hin nämlich nie für dich gewesen. Das darfst du nicht vergessen.«

Von dir als meine Fickbeziehung zu sprechen, macht mich irgendwie krank.

Solange du tatsächlich nur diesen Status hast, könntest du aber in Sicherheit sein.

Zumindest fürs Erste.

Ich werde dafür sorgen, dass bald jeder weiß, dass du mehr als das für mich bist. Du bist alles für mich.

Ich werde dich auf die Ranch schaffen. Ob du willst oder nicht.

»Ich muss trotzdem wissen, ob es ihr gutgeht.«

»Alles klar.« Chase wirft ein Geschirrtuch, mit dem er gerade aus purer Langeweile ein paar Gläser poliert hat, auf die Spüle. »Ich fahre zu ihr und frage sie, was sie mit ihrem Handy angestellt hat.«

»Nein. Du hältst dich von ihr fern.«

»Das ist jetzt echt nicht der richtige Zeitpunkt für einen deiner Eifersuchtsanfälle, Sny.«

»Vergiss es. Ich kann nicht einschätzen, was sie alles anstellen wird, um mir eins reinzuwürgen. Du weißt, dass sie nicht ganz richtig im Kopf ist, und du stehst auf durchgeknallte Frauen.«

»Du machst mir also bereits im Vorhinein zum

Vorwurf, dass es passieren *könnte,* dass ich Ginger nicht widerstehen kann, wenn sie sich in den Kopf gesetzt hat, dir eins reinzuwürgen?« Mit angepisst funkelnden Augen stiert er mich an. Doch sogleich entspannt er sich und greift wieder nach dem Geschirrtuch. »Da hast du wohl recht.«

Ich gebe ein warnendes Knurren von mir, habe aber dennoch Schwierigkeiten, mir das Schmunzeln zu verkneifen. »Und du denkst echt, dass ich als erstes Demon abknallen würde, falls ich irgendwann einmal eskaliere, Chase.«

»Klar.« Er grinst mich hämisch an. »Weil sie die Einzige ist, die eine unwiderstehliche Herausforderung darin sehen würde, sich mit dir anzulegen.«

»Sei dir da mal nicht so sicher.«

Nachdenklich wiegt Chase den Kopf von rechts nach links. »Demon ist eine tickende Zeitbombe, das ist uns allen klar.« Mit den Fingerspitzen fährt er sich über die verkrusteten Kratzer an seiner Wange, die Demon ihm vorhin beigebracht hat, als Chase sie ein wenig zu sehr gereizt hat. »Sie kämpft ohne Rücksicht auf Verluste.«

»Das tue ich auch.«

»Ja, und das ist das Problem an dem Ganzen. Das geht jetzt nicht mehr, solange du Payton in deinem Leben willst. Dein krankes Gehirn hat definitiv einen schlechten Einfluss auf sie – und wer weiß, wohin das führen wird –, aber du musst dir verdammt nochmal darüber im Klaren sein, dass du die Verantwortung dafür trägst, wenn ihr etwas passiert. Du hast sie in die Dunkelheit entführt, die uns alle ausmacht, und dadurch hast du ihr eine beschissene Zielscheibe auf den Rücken tätowiert. Solange es Menschen gibt, die dich tot sehen wollen, befindet Payton sich ebenfalls in Gefahr.«

Chase, der mich schon wieder ungewohnt eindringlich anstarrt, erzählt mir da nichts Neues. Mir ist verdammt bewusst, dass Payton mit jedem Atemzug, den sie gemacht hat, seitdem wir uns begegnet sind, ihr kostbares Leben riskiert. Trotzdem bin ich nicht dazu bereit, das mit jemandem wie ihm auszudiskutieren. »*Mein krankes Gehirn* hat keinen schlechten Einfluss auf Payton. Die hatte von Anfang an nicht alle Tassen im Schrank.«

»Nur hast du dieses Feuer mit deinen komischen Vorlieben auch noch geschürt. Wahrscheinlich war sie sich vorher nicht einmal darüber im Klaren, dass sie nicht ganz dicht ist, und durch dich lernt sie erst, diesen dunklen Abgrund in ihrer Seele zu erforschen.«

»Jetzt mach hier nicht den Moralapostel. Du stehst nicht grundlos auf durchgeknallte Frauen.«

»Ich zwinge ihnen aber nicht meinen Willen auf.«

»Nein, du verkaufst ihnen deinen Willen als ihren Willen. Das ist etwas ganz anderes.«

»Japp. Ist es.«

»Hinterfotzig.«

»Ein bisschen.«

Kopfschüttelnd drücke ich die Schultern durch, klopfe aufs Thekenholz und wende mich von ihm ab. »Ich gehe sie jetzt observieren. Wenn alles in Ordnung zu sein scheint, überlege ich mir was. Und du versuchst inzwischen weiterhin, dich in ihr Notebook zu hacken und mit ihr zu reden, klar?«

»Ich *habe* mich längst in ihr Notebook gehackt. Sie benutzt es nur nicht.«

»Dann kommst du jetzt mit, klemmst dich hinter deinen verfickten Bildschirm und wartest gefälligst darauf, dass sie es benutzt, während ich sie observiere.«

»Mann, Sny! Ich habe bereits eine Nachtschicht hinter mir.«

»Nicht mein Problem. Ich habe genauso wenig gepennt wie du.«

»Aber hier geht es um deine Kleine, nicht um meine.«

Ich drehe mich zu ihm um und werfe ihm einen drohenden Blick zu. »Wenn *du* irgendwann einmal eine besonders durchgeknallte Frau triffst, werde ich dich auch unterstützen, wo ich nur kann. Selbst wenn das bedeutet, dass ich zu deiner Gran zum Rumkugelessen muss.«

»Ich nehme dich beim Wort, Alter.«

NEUNZEHN

PAYTON

Den gesamten Tag war ich damit beschäftigt, meine Bude auf Vordermann zu bringen, zu putzen und die abgestaubten Dekosachen – mitsamt dem ganzen anderen Zeugs, das für mich nicht überlebenswichtig ist – in Umzugskartons zu verstauen.

Danach habe ich geduscht, mir Dosenravioli zubereitet und es nicht gewagt, einen Blick in den Kühlschrank zu werfen, obwohl ich das dringend tun müsste. Wahrscheinlich hat der Schimmel auf den Lebensmitteln schon ein eigenes Regierungssystem gegründet, das nun plant, den Küchenschrank links daneben zu erobern.

Mit dem Teller voller Ravioli und einem Glas Leitungswasser, das ich womöglich nicht ungefiltert trinken sollte, hocke ich nun doch vor meinem PC. Und zwar auf der Fensterbank. Kurz nachdem ich das Handy versenkt habe, musste ich unbedingt noch eine weitere rebellische Sache tun: Da ich vermeiden wollte, mein Notebook kaltzumachen, habe ich sämtliche Gardinen aufgezogen.

Mir ist wieder die Unterhaltung mit Sander über die Scharfschützen in den Sinn gekommen, die in ganz NJ darauf lauern könnten, ihn endlich vors Visier zu bekommen. So habe ich die umstehenden Wohnhäuser genau betrachtet und entschieden, dass es für einen Schützen nur eine Möglichkeit gibt, um mich abzuknallen: Das Küchenfenster, da es nur ihm gegenüber ein Gebäude gibt, das hoch genug ist, um in mein Loft einzusehen.

Keine Ahnung, ob ich die richtigen Schlüsse gezogen habe, da ich mir bis jetzt nie darüber Gedanken machen musste, wie so ein Scharfschütze wohl denkt.

Egal. Es tut gut, mir vorzustellen, wie Sander gerade an die Decke geht, weil er mich schon seit Stunden nicht erreichen kann. Obwohl ich mir diesbezüglich auch zu viele Hoffnungen machen könnte. Vermutlich liegt er schon längst völlig zugedröhnt in seinem Bett und lässt sich von der kleinen Schlampe von gestern Abend reiten.

Aber mir einfach auszumalen, wie er mich vom gegenüberliegenden Gebäude aus durch das Zielfernrohr seines Gewehrs beobachtet und sich tierisch über mich aufregt, tut mir unheimlich gut. Allein das ist es mir wert, mit einem Teller Ravioli auf der Fensterbank zu hocken, Bewerbungen zu schreiben und das Risiko einzugehen, dass ein Scharfschütze, der extra dafür angeheuert wurde, mich abzuknallen, einfach abdrücken könnte.

Ich habe entschieden, dass es nicht passieren wird. Dafür bin ich zu unwichtig. Außerdem interessiert sich doch niemand für eine arbeitslose Englischlehrerin, die sich ein paar Wochen lang von dem *berühmten Snyper* vögeln und demütigen lassen hat, oder? *Oder?*

Gerade habe ich das Schreibprogramm geöffnet und mit verbissener Miene das Wort *Bewerbung* eingetippt, als sich plötzlich ein schwarz hinterlegtes Popupfenster öffnet. Einen Wimpernschlag lang glotze ich auf die farblose Fläche, doch dann klicke ich eilig auf das kleine *X* am oberen rechten Rand.

Kein Grund zur Aufregung. Das war nichts. Du darfst dich wieder beruhigen, Herzschlag.

Schließlich bin ich es von mir und meiner Grobmotorik gewöhnt, dass ich ab und zu auf irgendwelche Tasten komme, die irgendwelche eigenartigen Popupfenster öffnen.

Trotzdem sollte ich sicherheitshalber das Antivirusprogramm ...

Mein Augenmerk fällt auf die Webcam und die kleine Leuchte daneben, die mich in einem giftigen Grün anstrahlt. Ich kann gar nicht anders, als der Kamera einen angepissten Blick zuzuwerfen. »Chase, du Arsch«, murmele ich und neige den Kopf zur Seite, um ihn durch meinen bloßen Gesichtsausdruck dazu aufzufordern, mich in Ruhe zu lassen.

Das Fenster ploppt wieder auf und diesmal erscheinen direkt ein paar weiße Buchstaben auf dem schwarzen Feld.

>warum so grimmig, frau oberlehrerin?

Ich rolle mit den Augen.

>lass mich in ruhe.

Wahrscheinlich kann er mich durch das installierte Mikrofon hören, weshalb ich ihm vermutlich gar nicht schriftlich zu antworten brauche, aber ist nun auch egal.

>sny hat mich lediglich darum gebeten, dich zu fragen, ob alles in ordnung ist.

>es ist alles in ordnung. und er soll mich ebenfalls in ruhe lassen.

>was ist mit deinem handy passiert? es scheint tot zu sein.

>was ist mit meiner webcam passiert? sie scheint ziemlich lebendig zu sein, obwohl ich sie nicht eingeschaltet habe.

Sofort verschwindet das grüne Licht neben der Kamera und ich atme erleichtert aus; auch wenn ein winziger Verdacht bleibt, dass Chase bloß die Leuchte deaktiviert hat.

Vielleicht sollte ich irgendetwas Widerliches tun, um zu gucken, wie er reagiert. In der Nase bohren, oder so.

>okay. die webcam ist deaktiviert. dafür sagst du mir jetzt, was du mit deinem handy gemacht hast.

>ich kann mich nicht daran erinnern, irgendeinen deal mit dir abgeschlossen zu haben.

Im Moment bin ich mir gar nicht so sicher, ob ich tatsächlich mit Chase, oder eventuell doch mit Sander schreibe, der sich nur als Chase ausgibt. Das würde jedenfalls erklären, warum die Webcam aktiviert war.

Na gut. Chase ist Chase und er hat mehr als einmal in den vergangenen Wochen mit mir geschäkert, aber die aktivierte Webcam trägt eher Sanders Handschrift. Zumindest insofern er sich in der Tat vergewissern will, ob es mir gutgeht.

Die Idee, in der Nase zu bohren, erscheint mir jetzt doch nicht mehr so vorteilhaft. Vor Sander würde ich das wirklich ungern tun. Er soll mich schließlich nicht als diejenige in Erinnerung behalten, die vor seinen Augen ihre Popel durch die Gegend geflippt hat.

>was hast du mit deinem handy gemacht, payton?

Okay. Es ist definitiv Sander. Ich kann seine angepissten Schwingungen bis hierhin spüren. Außerdem würde Chase mich *Ginger* nennen.

>das geht dich einen scheiß an, sander.

>okay, ginger. ich habe mir das notebook zurückgeholt. er macht sich bloß sorgen, weißt du?!

>um mein handy? das kann er gern sein lassen. ich habe es im wasserglas versenkt.

>ich soll dir ein angepisstes brummeln von sander ausrichten. und außerdem soll ich dir sagen, dass du dich gefälligst vom fenster zu entfernen hast. er hat sein heißgeliebtes tac-50 aufgebaut – ich glaube, er nennt es dina, oder so – und dich direkt im fadenkreuz.

>damit habe ich schon gerechnet.

>dass er sein tac-50 dina nennt? passt eigentlich nicht zu ihm.

>dass er mich oberserviert.

>er will nur mit dir reden, ginger. mehr nicht.

>und dazu positioniert er sich mit seinem gewehr irgendwo im gegenüberliegenden gebäude? ich erkenne da keinerlei logik.

>er geht davon aus, dass du ihn abblockst.

>da hat er recht.

Seufzend klappe ich das Notebook zu und lege es beiseite. Stattdessen nehme ich den Teller mit den mittlerweile nur noch lauwarmen Ravioli auf und schiebe mir einen Löffel davon in den Mund. Dabei stütze ich den Ellenbogen auf meinem angewinkelten Knie ab, platziere meine Hand an der Wange und knicke alle Finger außer meinem Mittelfinger ein.

Eine kindische Reaktion auf Sanders mindestens genauso kindische Aktion, mit seinem dämlichen Scharfschützengewehr im gegenüberliegenden Gebäude in Stellung zu gehen und mir somit eine irgendwie merkwürdige Botschaft zu übermitteln.

Was möchte er mir damit sagen? ›*Wenn du schon nicht mit mir reden willst, werde ich dich zumindest im Auge behalten und auf dich aufpassen*‹, oder was? Das kann er allerdings auch mit einem Feldstecher. Dazu muss er keine Waffe auf mich richten. Idiot.

Ich bezweifle nämlich stark, dass er vorhat, mich zu erschießen. Dafür gibt es keinen Grund. Warum sollte er mich abknallen, wenn er eigentlich mit mir reden will?

In dieser Sekunde platzt mit einem eigenartig dumpfen Geräusch eine Handvoll Putz von der Hauswand direkt neben dem Fenster, und ich verschlucke mich fast an den Ravioli. »Oh Gott. War das etwa ein Warnschuss?« Sanders Antwort auf meinen Stinkefinger?

Wie erstarrt glotze ich auf die Stelle, wo der Putz abgeplatzt ist. Allerdings zwinge ich mich dazu, den Blick sofort davon abzuwenden und stattdessen das gegenüberliegende Gebäude abzuscannen. Krampfhaft versuche ich, etwas zu erkennen, doch es ist Abend und draußen herrscht nur noch düsteres Zwielicht; von daher lassen sich kaum Einzelheiten ausmachen, geschweige denn irgendwelche Gestalten, die in den Schatten kauern.

Das Fensterglas neben mir gibt ein leises Klirren von sich. Im selben Moment fühlt es sich an, als habe mich eine dieser brutalen Pferdebremsen in den Oberarm gezwickt. Ich zucke zusammen und weiß gar nicht, was ich zuerst machen soll – was ich zuerst *denken* soll.

Irgendwie bin ich wie betäubt. Etwas Warmes läuft an meinem Arm hinab, und wie durch einen Nebel wird mir klar, dass es Blut sein könnte. Erneut klirrt das Fenster, doch dieses Mal trifft etwas mit einem scharfen Schmerz meinen Oberschenkel.

Auf mich wird geschossen.

Mein Blick gleitet zum Fenster, wo ich zwei kleine Löcher in der Scheibe erkennen kann. Eines in Höhe meines Oberarms und eines in Höhe meines Schenkels.

Schießt Sander gerade wirklich auf mich, weil ich ihm den Mittelfinger gezeigt habe? Um mich dafür zu bestrafen, weil ich nicht auf ihn gehört, die Gardinen aufgezogen und mich auf die Fensterbank gesetzt habe?

Ein drittes Mal gibt das Fenster ein Klirren von sich, und diesmal erkenne ich ein Einschussloch direkt neben meinem Kopf in der Wand.

Endlich scheine ich zu kapieren, was hier vor sich geht, gebe ein leises Keuchen von mir und denke gar nicht richtig nach: Augenblicklich rutsche ich von der Fensterbank. Ich schaffe es gerade noch mein Notebook zu packen, vergesse dabei allerdings den Teller mit den Ravioli, der nun an mir hinuntergleitet und die grellrote Soße über meinen Bauch und meine Hose verteilt.

Noch während meine Füße zusammen mit dem Teller auf dem Boden aufkommen, realisiere ich erst, dass mein getroffenes Bein mein Gewicht nicht halten kann. Wie ein dünner Zweig knickt es unter mir ein, weshalb ich einen Moment später unsanft auf dem

Hosenboden lande; eine der Tellerscherben bohrt sich spitz in meinen Hintern. »Verdammt.«

Stocksteif bleibe ich unter dem Fenster hocken und wage es nicht, mir die Scherbe aus meinem Po zu zupfen, da ich absolut nicht weiß, was ich tun soll. Ich traue mich nicht einmal, richtig zu atmen, darum halte immer mal wieder für einige Zeit die Luft an, obwohl ich mir selbst ziemlich bescheuert dabei vorkomme. Bleibt nur zu hoffen, dass die Hauswand einem Beschuss standhält und der Scharfschütze nicht auf die Idee kommt, das Gebäude zu durchlöchern, in dem Glauben, dass ich mich da irgendwo in der Deckung befinde.

Warum spüre ich kaum Schmerzen? Wieso breche ich nicht in Panik aus? Was ist nur los mit mir? Wo ist mein Fluchtinstinkt, wenn ich ihn mal brauche? Wo ist das Adrenalin, das es mir ermöglichen sollte, trotz der Schusswunde zu laufen?

Keine Ahnung, wie lange ich nur dasitze und darauf warte, dass etwas passiert. Das Blut rinnt meinen Arm hinunter, bis zu meinen Fingern und tropft leise plätschernd auf die Bodenfliesen. An meiner Jeans prangt ein weinroter Fleck von der Größe einer Honigmelone, außerdem fühle ich mich noch immer so seltsam betäubt. Ich bin viel zu gelassen; schicksalsergeben irgendwie. Dazu kommt, dass ich die Einschüsse gar nicht richtig spüre. Das müsste doch eigentlich arschmäßig wehtun, oder?

Ich vermute, es ist nicht viel Blut, das ich verliere, und wahrscheinlich sind die Schusswunden erst dann lebensbedrohlich, wenn ich mich dazu gezwungen sehe, hier tagelang auszuharren; aber aus irgendeinem Grund bekomme ich meine Gedanken nicht vernünftig aneinandergereiht.

Womöglich waren die vergangenen vierundzwanzig Stunden einfach zu viel für mich und ich habe mich letztendlich meinem Schicksal ergeben. Offenbar hat der einzige Mann, der die Fähigkeit besitzt, mich zu verletzen, gerade versucht, mich abzuknallen. Das ... gibt mir den Rest.

Mein linker Arm kribbelt, als habe ich mir einen Nerv eingeklemmt, und es kostet mich irgendwie ziemlich große Anstrengung, ihn anzuheben. »So eine verdammte Kacke! Irgendetwas muss ich jetzt machen! Ich kann hier doch nicht bis zum Sankt-Nimmerleins-Tag sitzenbleiben und ... warten!« Mein hoffnungsvoller Blick fällt auf das Notebook. Das einzig Logische, was mir in den Sinn kommt, ist, es aufzuklappen. Zwar habe ich kein Handy mehr, aber ich habe mal gehört, dass man auch übers Internet den Rettungsdienst rufen kann.

Was bleibt mir anderes übrig als das zu tun? Ich habe zwei Schusswunden, die versorgt werden müssen, und es hängt einfach der Verdacht im Raum, dass es ... mein Ex ... war, der mich angeschossen hat.

Das schwarze Popupfenster erscheint direkt auf dem Bildschirm und ich überlege ernsthaft, Chase zu fragen, ob Sander derjenige war, der auf mich geschossen hat, aber das ist völlig unsinnig. Deshalb klicke ich das Fenster weg, öffne stattdessen den Internetexplorer und verziehe schmerzerfüllt das Gesicht, weil die Wunden nun doch ziemlich zu pochen beginnen. »Scheiße.«

Ein lautes Krachen und ein Geräusch, das nach splitterndem Holz klingt, lassen mich bestürzt zusammenfahren. »Payton!«

Das ist ... Sanders Stimme! Perplex gaffe ich in die Richtung, in der sich die Wohnungstür befindet, welche er offenbar gerade eingetreten hat. Nur kann ich nichts sehen, weil die Küchenzeile davor ist und mir dadurch den Blick auf ihn verwehrt. Fassungslos beiße ich mir auf die Unterlippe und weiß wieder nicht, was ich tun soll. Wenn Sander tatsächlich derjenige war, der versucht hat, mich abzuknallen, dann ... sollte ich mich lieber nicht bemerkbar machen.

Doch im selben Moment, als mir klar wird, dass es wohl zu spät ist, um sich erfolgreich vor ihm zu verstecken, erscheint eine düstere Gestalt im Durchgang und erstarrt, als sie mich entdeckt. »Oh, fuck.«

Augenblicklich schlägt eine Kugel in die Wand neben dem mit einer Sturmmaske verhüllten Kopf der Gestalt ein. Weiterer Putz bröckelt von der Wand, die Gestalt duckt sich hastig, wirft sich auf den Boden und rutscht auf den Schenkeln in meine Richtung. »Scheiße, Payton, verdammt!« Es ist Sander. In derselben Bewegung, mit der er sich über mich beugt, reißt er sich die Sturmmaske vom Kopf und legt vorsichtig eine Hand auf meinem Bauch ab. »Was ...?« Verwirrt runzelt er die Stirn und betrachtet seine Finger, die nun mit Tomatensoße beschmiert sind.

»Das sind nur die Überreste von meinen Dosenravioli.« Ich lächele schwach und lehne den Kopf an die Wand hinter mir. Mit seinem Auftauchen bin ich aus irgendeinem Grund furchtbar müde geworden. Es ist, als würde mein Körper jetzt für mich entscheiden, dass ich genug gekämpft habe.

Sander ist hier. Er hat mich gefunden und ich bin ihm heillos ausgeliefert, weil es für mich keine Möglichkeit gibt, vor ihm davonzulaufen. Ich werde mich ihm stellen. Komme, was wolle.

»Scheiße, ich dachte schon, dass der verfickte Scharfschütze dich getroffen hat! Im ersten Moment dachte ich ...« Er packt mein Gesicht mit beiden Händen und küsst meine Stirn. »Fuck, Payton! Auf den ersten Blick habe ich diese verdammte Soße für Blut gehalten.«

Obwohl er nicht unrecht damit hat, was die Treffer betrifft, muss ich wieder lächeln. »Ganz so schlimm ist es dann doch nicht.«

»Bleib hier, ich muss den Pisser finden.«

»Du warst es gar nicht?«, hake ich nach. »Und wo ist Chase?«

Sander ist bereits von mir abgedreht und drauf und dran, im Kriechgang zurück zur Tür zu gelangen, doch nun wendet er sich mir wieder mit einem angepissten Gewittersturm in seinen Augen zu: »Ich schieße nicht daneben, Payton.«

»Ah, okay.« Ich nicke, als wäre das die selbstverständlichste Antwort der Welt. »Ich dachte, dass der Erste ein Warnschuss von dir war. Weil ich dir den Mittelfinger gezeigt habe.«

»Ich habe mein *TAC-50* gar nicht dabei. Chase hat nur wieder herumgesponnen. Und wieso sollte ich, verdammt nochmal, auf dich schießen?«

»Keine Ahnung. Das habe ich mich bei den nächsten beiden Schüssen auch gefragt. Aber ich weiß nicht ... vielleicht schießt du ja auf ... deine Beute. Ist schließlich nicht lebensbedrohlich, denke ich.«

»Wovon redest du da eigentlich?!« Misstrauisch runzelt er die Stirn und scannt mich noch einmal gründlich ab.

Irgendwie bin ich gerade sauer auf mich selbst. Ich hätte ihn einfach gehen lassen sollen. Wenn ich es schaffe, den Rettungsdienst zu rufen, schaffe ich es auch ohne Sander ins Krankenhaus. Soll er doch ruhig den Scharfschützen jagen.

»Oh scheiße.« Augenblicklich kommt er wieder auf mich zugeschossen, umfasst meine linke Hand und untersucht den Arm, bis er die Schusswunde entdeckt. »Du hast gesagt, dass er dich nicht getroffen hat!«

Schmerzerfüllt kneife ich die Augen zusammen, als er mit den Fingern die Wundumgebung abtastet. »Das habe ich überhaupt nicht gesagt. Du hast nur deine eigenen Schlüsse gezogen.«

»Weil du willst, dass ich dich in Ruhe lasse, oder was?!«

»Exakt.« Ich funkele ihn an.

»Dann verrate mir mal, wie du ohne Handy ins Krankenhaus kommen möchtest.«

»Ich hätte das schon irgendwie hinbekommen.«

Mit einem grimmigen Knurren packt er mich am Schopf und zieht mich so nah an sich heran, dass sich unsere Gesichter nur noch eine Handbreit voneinander entfernen. »Wie kann man nur so verdammt stur sein? Du wurdest angeschossen, Payton! Der Schuss hat deinen Brustkorb um Haaresbreite verfehlt. Für den Scharfschützen war das nur eine Sache von Millimetern! Verstehst du das?!«

Mit meiner gesunden Hand schlage ich seinen Arm weg, damit er mich loslässt. Er tut es tatsächlich. »Du vergisst meine Pussy. Meine Gebärmutter. Ein paar Zentimeter weiter und er hätte die getroffen!«

»Was?«

Mit einem erschöpften Stöhnen zeige ich auf meinen Oberschenkel. »Ich wurde zweimal getroffen. Der nächste Schuss ist direkt neben meinem Kopf eingeschlagen. Erst dann habe ich dumme Kuh kapiert, dass ich mich wortwörtlich aus der Schusslinie bewegen sollte.« Ich lehne mich wieder an die Wand hinter mir und schließe die Augen. »Ich war sogar zu stur, um in Deckung zu gehen, weil ich dir nicht einmal diesen Gefallen tun wollte. Ich wollte mich nicht vor dir geschlagen geben. Wie lächerlich bin ich eigentlich?«

»Payton.« Ich spüre seine Hände an meinem Gesicht. Diesmal küsst er mich auf den Mund. Ganz leicht und zögerlich; nur um danach die Stirn an meine zu lehnen. »Ich kann nachvollziehen, dass du momentan den Drang hast, grundsätzlich das Gegenteil von dem zu tun, worum ich dich bitte. Aber du musst endlich verstehen, dass du keine gewöhnliche Englischlehrerin mehr bist, die verzogene Blagen in einer Privatschule unterrichtet. Du hast dich auf mich eingelassen, weshalb Adlers Gegner dich jetzt im Visier haben. Selbst wenn du mir nicht verzeihen kannst, musst du zulassen, dass ich dich in Sicherheit bringe.«

Ich nicke. »Wo ist Chase?«

»Er versucht, den Pisser zu kriegen, der dich wegpusten wollte.« Der Gewittersturm in seinen Iriden tobt noch immer. »Wieso, zur Hölle, fragst du ständig nach ihm?«

Ich öffne die Augen und grinse ihn an. »Nur so.«

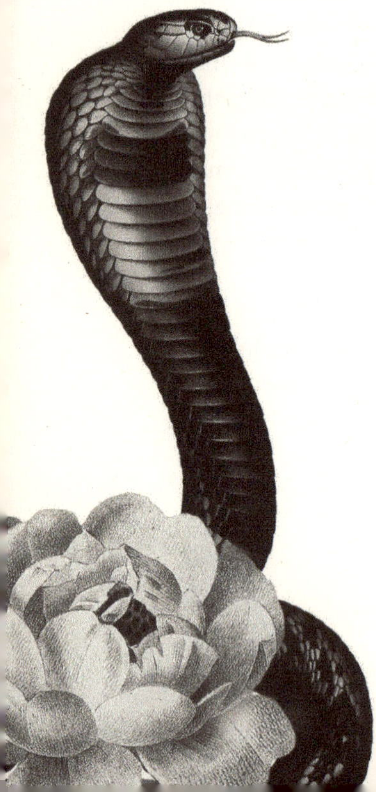

ZWANZIG

SNYPER

Ich habe den verdammten Entzug gemacht, Payton.

Für dich.

Seit verdammten acht Wochen bin ich clean.

Deinetwegen.

Seit verdammten acht Wochen habe ich nicht mehr gefickt.

Ich warte auf dich.

Darauf, dass du zu mir zurückkommst.

Doch du verzeihst mir nicht.

Manchmal habe ich das Gefühl, dass ich dich aufgeben sollte. Aber dann besuche ich dich auf der Ranch und beobachte dich, so wie heute, wie du am Koppelzaun hängst und versuchst, die Texas Longhorn Kälber in einem sachlichen Tonfall davon zu überzeugen, dass du mit deinem Tattoo gar nicht so gefährlich bist, wie du auf den ersten Blick aussiehst.

Sobald du mich entdeckst, lächelst du und scheinst dich wirklich über meinen Besuch zu freuen.

Doch noch während du auf mich zukommst, wirkst du mit jedem Schritt verhaltener und zurückgezogener, bis du mich schließlich erreichst und dich vollkommen vor mir verschlossen hast.

»Wie geht's dir?«, fragt sie mich in einem ihrer neutralsten Tonfälle.

Ich zucke die Achseln. »Wie geht es *dir?*«

Payton fährt zusammen und scheint im ersten Moment überlegen zu müssen, was ich meine. »Also joggen ist nach wie vor nicht drin. Der Oberschenkelmuskel ist noch nicht wiederhergestellt.«

»Das meine ich nicht. Außerdem bist du in deinem ganzen Leben noch nie joggen gewesen.«

Abrupt bleibt sie stehen und verschränkt die Arme. »Woher willst du das denn wissen?«

Ich grinse sie an. »Zumindest nicht freiwillig.«

Sie schenkt mir einen beleidigten Blick und setzt kopfschüttelnd ihren Weg zum Bungalow fort.

Es ist mein Bungalow. Payton müsste sich eigentlich darüber im Klaren sein, doch sie hat sich bis jetzt kein einziges Mal deswegen beschwert. Es gibt genügend andere Gästebungalows, von denen sie einen hätte beziehen können, jedoch hat sie sich dazu entschieden, weiterhin in meinem zu wohnen.

Außerdem ist seit Wochen alles für sie vorbereitet, irgendwo in Europa ein neues Leben mit einer neuen Identität zu beginnen. Bisher ist der Zeitpunkt allerdings noch nicht gekommen, an dem sie Adler darum bittet, ihre Abreise vorzubereiten.

Jeden verdammten Tag fragt er mich, ob sie sich endlich entschieden hat, allerdings bin ich genauso planlos wie er.

. . .

Du hältst dich mit dem bedeckt, was du dir wünschst.

Mehrmals habe ich versucht, dir näherzukommen, aber du blockst immer wieder ab, sobald du es bemerkst. Und danach bist du unnahbarer als zuvor.

Deswegen habe ich es schon fast aufgegeben, auf dich zuzukommen. Ich möchte nicht, dass du dich noch weiter von mir entfernst.

Heute bin ich wiederum im Auftrag von Adler hier. Langsam wird er ungeduldig und will wissen, wie es weitergeht. Es passt mir nicht, Payton so auf den Zahn fühlen zu müssen. Ich will, dass sie von sich aus auf mich zukommt. Selbst wenn es Jahre dauert, bis sie soweit ist, mir zu verzeihen.

Ich folge ihr in den Bungalow und lasse mein Augenmerk über die Wände gleiten. Überraschenderweise hat Payton nichts verändert. Sie passt sich einfach an – oder ihr scheint es zu gefallen, wie ich die Bude eingerichtet habe.

Keine Ahnung, wann ich das letzte Mal hier übernachtet habe, ohne mich dazu gezwungen zu sehen, auf der Couch zu pennen – wie die paar Male, als es spät geworden ist und Payton mir erlaubt hat, hierzubleiben. Auch heute dürfte es wieder spät werden; vor allem bin ich komplett im Arsch wegen eines Auftrags, den Adler mir aufgebrummt hat.

»Möchtest du einen Kaffee?«, fragt sie und begibt sich hinter die Küchenzeile. Ich wette, sie fühlt sich sicherer, sobald sich die Arbeitsplatte zwischen uns befindet.

»Unbedingt.« Mein Kaffeekonsum ist extrem angestiegen, seitdem ich clean bin. Trotzdem kann ich mich nicht daran gewöhnen, dass mein Körper sich einfach seinen Schlaf holt, wenn ihm danach ist. Vor ein paar Monaten hatte ich Schwierigkeiten runterzufahren, jetzt habe ich Schwierigkeiten wachzubleiben.

»Du kannst dich ein paar Minuten hinlegen, wenn du willst.«

»Nein.« Ächzend setze ich mich auf einen der Barhocker, die vor der Arbeitsplatte stehen. »Ich muss dir eine Frage stellen – und du sollst wissen, dass sie nicht von mir kommt. Mich interessiert die Antwort zwar auch, aber ... ich akzeptiere es, wenn du nicht darüber reden möchtest. Adler allerdings nicht.«

Stoisch doktert Payton an der Kaffeemaschine herum, und ich überlege bereits, ob sie mir überhaupt zugehört hat, als sie den Kaffee endlich anstellt und sich mit einem Seufzen zu mir umdreht. »Was will *Adler* wissen?«

Ich sehe ihr fest in die Augen. »Was dich hier hält.«

Sie starrt mich an, beißt sich schließlich auf die Unterlippe und senkt die Lider, während sie die Besteckschublade aufzieht, um zwei Kaffeelöffel herauszunehmen. »Du.« Verlegen legt sie die Löffel auf der Arbeitsplatte ab, wirbelt mit geröteten Wangen herum, bevor ich irgendetwas tun oder sagen kann, und öffnet den Schrank, um zwei Becher herauszuholen, die sie ebenfalls direkt vor mir abstellt.

Noch immer hält sie den Blick gesenkt.

Ich ahne, dass sie sich erneut herumdrehen will, um die Milch aus dem Kühlschrank zu holen, also packe ich schleunigst ihr Handgelenk, um sie aufzuhalten. »Was soll das heißen, Payton?«

Sie versucht sich aus meinem Griff zu winden, aber ich lasse sie nicht. »Das heißt, dass ... ich ohne dich nicht sein will. Doch ich kann dir einfach nicht verzeihen, okay? Ich versuche es ... ich möchte auf dich zugehen. Ich möchte zulassen, dass du mich berührst, aber dann ... ist es so, als hätte ich eine Stimme in meinem Kopf, die mir zuflüstert, dass es nur eine Frage der Zeit ist, bis du dich meiner wieder zu sicher fühlst, erneut mit den Drogen anfängst und wild herumfickst. Ich weiß ja nicht einmal, ob du ...«

»Ich ficke nicht mehr wild herum, Payton. Seit verschissenen acht Wochen bin ich jetzt clean. Allerdings kann ich dir nicht versprechen, dass ich es auch bleibe, wenn du dich dazu entschließt, nach Europa zu gehen. Diese ewige Müdigkeit kotzt mich an, und eigentlich kann ich Kaffee nicht ausstehen.«

Sie schaut zu mir auf, ihre Augen blitzen gefährlich. »Vielleicht solltest du dich einfach ein bisschen gesünder ernähren und nicht nur Vitaminpillen in dich hineinschütten.«

»Du hast recht.« Mit einem Seufzen lasse ich sie los, damit sie die Milch holen kann. »Wie läuft dein Kampftraining? Kannst du mich bald verprügeln?«

»Du weißt doch bestimmt besser als ich, wie das Kampftraining läuft.« Sie wendet sich einem weiteren Schrank zu, holt die Dose mit dem Zucker heraus und dreht sich wieder zu mir. »Es läuft beschissen. Doch bevor ich dich nicht windelweich geprügelt habe, werde ich sicherlich nicht nach Europa gehen. Das kannst du Adler gerne ausrichten.«

»Ich kann's kaum erwarten.« Das sind die Worte, die ich hören wollte. Wenn es danach geht, darf ich also niemals zulassen, dass die kleine Miss auch nur einmal die Hand gegen mich erhebt, solange sie mir nicht verziehen hat. Eine meiner leichtesten Übungen.

Es wird Zeit, einen erneuten Vorstoß zu wagen.

Grinsend steige ich vom Hocker und umrunde die Arbeitsplatte. Schritt für Schritt schlendere ich auf Payton zu, die wiederum Schritt für Schritt vor mir zurückweicht, bis sie mit dem Rücken gegen die Spüle stößt. Ich trete so nah an sie heran, dass ich mich nur noch hinunterbeugen muss, um sie zu küssen. »Ich bitte dich nicht, mir zu verzeihen, und ich bitte dich auch nicht, mir zu vertrauen. Ich kann dir nur anbieten, dich überall dahin mitzunehmen, wohin es mich verschlägt. Vierundzwanzig Stunden am Tag, an sieben Tagen die Woche. So lange, bis wir beide uns sicher sind, dass du mir verziehen hast und mir vertrauen kannst.«

»Wirklich überallhin? Auch zu deinen Aufträgen?«

Ich nicke. »Ja. Wenn es eine Observierung ist, kommst du mit. Ich könnte dir das Schießen beibringen. Sofern wir ein Gebäude stürmen müssen, kann ich dir natürlich nichts versprechen.«

Ein Lächeln huscht über ihr Gesicht. »Pass auf, was genau du mir da unterbreitest. Das mit dem Schießen könnte mir nämlich gefallen.«

»Das habe ich mir schon fast gedacht.« Ich beuge mich zu ihr hinunter und küsse zögerlich ihre Stirn. »Ich mag dein Kleid, P.«

Endlich schenkt sie mir ein aufrichtiges Lächeln. »Und ich mag, dass du dir die Haare wachsen lässt. Sie sind lockig. Das ist süß.«

Ich gebe ein entnervtes Schnauben von mir. »Deswegen lasse ich sie ja wachsen. Weil ich befürchtet habe, dass du das magst.«

»Du willst mir also gefallen?«
»Natürlich. Ich würde alles dafür tun.«

Erkennst du es jetzt, kleine Miss? Ich habe mich an mein Versprechen gehalten.

Ich habe dir das Herz gebrochen. Dich zerstört. Und dadurch habe ich dich verändert.

Eine Zeitlang habe ich versucht, dir zu vermitteln, dass mir deine Gefühle egal sind. Dass du mir egal bist.

Nur konntest du mich einfach nicht hassen.

Und ich konnte dich nicht vergessen.

EPILOG

Er beugt sich zu mir hinunter und küsst mich sanft auf den Mund. »So. Und jetzt nennst du mir einen plausiblen Grund, warum ich dich nicht auf der Stelle ficken sollte, Payton.«

Seine linke Hand streicht mein Haar zur Seite, sodass er freien Zugang zu meinem Hals hat. Die andere Hand greift unter mein Kleid, umfasst den Stoff meines Höschens und schiebt es Stück für Stück nach unten.

»Was ist, wenn ich nein sage?«, erkundige ich mich mit einem scheinbar vorwurfsvollen Unterton in der Stimme und versuche ziemlich nachgiebig, ihn von mir wegzudrücken.

Mir war klar, dass der Tag kommen wird, an dem er mich vor ein Ultimatum stellt. Für diesen Tag hatte ich mir fest vorgenommen, Sander zu versprechen, dass ich ihn nicht verlassen werde. Wochenlang hat er sich um mich bemüht und mich niemals bedrängt; das rechne ich ihm hoch an.

Nur habe ich ihm noch immer nicht verziehen,

und ich weiß nicht, ob ich ihm jemals wieder vertrauen kann. Allerdings sehne ich mich so sehr nach ihm und seinen Berührungen. Ich *will* mit ihm zusammen sein. Ich gehöre ihm, und das werde ich auch immer.

»Wenn du nein sagst, lege ich Veto ein«, brummt Sander auf die empfindliche Haut an meiner Halsbeuge und lässt sich nicht einen Zentimeter bewegen.

Nachdrücklich schüttele ich den Kopf und fühle mich, trotz meines Entschlusses, in die Enge getrieben. Das Gefühl, dass ich noch Zeit brauche, ist auf einmal wieder recht präsent. »Wenn ich nein sage, dann meine ich nein, Sander«, weise ich ihn streng zurecht und will ihn nochmals von mir wegdrücken. »Dafür muss ich dir keinen plausiblen Grund nennen.«

»Dein Körper verrät mir aber etwas anderes, kleine Miss.«

»Tut er gar nicht.« Gereizt trete ich ihm gegen sein Schienbein, doch er zuckt nicht einmal darunter zusammen. Mag daran liegen, dass ich barfuß bin.

»Was soll das werden, Payton? Ich hatte seit acht Wochen keinen Sex und bin mittlerweile mehr als scharf auf dich. Denkst du wirklich, ich lasse mich mit deinen halbherzigen Tritten vom Gegenteil überzeugen?«

»Nein, aber von meinem Unwillen. Und auch von dem meines Körpers.«

»Du meinst also, dein Körper will mich nicht, ja?« Sander gibt ein gehässiges Lachen von sich. Einen Moment später lässt seine Hand von meinem Höschen ab, das mir gefährlich weit unten an den Oberschenkeln klebt, und wandert provozierend langsam zu meinem freigelegten Venushügel. »Das lässt sich doch problemlos überprüfen.«

»Lass es!«, fauche ich genervt, als seine Fingerspitzen meine Schamlippen erreichen. Energisch stoße ich mich von der Arbeitsplatte ab und Sander mit mir.

Er reagiert sofort und nutzt die ihm dargebotene Gelegenheit, mich an den Handgelenken zu packen, um sie in meinem Rücken zwischen mir und der Arbeitsplatte einzuklemmen. Spöttisch grinst er mich an, als habe er den Kampf schon gewonnen; sein begieriger Blick huscht über meine Augen, meine Nase, meine Wangen und bleibt schließlich an meinem Mund haften. Er nähert sich mir und seine Unterlippe streift sacht die meine. In meinem Unterleib zieht sich alles zusammen, als er das tut. Ich muss mit aller Macht ein leises Stöhnen unterdrücken. »Also, Payton. Wie gesagt: Nenne mir einen plausiblen Grund, warum ich dich nicht ficken sollte.«

»Ich will warten.«

Wieder berührt seine Unterlippe meinen Mund, nur dieses Mal fällt mein Widerstand merklich in sich zusammen, was Sander natürlich zu spüren scheint und sich sogleich mit einem leisen Seufzen an mich drängt. »Meinst du damit, dass ich dich nicht mehr verdient habe?«

Da sind sie, seine Komplexe. Die gleichen Komplexe, die ich auch habe. Ständig dieses Gefühl, dass ich seine Nähe nicht verdiene. Ich weiß nicht, wo es herkommt. Es ist einfach da und nagt an mir – und ihm wird es genauso gehen.

Gerade in dieser Situation ließe sich perfekt damit arbeiten, um ihn endgültig abzuwimmeln, aber das möchte ich nicht. Es würde uns so weit zurückwerfen, wenn ich jetzt behaupte, dass er mich nicht mehr verdient hat. Allein schon, weil es nicht stimmt, möchte ich es nicht.

Eigentlich will ich ihn. Eigentlich will ich, dass er weitermacht. Weil ich mir schon fast wünsche, dass er mich einfach ohne mein endgültiges Einverständnis nimmt, damit die ganzen vergangenen Wochen Geschichte sind und wir endlich von vorn anfangen können. Doch da ist nach wie vor diese Stimme in meinem Kopf, die mir einredet, dass es nicht richtig wäre, mich jetzt auf ihn einzulassen: »Ich sagte, ich will warten. Erst muss ich sichergehen, dass du mir nicht noch einmal das Herz brichst. Ein weiteres Mal stehe ich das nicht durch, Sander.«

»Und ich muss sichergehen, dass du mir gehörst, Payton«, brummt er mit seiner unverkennbar kratzigen Stimme, die in den vergangenen Minuten immer rauer geworden ist und mir unbedingt weismachen will, dass nur ich diejenige bin, die das bewirkt. »Ich habe vor, dir zu beweisen, dass ich nur dir gehöre. Du hattest die Möglichkeit nach Europa zu gehen, jedoch hast du mir eben mitgeteilt, dass du es meinetwegen nicht tun wirst. Du willst mich. Und ich will dich. Jetzt.«

Ich nicke. »Ich weiß, Sander. Aber ich ... ich fürchte, dass es ein Fehler ist, mich sofort auf dich einzulassen. Ja, ich habe dir gesagt, dass ich deinetwegen bleibe. Aber können wir es nicht langsam angehen?«

Mit einem leisen, entnervten Seufzen lässt er

seinen Mund von meiner Wange bis zu meinem Ohr streichen. »Wie langsam willst du es denn noch haben? Deinetwegen bin ich seit einer verschissenen Ewigkeit clean. Deinetwegen hatte ich seit einer verschissenen Ewigkeit keinen Sex, weil ich auf dich warte. Nun stehst du hier in deinem kurzen, dünnen Kleidchen, lässt dich endlich wieder von mir anfassen und verkündest mir auch noch laut und deutlich, dass du mich noch immer willst. Mein Schwanz wird allein von deinem Anblick steinhart, und deine Haut unter meinen Fingern zu fühlen ist für mich die reinste Folter – *und jetzt willst du es verdammt nochmal langsam angehen?!* Entschuldige, P. Es könnte sein, dass ich dich gleich wirklich ficke, ohne dich vorher um Erlaubnis zu bitten.«

»Na klar. Mein Kleid ist natürlich eine Einladung an dich, mich zu vögeln. Soll ich demnächst in einer Burka herumrennen? Es sind verfluchte fünfunddreißig Grad draußen, da ziehe ich mir halt etwas Kurzes und Luftiges an!« Mit einem humorlosen Lachen versuche ich, meinen Kopf von ihm wegzudrehen, doch in genau dieser Sekunde beißt er mir schmerzhaft ins Ohrläppchen, worunter ich scharf Luft hole.

»Ich meine es ernst, Payton. Wo ist dein plausibler Grund, warum wir jetzt nicht ficken sollten? Das, was du bisher aufgezeigt hast, waren bloß Ausreden, weil du Angst davor hast, dass dein moralischer Kompass verrücktspielen könnte.« Mit seiner linken Hand umfasst er meine beiden Handgelenke und hält diese nach wie vor in meinem Rücken, während er sich mit der rechten langsam den Gürtel öffnet. »Ich zähle von drei herunter, Payton. Nenne mir einen plausiblen Grund und ich werde dich in Ruhe lassen.« Sein Mund ist wieder an meinem Ohr. »Drei.«

»Ich habe dir bereits mehr als genug Gründe genannt. Das waren keine Ausreden.« Meinen Worten zum Trotz hat sich mein Atem beschleunigt, und ich kann nicht anders als leise aufzuseufzen, als seine Lippen auf Wanderschaft gehen und über meine Kieferlinie streichen.

»Ich bleibe dabei; das waren keine plausiblen Gründe, Payton«, wispert er auf meine Haut, während seine Finger bereits damit beschäftigt sind, seine Hose zu öffnen. »Nur Kinderkacke, die du dir einzureden versuchst, um mir widerstehen zu können.« Seine Lippen erreichen meinen Mund, während sich sein Unterleib gegen mich drängt, um mich seine stramme Erektion spüren zu lassen. »Zwei.«

»Ich nehme die Pille nicht mehr!«, lüge ich in einem letzten Versuch, dieser Situation zu entkommen, und lasse mir von Sander den Kopf in den Nacken drücken, indem er seine Lippen grob auf meine presst und gleichzeitig mein Höschen so weit hinunterzieht, bis es von selbst zu meinen Füßen fällt.

»Darauf scheiße ich«, knurrt er gegen meinen Mund und schiebt seine Shorts ebenfalls hinunter. »Eins.«

Ruckartig lässt Sander meine Handgelenke los, packt mich an der Hüfte und hebt mich kurzerhand auf die Arbeitsplatte. Instinktiv schlinge ich meine Arme um seinen Hals, um an ihm Halt zu finden und nicht mit dem Oberkörper nach hinten zu kippen. Er spreizt meine Beine, wodurch der Saum meines Kleides wie von selbst nach oben rutscht.

Mit einem lauten Stöhnen versenkt er sich in mir und ich empfange ihn mit einem Aufschrei: »Ja, verdammt, Sander!« Ohne es zu merken bohre ich meine Finger in seine Nackenmuskeln und lasse es zu, dass er seine Hände in meinen Hintern gräbt und mich bis zur Kante zieht, während er sich zeitgleich mit Macht in mich rammt. Bereitwillig spreize ich meine Beine noch weiter, lasse mich von ihm aufspießen und pariere jeden einzelnen seiner gnadenlosen Stöße.

Wieder presst er seinen Mund auf meinen und ich erwidere seinen Kuss, indem ich meinen Mund öffne und mit meiner Zungenspitze zaghaft seine Unterlippe berühre. Im direkten Gegensatz zu seinen groben Stößen lässt er seine Zunge zärtlich in meinen Mund gleiten, lässt aber sofort wieder von mir ab: »Fuck, Payton, wenn ich gewusst hätte, dass du so einfach zu überzeugen bist, dann ...«

Als Antwort lasse ich meine Lippen zu seiner vernarbten Wange wandern und küsse ihn keuchend auf eben diese Stelle. »Ich kann nichts dafür.« Sander rammt sich immer heftiger in mich und ich bin kurz davor zu kommen, weil er einen sehr, sehr tiefen Punkt in mir trifft, der mich Sterne sehen lässt. »Mein Körper spielt in deiner Gegenwart ... grundsätzlich gegen mich.«

Keine Ahnung, ob ich das wirklich zu ihm gesagt habe, oder ob ich es nur sagen wollte, denn ein heftiges Kribbeln breitet sich augenblicklich von meinem Unterleib über meinen gesamten Körper aus, vernebelt mir das Gehirn und lässt mich mit der Gewissheit zurück, dass ich Sanders Namen herausschreie, während er mich ungezügelt weitervögelt und sich schließlich mit einem letzten tiefen Stoß in mir versenkt: »Fuck!«

Es dauert keine zwei Sekunden, da rutsche ich kraftlos von der Arbeitsfläche. Sander fängt mich nicht auf, sondern geht ebenfalls in die Knie, sodass wir beide auf den kalten Fliesen zum Liegen kommen.

Er beugt sich über mich, seine Hand an meiner Wange, und gibt ein raues Lachen von sich. »Ich mag es, wie dein Körper in meiner Gegenwart grundsätzlich gegen dich spielt.« Er küsst mich auf die Stirn. »Aber ich mag es nicht, wenn du mich anlügst, Payton. Ich weiß, dass du die Pille nimmst. Sonst hätte ich dich wirklich nicht gefickt. Zumindest nicht so.«

»Das glaube ich dir nicht«, gebe ich als Antwort. »Du warst so scharf auf mich, du hättest mich definitiv gevögelt und den Gedanken womöglich noch geil gefunden, dass du mich schwängern könntest.«

»Schon möglich.« Er grinst. »Und deswegen solltest du niemals die Pille absetzen, Payton. Ich will kein zweites Kind in diese Welt setzen und es genauso verkorksen wie mein erstes.«

»Ich weiß.« Auch wenn mich bei seinen Worten eine tiefe Traurigkeit überkommt, bin ich seiner Meinung. Noch.

Wir sind schließlich erst am Anfang.

Ich muss erst lernen, ihm zu vertrauen, und er muss sich daran gewöhnen, dass sein Leben kein Albtraum mehr ist.

Wir lernen uns erst kennen.

Da ist noch immer die Bestie in ihm, die mir wehtun will; die mich misshandeln will.

Und da ist die Bestie in mir, die von ihm abverlangt, mich trotz seiner inneren Zwänge gut zu behandeln.

Wie gesagt, wir sind erst am Anfang. Das Einzige, was klar zu sein scheint, ist, dass wir nicht ohne einander können.

Keine Ahnung, ob das der erste Schritt in die richtige Richtung ist. Ich hoffe es.

PLAYLIST

Gimme a Minute – PVRIS
Holding Out for a Hero – Nothing But Thieves
Hungry Like The Wolf – Hidden Citizens, Tim Halperin
Darkside – Oshins, Hael
Fire – The Score
Who Are You – SVRCINA
Hit Me with Your Best Shot – Hidden Citizens, Adam Christopher
Throw Me to the Wolves – Future Royalty
Toxic – 2WEI
Dirty Mind – Boy Epic
Way down We Go – KALEO
Wolf & I – Oh Land
No Easy Way Out – Hidden Citizens, VĒ
Can't Help Falling In Love – Tommee Profitt, Brooke
WE ARE CHAOS – Marilyn Manson
Sail – Jack Trammell
Don't Speak – Hidden Citizens, Tim Halperin
Man in the Mirror – J2, Cameron the Public
Joke's On You – Charlotte Lawrence

Take on Me – Hidden Citizens, Danny Olson
Anyone Who Knows What Love Is (Will Understand) – Emilie Mover
Vivaldi's Winter – Jack Trammell
Star Spangled Banner – Hidden Citizens

NACHWORT

Du willst mehr über das Adler-Kartell erfahren?

Wer, zum Teufel, hat Payton angeschossen? Und warum?

Was sollen all die Zeitsprünge?

Wie bringt Payton Sny dazu, einen Entzug zu machen und warum, verdammt nochmal, steht er diesen nicht durch und vögelt zu allem Überfluss auch noch herum? Warum hat ihn niemand davon abgehalten?

Warum gibt es keine Liveschaltung zu Sny's Betrug?

Warum ist er so, wie er ist, und wer hat ihm das alles angetan?

War Payton vollkommen auf sich gestellt oder hatte sie Hilfe und Unterstützung? Von wem?

Was haben die Trips nach Austin zu bedeuten und welchen ›Ballast‹ hat Demon mitgebracht?

Wer ist der Feind?

Mir ist bewusst, dass dich diese Fragen beschäftigen. Aber ich frage mich zusätzlich: Wie sieht das Ganze aus Chase' Perspektive aus? Aus Noyce' Perspektive?

Was ist mit Demon? Interessiert dich ihre Geschichte? War nicht die Rede von fünf Schatten? Fehlt da nicht einer?

Und was ist mit Vaughn Adler? Ist er nicht ... faszinierend?

All diese Fragen werden in den Folgebänden beantwortet! Diese handeln dann von anderen Hauptpersonen. Ich hoffe, du freust dich darüber, der Geschichte noch eine ganze Weile folgen zu dürfen!

Der Federherz Verlag und ich halten dich auf dem Laufenden (vor allem auf Instagram: @crystal.may.autorin und @federherz.verlag) 😊

DANKSAGUNG

Aaah, es ist schon wieder soweit! Die große Angst, jemanden zu vergessen!

Mein allergrößter Dank gilt dem wundervollen Team vom Federherz Verlag. Ihr seid die Größten, die Besten, die Flauschigsten, die Liebsten, die Fleißigsten, die ... eben die tollsten Menschen auf diesem Planeten! Ohne euch wäre ich nicht dort, wo ich jetzt bin. Ich wäre nicht so glücklich, wie ich jetzt bin. Ohne euch würde ich nicht jeden Morgen aufstehen und mich auf die Arbeit freuen, die mich erwartet.

Mein expliziter Dank geht natürlich wieder an die liebe Jane. Nicht nur, weil du mir dieses endgeile Cover von SNYPER gezaubert hast, sondern einfach nur, weil es diese Crystal, die ich inzwischen bin, nicht ohne dich geben würde. Ich bin so stolz darauf, dass ich eines deiner Herzen sein darf! Außerdem danke ich dir, dass du immer ein offenes Ohr für mich hast, egal ob ich gerade hormongeplagt bin oder dir einfach nur ein Regenbogen-Foto zeigen möchte.

Cosi, du Nerd! No more words needed. Ich denke,

du spürst die Liebe, die hier zwischen den Zeilen steckt – mehr brauchen wir nicht, oder?

Meine andere Cosima – meine Korrektorin – ich brauche noch einen Spitznamen für dich. ›Meine andere Cosima‹ ist doof. Ich danke dir so sehr, dass du dir für mich ein Bein ausgerissen hast – wir sehen uns die Tage im El Paso. Adler ärgern.

Meine tollen Testleser: Bea, Carina, Ivonne, Lara, Leonie, Mia, Sanny, Sarah, Sarah und Sonny – ich liebe euch! Ihr seid wirklich die Besten und ich freue mich so sehr auf die nächste Runde! Die nächste Runde im El Paso geht auf mich.

Ihr Lieben bei Bookstagram! Follower, Blogger, Musikdealer, Leser. Ich bin euch so, so dankbar, dass ihr mich begleitet und mich mit euren großartigen Beiträgen, Kommentaren, Fotos, Videos, Nachrichten und Storys glücklich macht. Ohne eure Liebe könnte ich nicht bestehen. Und das meine ich ernst. Ich danke euch.

Last but not least: Meine Leser. Ihr seid meine Liebe. Mein Leben. Ich danke euch. So sehr.

Und du. Ich danke dir. Für alles.

Du willst mehr?

Band 2 erscheint bald!